홀림의 풍경들

현대시 평설

푸른사상
교·양·총·서 7

홀림의 풍경들

현대시 평설

홍일표

Bewitched Landscapes

푸른사상
PRUNSASANG

시는 핵폭탄도 아니고 미사일도 아니다. 이미 그 시대는 지나갔거나 있지도 않았다. 시는 세균처럼 아주 은밀히 존재의 이면에 스며드는 밀입국자거나 전복을 다시 전복하는 아주 괴이한 괴물이다. 대중들이 아예 시를 보지 못하거나 대수롭지 않은 것으로 보아 넘기는 이유가 거기에 있다. 매우 협소한 자리에서 깊이 침투해 들어가는 내시경 같은 시는 존재의 심연을 보여주고, 옹색한 삶의 내밀한 공간을 확장시켜준다. 다만 그것뿐이다. 그 이상도 이하도 아닌 것이 시라는 바이러스다. 눈에 잘 보이지도 않는 아주 미세한 균이지만 때론 삶의 근간을 흔들기도 하고 당신의 가슴에 구멍을 내고 그 구멍 속에 커다란 밤을 구겨넣기도 하는 것이다.

시인의 언어는 신생 독립국의 언어요 끝없는 창조의 신열에 들뜬 몸이다. 이렇게 독자적인 힘을 가진 시인의 언어는 언어를 뛰어넘어 신성의 지점까지 치고 나가는 최초이며 최후의 불꽃이다.

시인들의 각개 약진은 우리 시의 활력소이며 시단을 풍요롭게 하는 요체이다. 어떤 경향의 시든 그것이 정서적 감흥을 불러일으킬 수 있다면 그것 자체로 귀중한 의미를 지니는 것이다. 간혹 문단 일각에서 문학의 정도라고 목에 힘주어 강조하는 내용들은 대개 진실이 아니거나 독선인 경우가 대부분이다. 지극히 주관적인 판단을 일반화해서 강요하는 듯한 논조는 거북스럽고 받아들이기 어렵다. 일부 젊은 시인들의 시를 보고 시 자체를 말살하는 행위라며 지탄하는 독설에 동의할 수 없는 가장 큰 이유이다.

이 글은 『문화저널21』, 『디지털포스트』 등에 연재한 글로 기존의 좋은 시 촌평이 아닌 텍스트에 대한 보다 심충적 독해를 통해 일반 독자가 쉽게 시에 접근할 수 있게 하였다. 또한 각종 지면에 발표된 최근작을 중심으로 하여 우리 시의 동향을 한눈에 살필 수 있게 하였고, 시 창작에 실질적인 도움을 주기 위해 실기 이론을 겸하여 집필한 글이다.

서언이 길었다. 여전히 내 안의 허공을 제대로 경작하지 못한 탓이다. 삶의 구체적 감각은 언어 밖에 존재한다는 것. 관습화된 언어 체계를 넘어서 경계의 지점까지 치고 나가는 것이 예술의 속성이요 시의 운명이라는 것. 번역 불가능한 세계, 정형화된 세계의 바깥에 오롯이 서 있어야 한다는 것. 그러한 시들에 경의를 표하며 책이 나오기까지 큰 힘이 되어준 맹문재 교수와 푸른사상 한봉숙 대표에게 고마운 마음을 전한다.

2012. 4
홍일표

제2부

제3부

제4부

제5부

제6부

제1부

함기석
파스칼 아저씨네 과자가게

의미 있는 시가 하도 지겨워
의미 없는 방정식을 푼다
내가 기호들과 즐겁게 노는데
창가로 팡새가 날아와 앉는다
주머니 달린 빨간 조끼를 입고 있다
선물이야 주인 아저씨 몰래 훔쳐 왔어!
새는 과자로 만든 시계를 꺼내 건네준다
아이스크림으로 만든 발을 꺼내 건네준다
나는 시계를 먹으며 창 밖을 본다
파스칼 아저씨네 과자가게가 보인다
토마토 모자를 쓰고 과자를 굽고 있다
과자들은 모두 숫자로 되어 있다
가게 안에 사람들은 보이지 않는다
생각도 갈대도 보이지 않는다
나는 다시 방정식을 푼다
시계를 먹으며 발을 먹으며
맛있게 맛있게 방정식을 푼다
시간이 새콤달콤 녹아 내린다
두통이 살콤살콤 녹아 사라진다
나는 계속 방정식을 푼다
그런데 아무리 풀어도 해답이 없다
그런데 그것이 해답인 방정식
그런데 그것이 해답인 나의 삶

●●● 몸 가벼운 시학

혹시 "팡새"라는 새를 아시나요? 시인들은 가끔 듣도 보도 못한 이상한 사물을 만들어냅니다. 아침부터 저녁까지 조류도감을 뒤적거려 보아도 "팡새"를 찾을 수는 없을 겁니다. 시인의 상상력이 창조한 지구상에 없는 최초의 새거든요. 그리고 실제로는 파스칼 영감의 명상록 『팡세』를 가리키는 것이지요. 일종의 언어유희입니다. 언어유희는 획일화되고 정형화된 사고와 언어 질서를 살짝 비틀어놓는 풍자의 한 방법입니다.

함기석 시인은 "의미 있는 시"가 지겹다고 말합니다. 세상의 모든 "의미"에 대한 선전포고를 합니다. 그동안 무수한 의미에 길들여지고 사육되고 수십 년 동안 그 의미에 복무하였습니다. "의미"는 과연 의미 있는 것인지 화자는 회의하면서 『팡세』를 미끼로 던집니다. 새로 변신한 "팡새"는 "과자로 만든 시계"와 "아이스크림으로 만든 발"을 화자에게 선물로 줍니다. 발랄하고 유쾌한 동화적 상상력이 발동하는 순간입니다. 그런데 과자는 모두 숫자로 되어 있습니다. "의미"로부터 도망친 화자가 "의미 없는 방정식"에 몰두하고 있기 때문입니다. 과자가게에는 사람도 없고 생각하는 갈대도 보이지 않습니다.

화자는 발과 아이스크림을 먹으면서 방정식을 풉니다. 그런데 아무리 문제를 풀어도 답이 나오지 않습니다. 여기서 시인의 재치 있는 시의 보법이 반짝입니다. 본래의 자리로 돌아와 인간의 삶에는 "답 없음"을 발견합니다. 모든 의미와 윤리와 사상의 허상으로부터 벗어나는 순간입니다. 파스칼 할배가 머리를 긁적이며 기운 없이 저만치 걸어갑니다.

함기석 시인의 특이한 발명품인 「파스칼 아저씨네 과자가게」는 권투선수의 경쾌한 발놀림과 잽을 보는 것 같습니다. 군더더기 하나 없이 가볍게 뛰노는 운율은 시를 시답게 하는 요소입니다. 특히 과도한 의미로 몸이 무거운 시들에게는 청량제 같은 역할을 합니다.

　세설원을 안고 흐르는 계곡물이 의미의 무거운 옷을 벗고 시와 뒹굴며 노는 운율 같습니다. 천진한 어린아이 웃음소리 같은 물소리에는 방정식도, 지겨운 비만의 시도 없습니다. 다만 그곳에는 몸 가벼운 한 편의 시가 반짝이고 있을 뿐입니다.

오정국

금서(禁書)

불탄 집의 잿가루에서 꺼내 온
이 문장은
번갯불의 타버린 혀이다 산 계곡의 얼음장이 갈라터지는 밤,

저수지 저쪽 기슭에서 뻗쳐오던 힘과 이쪽에서 뻗어가던 힘이
맞부딪힌 자리, 순식간에 얼음 밑바닥까지 칼금처럼 새겨지는
이 문장은

번갯불의 섬광으로 눈먼 자의 주술이다 뒤를 돌아보지 않아도 나는
이 길이 등 뒤에서 흘러왔음을 알고 있으니,
죽음의 혀를 불태우고 일어선
이 문장은

비단꽃무늬를 얻었다가 비단꽃무늬로 허물어진 뱀의 허물이다
제 살가죽을 가시처럼 찢고 솟아오른
이 문장은

살모사처럼 제 어미를 물어 죽였다 그 이야기를
무심코 거기서 끝냈던 것인데 눈이 그쳤다 비로소
얼어붙은 입, 그리하여 이 문장은

누대(累代)에 걸쳐 완성된 피의 철갑(鐵甲)이며
끓어오르다 물러터진 진흙의 후계자이다 눈 내리는 벌판에서 나는
그 어떤 말도 들은 바 없는데,

내 이렇게 깜깜하게 눈멀어, 아무래도 이 문장은
빛이 나에게 준 상처, 빛의 검(劍)이라고 말하는 게 옳겠다

••• 탄탄한 언어의 육체

직방으로 가자. 그의 시에는 힘이 있다. 탄탄한 언어의 육체가 있다. 가볍고 사소한 감각의 현란한 무늬가 아니라 진득한 삶의 중력과 팽팽한 긴장이 시종 시를 압도하고 있다. 시에서 힘이 느껴진다는 것은 온몸으로 시를 밀고 나갔다는 것, 거짓말하지 않고 장난치지 않고 매우 진중하게 삶의 얼룩을 깊이 있게 읽어냈다는 것이다.

시에 대한 그의 자세는 엄중하고 정직하다. 그의 어느 시를 읽어도 선이 굵고 둔중한 울림을 경험하게 되는 이유가 여기에 있다. 악몽 같은 삶을 온몸으로 살아내며 생의 비극적 풍경 속에서 캐낸 시의 광맥들이 큰 감동으로 다가오는 것이 오정국의 시다.

"번갯불의 타버린 혀", "칼금처럼 새겨지는/이 문장"을 보라. 그 문장은 바로 "죽음의 혀를 불태우고 일어선" 문장이다. 또한 "누대(累代)에 걸쳐 완성된 피의 철갑(鐵甲)"이며 고투를 통해서 얻어낸 생금 같은 삶의 진실이다.

> 내 이렇게 깜깜하게 눈멀어, 아무래도 이 문장은
> 빛이 나에게 준 상처, 빛의 검(劍)이라고 말하는 게 옳겠다

마지막으로 화자는 "제 살가죽을 가시처럼 찢고 솟아오른" 한 자루 "빛의 검(劍)"을 번쩍 눈앞에 내놓는다. 귀한 선물이다. 거저 가져가지 마시라. 혹여 손을 베일지도 모르고 휘황한 빛에 눈멀지도 모르는 일. 비루하고 팍팍한 삶의 굽이굽이에서 이 한 자루 칼이면 두려울 것도 망설일 일도 없을 것이다.

함부로 움켜쥘 수 없는 문장, 한 순간 독자의 가슴을 스윽 베고 지나가는 "금서"를 옷깃을 여미고 거듭 조심스럽게 들여다본다. 예리한 감각과 묵직한 사유가 잘 버무려져 농익은 시가 바로 「금서」이다.

신현정

와불(臥佛)

나 운주사에 가서 와불(臥佛)에게로 가서

벌떡 일어나시라고 할 거야

한세상 내놓으시라고 할 거야

와불이 누우면서 발을 길게 뻗으면서

저만큼 밀쳐낸 한세상 내놓으시라고 할 거야

산 내놓으시라고 할 거야

아마도 잠버릇 사납게 무심코 내쳤을지도 모를

산 두어 개 내놓으시라고 할 거야

그만큼 누워 있으면 이무기라도 되었을 텐데

이무기 내놓으시라

이무기 내놓으시라

이무기 내놓으시라고 할 거야

정말 안 일어나실 거냐고

천 년 내놓으시라

천 년 내놓으시라고 할 거야.

●●● 무지개로 공작새를 만든 시인

토끼에게서 달의 향기를 맡던 시인이 있었습니다. 20년 동안 침묵하다가 생의 마지막 6년여 동안 온몸으로 시를 불사르고 간 신현정. 토끼와 줄행랑을 친 지 벌써 1년이 다 되어갑니다. 엉뚱함과 천진함으로 삶과 죽음의 세계를 가시화하고, 무위(無爲)와 놀다간 신현정 시인은 우리 시단의 희귀한 시인이었습니다. 그의 독특한 시 세계는 아무도 손대지 않았던 영역이었고, 유희하듯 어슬렁거리며 삶의 가장 미세한 부분까지 시의 촉수로 감지한 시인이었습니다.

"와불"은 운주사의 산마루에 누워있는 부처입니다. 자연 암반에 조각을 한 뒤 일으켜 세우려다가 실패한 것이 와불이지요. 당시 사람들의 실망이 와불이 일어서는 날 새로운 세상이 도래하리라는 꿈으로 바뀌어 민간신앙으로까지 이어진 것입니다.

화자는 마치 투정하듯 와불에게 말합니다. 벌떡 일어나 "한세상" 내놓으시라고, 하다못해 무심코 내쳤을 "산 두어 개"라도 내놓으라고 말합니다. 그러나 와불은 묵묵부답입니다. 화자는 손짓 발짓 하나 못하고, 누워서 하늘만 바라보는 와불이 못마땅했던 모양입니다. 많은 사람들은 언젠가 와불이 벌떡 일어나 새 세상이 올 것이라는 절실한 믿음을 가지고 있는데 마냥 침묵만 지키고 있는 부처가 시인은 답답했던 것입니다.

화자는 한 발 물러섭니다. "그만큼 누워 있으면 이무기라도 되었을 텐데"라면서 이무기를 내놓으라고 합니다. 그러나 여전히 침묵입니다. 마침내 화자는 협박하듯 부처님에게 이무기도 내놓지 못하고, 일어서지도 못할 것 같으면 사람들의 눈물과 애환으로 점철된 지난 "천 년"을 내놓으라고 말합니다. 시인의 으름장에 운주사 와불도 꿈틀했겠지요.

하느님과 놀던 시인이 여기서는 부처님과 놀고 있습니다. 부처님은 시인의 친구이고 동생이고 형이고 아버지입니다. 아주 만만합니다. 부처는 숭배와 경외의 대상이 아니라 언제라도 함께 뒹굴며 놀 수 있는 친구입니다. 그를 하느님과 부처님의 친구라고 하는 이유가 바로 여기에 있습니다. 엉뚱함과 천진함이 여기서도 어김없이 나타납니다.

그러나 신현정 시인은 이승에서 많이 놀지 못하고, 토끼와 함께 야반도주하고 말았습니다. 그가 살아 있었다면 우리들의 삶이 한결 여유롭고 헐거워졌을 겁니다. 지금쯤 신현정 시인은 공기보다 더 가벼운 몸으로 양평 하늘숲 솔바람과 잘 놀고 있겠지요. 기차에 토끼의 귀를 달아주고, 무지개를 잡아 공작새를 만들던 그의 솜씨가 그립습니다.

정진규

슬픈 공복

거기 늘 있던 강물들이 비로소 흐르는 게 보인다 흐르니까 아득하다 춥다 오한이 든다

나보다 앞서 주섬주섬 길 떠날 채비를 하는 슬픈 내 역마살이 오슬오슬 소름으로 돋는다

찬바람에 서걱이는 옥수숫대들, 휑하니 뚫린 밭고랑이 보이고 호미 한 자루 고꾸라져 있다

누가 던져두고 떠나버린 낚싯대 하나 홀로 잠겨 있는 방죽으로 간다 허리 꺾인 갈대들 물속 맨발이 시리다

11월이 오고 있는 겨울 초입엔 배고픈 채로 나를 한참 견디는 슬픈 공복의 저녁이 오래 저문다

●●● 영혼의 떨림을 전신으로 받아내는 시

싸움판에서 진짜 고수는 현란한 동작을 하지 않고 한 번에 상대의 급소를 찌릅니다. 시도 그렇지요. 구구절절 설명하지 않고 슬쩍 보여주고 돌아서면 그뿐입니다. 정진규 시인의 「슬픈 공복」에서 날렵하면서도 진중한 몸놀림을 봅니다. 1, 2연에서는 화자의 쓸쓸한 초상이 보입니다. 1연에서 정적 사물이 동적 사물의 이미지로 전환됩니다. "비로소 흐르는 게 보인다"

는 것은 화자가 존재의 이면을 심원한 눈길로 오래 응시한 결과지요. 보이지 않던 것이 또렷이 눈 안에 들어오는 순간 오한이라는 정서적 반응이 구체적으로 나타납니다. 2연에서도 먼저 떠날 준비를 하고 있는 슬픈 "역마살"이 "소름"으로 돋아납니다. 존재에 대한 근원적인 성찰이 "몸"을 얻는 순간이지요.

3, 4연은 툭 던져놓은 풍경입니다. 장광설로 일관하는 여타의 시들과 명백하게 선이 그어지는 지점으로 "옥수숫대", "호미 한 자루", "낚싯대", "허리 꺾인 갈대"를 그냥 보여주기만 할 뿐입니다. 나머지는 독자의 몫입니다. 텅 빈 공간에서 독자는 마음대로 활보하고 뒹굴 수 있습니다. 독자가 숨 쉴 수 있는 공간을 터주는 절제와 생략은 고수에게 가능한 일이지요. 이 순간 화자는 단지 보여주기만 할 뿐인데, 공감의 영역은 폭발적으로 확장됩니다. 애틋하고 적막한 존재의 풍경이 저녁 어스름처럼 가슴에 젖어듭니다.

5연에서 화자는 삶의 근원적 고독과 정면으로 맞섭니다. 싸구려 감상의 나락으로 떨어지거나 맥없이 한 발 슬쩍 비켜서는 것이 아니라 겨울 초입의 어두워지는 저녁을 온몸으로 견뎌냅니다. 고독은 고독으로 깊어지고 그윽해집니다. 차돌처럼 단단해진 고독이 비로소 존재의 광채를 얻게 되고, 처연하고 쓸쓸한 삶의 풍경은 새로운 존재의 층위로 비약하는 순간입니다.

2, 3년 사주 역학을 공부한 사람이 간판을 내걸고 역술인 행세를 하는 것을 봅니다. 그야말로 이론의 기초만 배우고 역술인 흉내를 내는 것이지요. 시도 그렇습니다. 사주 역학을 이론으로만 하는 것이 아니라 거기에 일정 부분 영감과 직관의 영역이 작용하듯 시도 영혼의 떨림을 손끝이 아닌 전신으로 받아낼 때 빛이 납니다.

「슬픈 공복」은 바로 그런 시입니다.

강신애
소

안개 속에서 검은 소를 만났다
구정물과 젖은 풀의 냄새를 풍기며 천천히
어디로 가는 중이었는지
나를 뚫어지게 쳐다보았다

나도 가만히 바라보았다
커다란 눈이 성스럽도록 멀었다
이상하게도 소의 등허리에는
내린 눈이 그대로 쌓여 있었다

춥지 않니?
눈을 털어주려 손을 올려놓았을 때
갑자기 고개를 돌려서
놀란 나는 뒷걸음질쳤다
소도 놀란 듯 했다

자동차도 뜸한 길가
안개의 발판마다
젖은 현의 선율이 튀어나왔다
뒤에서 희미한 울음소리를 들은 듯 했지만
더듬듯 계속 걸었다

돌아오는 길에
안개로 윤곽이 무너진 소를 만났다
흐린 등에는
내 손자국이 찍혀 있었다

무거운 마침표처럼.
소는 한발자국도 움직이지 않았던 것
누군가를 기다리듯 거기
우두커니

●●● 신성에 다가가는 시

휴머니즘과 생태주의가 여전히 한국 시의 주류를 형성하고 있는 것이 사실이다. 이 틀에서 벗어나면 단박에 정도를 이탈한 괴물로 인식하는 경우가 있다. 그것을 여러 현상 중 일부라 생각하면 속 편히 넘길 수 있겠지만 문학의 현실을 왜곡하고 시의 빈곤을 초래하는 원인이라면 이는 가볍게 지나칠 수 있는 문제는 아닌 것이다.

이렇게 시절이 하 수상할 때 강신애의 「소」를 만났다. 한 편의 시에 오래 눈길이 머문다는 것은 시의 울림이 크다는 것이고 내재된 향기가 깊고 그윽하다는 것이다. 차분하게 사물과 조응하는 화자의 나지막한 목소리를 따라가다 보면 독자의 심안 또한 깊고 따듯해지는 것이다. 존재의 얼룩과 근원을 탐색하는 그의 시는 무슨 주의에 옭아맬 수 있는 류의 시가 아니다. 전통 서정시도 실험시도 아니지만 그의 자유로운 영혼의 숨결이 고요로이 숨 쉬는, 그리하여 신성의 저편을 얼핏 드러내 보이는 시가 강신애의 시다. 화자와 소의 만남, 소에 대한 조용한 응시, "춥지 않니?"라고 말을 건네며 등 위에 쌓인 눈을 털어주려는 화자, 자동차도 뜸한 길가에서 만난 한 마리의 소는 거룩한 신성의 또 다른 형상인 것, "희미한 울음소리"를 들으며 모른 체 하고 걷지만 돌아오는 길에 화자는 다시 소를 만나고 자신의 손자국을 발견하게 되는 것, 그 사이 소는 누군가를 기다린 듯 발자국도 움직이지 않았던 것.

현실과 환상을 넘나드는 그의 시는 기묘한 매력을 지니고 있다. 달리 표현하면 실상과 어떤 기운이 신비하게 조화를 이루는 시라고 할 수 있다. 얼핏 김종삼의 분위기가 감지되기도 하지만 존재의 근원에 드리운 그림자를 차분한 시선으로 읽어내는 시가 「소」다. 그 소는 신성의 다른 이름이요 곧 대상을 바라보는 화자의 삶이기도 하다. 주장하거나 역설하지 않고 몸을 떠난 향기가 허공을 떠돌다가 다시 육체성을 얻는 오롯한 순간을 경험하게 하는 시라고 할 수 있다.

인간과 사물의 경계를 넘나들며 존재의 새로운 지점을 여는 강신애의 시는 간과하기 쉬운 존재의 내밀한 숨결을 섬세한 감성으로 포착하여 형상화하는 특징을 지녔다. 이 점이 그의 시가 앞으로 더욱더 다채롭게 분광하리라는 것을 믿게 하는 이유이다.

맹문재

눈

타협을 모르는
관습을 모르는
후회를 모르는
치졸을 모르는……

저 신들린 몸짓

무기를 버린 채
지혜를 발휘하듯 명분을 만들고 있는 나를
창끝으로 겨누고 있다

썩은 물 같은 세상 갈아치울 것이라는 명분에
화장품을 바르는 나의 손으로는
방어할 수 없다

저 신들린 몸짓이여

깊은 땅굴 같은 변명에서 벗어날 수 있도록
나를 창끝으로 밀어다오
불로소득에 진드기처럼 매달려 있는 나를
산불처럼 태워다오

비누 거품처럼 꺼져가는 나를
세차게 흔들어다오

●●● 성찰과 반성의 미학

그렇다. 이 시는 삶과 맞장 뜨는 시다. 아주 정직하게 현실 대응 의지를 날카롭게 벼리는 시다. 여기에는 꼼수도 얄팍한 기교도 현학적 포즈도 없다. 근래에 보기 드문 희귀종이다. 맹문재 시인이 일관되게 지향해온 시적 세계가 명징하게 드러난 작품으로 올곧게 삶과 맞서 싸워나가는 시인의 투철한 자기 반성과 비판의 칼날이 사뭇 매섭다.

불순한 일상과 날카로운 대립각을 세우고 있는 사물이 곧 "눈"이다. 타협도 치졸도 모르는 순수 그 자체의 살아 있는 생명체를 통해 화자는 엄정하고 냉철한 눈길로 스스로를 성찰하고 있다. 이렇게 정직한 시선으로 자아의 누추와 비굴을 직방으로 드러내는 시를 찾아보기가 쉽지 않다. 더구나 비판의 "창끝"을 타자와 외부 환경이 아닌 화자 자신에게 겨누는 경우는 더욱 드물다. 상투적이고 어설픈 현실 비판의 시들이 공감을 얻지 못하고 일회적 울림으로 그치고 마는 것이 다반사인데 그 이유는 항상 자신을 비판의 대상에서 제외시키거나 주체와 대상을 구분하고 자신을 주체의 자리에 놓으려는 습성 때문이다. 그러나 맹문재의 시는 그러한 혐의에서 자유롭다. 그의 시를 신뢰하는 이유가 여기에 있다.

"명분"에 붙들려 현실의 질곡에서 벗어나지 못하고 타협과 변명으로 일관하는 자신의 비루한 삶을 있는 그대로 드러내고, "진드기" 같은 삶을 가차 없이 불태우고 찌르고 흔들어 본래의 자리로 돌아가고자 하는 몸부림이 가열차다. 진정성이 시의 중요한 미덕 중의 하나라면 그의 시는 소중한 가치와 덕목을 갖춘 셈이다.

관념은 삶을 넘어서지 못한다. 구체적인 삶에 기초한 맹문재의 시가 늘 가슴 뜨겁게 와닿는 것은 온갖 허위적 담론과 모순에 적극적으로 응전하기 때문이다. 그의 시는 알몸의 시다. 거짓과 허위의 치장을 벗어버리고 기꺼이 알몸이 되어 순결한 생명의 표상인 "눈"의 세계를 지향한다. 그만큼 외롭고 힘들 것이지만 시인은 아파야 하고, 피폐하고 굴곡진 삶을 온몸으로 끌어안고 가야할 것이다. 그것이 본질과 진실에 가닿기 위한 긴 여정의 한 굽이이기 때문이다.

심지아
모든 침대는 일인용이다

창백한 밤이야 목조 프레임이 흔들렸다 기억하지 못할 이야기를 사랑하느라 잠드는 사람들 여러 번 깜빡이는 형광등처럼 우리의 내부는 밤새 어둡게 번쩍인다 환한 정전이거나 검은 불빛이거나

수평으로 누워 바라보는 세계는 어쩐지 내가 사라진 곳에서 펼쳐진 풍경 같아 서늘하고 담담한 간격으로 우리는 낯설어지고 우리는 아늑해진다 점점 커지는 시계 소리 그것을 심장이라 믿으며

새벽 무렵 눈을 뜨면 잠긴 건물들 사소하고 쓸쓸해 지평선은 사라지면서 나타나고 우리는 걷는다 마땅한 인사를 건네지만 우리가 말아 쥐고 있는 것은 목화솜 이불, 기억나지 않는 이야기는 유일하게 싫증나지 않아

●●● 낯선 이미지의 참신한 보법

2010년 봄 『세계의 문학』으로 등단한 심지아의 당선작 7편을 읽고, 나는 한동안 망연했다. 무한한 가능성으로 열려있는 젊은 시인의 언어를 보면서 생득적으로 언어의 태생 자체가 다르다는 것을 느꼈다. 단순히 세대의 차이에서 오는 감각의 거리만 있는 것이 아니라 언어의 색깔과 냄새와 모양이 근본적으로 다른 것이었다.

작품을 며칠 동안 옆에 두고 되풀이하여 읽었다. 멀고 낯설게만 느껴지던 시의 맥박이 희미하게 손끝에 감지되기 시작했다. 박동은 또렷했고 단단한 시의 힘이 느껴졌다.

심지아 시인의 「모든 침대는 일인용이다」는 당선작 중 한 편이다. 고루한 어법에 길들여진 눈에 낯선 이미지의 보법이 새롭고 신선했다. '모든 침대는 일인용이다' 라는 제목은 개체화된 존재의 적막한 삶의 이면을 암유적으로 드러낸 것이다.

쓸쓸하게 혼자 눕는 침대에서 화자의 "창백한 밤"은 펼쳐진다. 1연에서 "기억하지 못할 이야기를 사랑"하기 위해서 "우리의 내부는 밤새 어둡게 번쩍인다"고 화자는 말한다. 그 상황을 시인은 절묘하게 "환한 정전"과 "검은 불빛"으로 포착한다. 잠들지만 잠들지 못하는 상황은 지속되면서 2연으로 심화 확대된다. 침대에서 누워 바라보는 세계는 서늘한 죽음의 풍경이다. 존재의 소멸과 그 후의 풍경이 화자의 눈앞을 언뜻 스치고 지나가고 낯설어진 존재의 알몸을 보게 된다. "시계 소리"를 "심장"으로 믿는 시인의 감각은 다시 본래 자리로 돌아와 3연의 현실과 맞닥뜨린다.

새벽에 눈뜬 화자는 적요한 눈길로 그저 사소하기만 한 바깥 건물을 바라보면서 생의 스산한 풍경에 쓸쓸해지다가 거리로 나와 일상의 남루와 만나게 된다. 어제처럼 사람들과 서로 인사를 나누며 나날의 삶을 살아가지만 언제나 그렇듯 손에 "말아 쥐고 있는 것은 목화솜 이불"이다. 기억 저편에 남아 있는 것만이 "유일하게 싫증나지 않"는 실체요 바탕이라고 언술하는 이 시의 구조는 스스로 문을 닫아거는 모양이 아니라 앞뒤 대문 활짝 열어놓은 형상이다.

기존의 어법에 익숙한 독자라면 「모든 침대는 일인용이다」의 열린 구조가 다소 의아하거나 모호하게 느껴질 것이다. 그러나 이러한 구조의 시에서 독자는 보는 눈에 따라 전혀 다른 의미를 읽어내거나 아직 드러나지 않은 함의를 발견할 수도 있을 것이다. 그만큼 이 시는 주변에서 흔히 보는 단선적 구조의 시가 아니라 겹겹의 층위를 숨기고 있는 작품인 것이다.

이장욱

소규모 인생 계획

식빵 가루를
비둘기처럼 찍어먹고
소규모로 살아갔다.
크리스마스에도 우리는 간신히 팔짱을 끼고
봄에는 조금씩 인색해지고
낙엽이 지면
생명보험을 해지했다.
내일이 사라지자
모레가 황홀해졌다.
친구들은 한 둘
의리가 없어지고
밤에 전화하지 않았다.
먼 곳에서 포성이 울렸지만
남극에는 펭귄이
북극에는 북극곰이
그리고 지금 거리를 질주하는 사이렌의 저편에서도
아기들은 부드럽게 태어났다.
우리는 위대한 자들을 혐오하느라
외롭지도 않았네.
우리는 하루 종일
펭귄의 식량을 축내고
북극곰의 꿈을 생산했다.
우리의 인생이 간소해지자
달콤한 빵처럼
도시가 부풀어 올랐다.

●●● 진화하는 시의 언어

이장욱 시인은 우리 시단에서 비평의 세례를 집중적으로 받는 시인 중한 사람이다. 그는 시 뿐만이 아니라 소설과 비평 분야에서도 특유의 저력을 발휘하고 있는 시인으로 문단의 비상한 주목을 받고 있다. 그의 시는 모더니티의 극단에서 기존의 서정성을 낯설게 하는 첨예한 감각을 보여준다. 이러한 파격적인 어법에도 불구하고 그의 시는 시적 감동이나 공감을 소홀히 하지 않기 때문에 독자들의 관심이 계속 이어지고 있다.

「소규모 인생 계획」은 소시민의 옹색하고 서글픈 삶을 묘사하고 있는 시다. 아무것도 내세울 것 없는 그야말로 내일을 기약할 수 없는 불안하고 암울한 삶의 모습이다. 궁색한 일상은 빵가루를 찍어먹고 크리스마스에도 팔짱이나 끼고 거리를 배회하는 모습으로 나타난다. 그것도 모자라 마침내 생명보험까지 해지하는 상황에 이르고 친구들은 전화도 하지 않고 하나 둘 곁을 떠나게 된다. 먼 나라에서는 전쟁의 포성이 끊이지 않고 그 와중에도 아이들은 태어난다. 그리고 두 사람은 하나도 위대할 것 없는 "위대한 자들을 혐오하느라" 외로울 새도 없다. 온종일 생계를 위한 최소한의 양식만으로 "북극곰의 꿈을 생산"하고, 인생은 지극히 간소해진다. 그때 눈앞의 도시가 "달콤한 빵"처럼 부풀어 오르는 역설적 상황이 연출된다.

이 시에서 화자는 현실과 객관적 거리를 유지하고 있다. 소시민의 궁색한 삶을 묘사하면서도 주관적 감정의 노출을 피하고 현실 그대로의 상황을 보여준다. 즉 독자가 개인의 상상력과 감수성으로 개입할 시적 공간이 그만큼 넓다는 것이다. 과거 공동체의 언어에 길들여진 독자는 개인의 주체적 언어가 낯설고 이물스러울 수 있다. 그러나 과거 80년대의 언어로 오늘의 현실을 조명하는 데는 한계가 있다. 시적 언어도 진화할 수밖에 없다. 너무 노쇠해진 30년 전 언어는 이제 조용히 쉬게 두자. 그것이 과거 언어에 대한 예의이다.

조정인
고양이는 간간 상황 너머에 있다

얼마나 깊은 데서 띄워 올린 언어인가 네 고요한 응시는
상황 너머로부터 검정 장미꽃잎만을 받아먹고 사육된 종족

너는 간간 내게로 와서 모스크 불빛 같은 눈을 들어 갸우뚱
바라보고는 하지 제 심연의 슬픔이 외따로이 떠 있는 동그란 그곳에
그만 시큰하도록 발목이 빠져 사랑한다, 고백하고 말았는데

나를 따돌린 저편에서 간헐적으로 흘리는 네 토막울음은
사라지기 위해 있는 차가운 음악, 그 날 너는 열에 들뜬 내 머리맡을
지키고 있었나 근심을 늦추지 않은 연약한 불꽃으로

고양이와 나는 각자의 침묵에서 두 점 파란 불꽃을 피워 흔들렸다
어둠 속에 일어나 짐승의 반짝이는 물가에 나란히 앉아본 자는 안다
종(種)의 경계가 얼마나 부질없는 것인가를

우린 신의 식탁 아래서 빵부스러기를 줍는 이방의 존재들이지만
종종 이마를 맞대고 소곤거리는 사이다 그 작은 미간에 입술을 얹자
눈을 감는 너, 열렬히 나를 듣는

●●● 깊고 곡진한 시의 미학

　좋은 시집을 만나기가 쉽지 않은데 올 봄에 아껴가며 읽고 싶은 시집 한 권을 받았다. 조정인 시인의 『장미의 내용』이 바로 그것이다. 전통 서정시도, 단순한 현실재현적 시도 아닌 그래서 금강석처럼 더욱 빛나는 시집. 그 속에서 좋은 시 여러 편을 발견했다. 그 중 「고양이는 간간 상황 너머에 있다」를 주목하여 읽었다. 발표 당시와는 상당히 달라진 시다. 시인은 시집으로 묶기 전에 수차례 퇴고의 작업을 거친 것이다.

　김수이 평론가는 시집 해설에서 조정인의 시를 "특정 시공간과 개체의 경계를 넘어 다른 시공간 및 존재들과 자유로이 접속하고 연대하는 시"라고 하였다. 이 시 역시 그 범주에 속하는 작품으로 고양이를 통해 우주적 사고의 일단을 명징하게 보여주고 있다. 상황 너머를 응시하는 고요한 시선은 시집 전체를 아우르는 요체이다. 조정인 시의 도처에서 발견되는 존재의 이면에 대한 곡진한 시선이 시를 깊고 넓게 만드는 핵심이라는 것은 주지의 사실이다. 2연에서 대상과 화자는 하나가 되어 숨쉰다. 대상에 대한 사랑과 외경은 사유의 심원한 깊이에서 비롯되는 것. 여기서 대상은 애완동물로서의 단순한 고양이가 아니다. 그것은 화자와 영적으로 소통하는 "모스크 불빛" 같은 존재이고, 동시에 뭇 생명이며 한 편의 시인 것이다. 이들의 관계는 어느 한쪽의 일방적인 사랑이 아니라 상호 소통을 통해 완성되는 사랑이고, 개체의 한계를 단숨에 뛰어넘는 것이다. 그 결과 화자는 "종(種)의 경계가 얼마나 부질없는 것인가를" 인식하게 되는 것이다.

　우리는 모두 "신의 식탁 아래서 빵부스러기를 줍는 이방의 존재들"이다. 그러나 종(種)의 한계를 넘어 내적으로 교류할 수 있고, 시공까지도 초월하여 서로 느끼고 교감하면서 생의 비경에 다다를 수 있는 것이다. 편견과 독선으로 선을 긋고 나누고 구획하면서 옹색해진 삶의 영역을 훌쩍 뛰어넘어 광활한 삶의 지점에 이를 수 있다는 것. 이것이 대상과의 내밀한 소통을 통해 얻어낸 시적 진실이다. 조정인 시인은 고양이와의 남다른 "연애"를 통해 사물 속에 숨어있는 신성을 발견하고 존재의 비의를 섬세하고 아름답게 드러내는 시인이다. 독특한 색깔과 시선을 견지하고 현실과 우주, 역사와 종교 등을 넘나들면서 자유롭게 펼쳐나가는 시의 공간은 앞으로 더욱 더 깊게 확장될 것이다. 활원한 시적 사유와 언어를 부리는 천부적 솜씨, 섬세한 감성과 개성적 시 세계는 여타의 평범한 시들과는 전혀 다른 층위에 그녀의 시가 자리하고 있음을 증명하는 것이다. 모처럼 한 권의 시집을 읽고 몸과 마음이 개운하였다.

최호일

새가 되는 법

매일 하늘을 날면서 밥을 해 먹을 것 새의 목소리와 성격으로 수술하고 천장과 바닥을 없애 버릴 것

일주일에 두 번 날갯죽지에 얼굴을 묻고 너무 캄캄해서 울 것 아직 태어나지 않은 듯 잡았던 손을 놓고 흔들며 인간의 마을에서 잊혀질 것

새장을 만들어 놓고 새장을 부술 것 하얀 새의 천 번째 울음소리로 얼굴을 씻고 하얗게 될 것 어둠이 묻어 있는 바람을 끌어다 덮고 자면서 오월이 오면 오월을 등에 지고 다닐 것

아침이면 새소리에 잠이 깨 새의 그림자를 만들어 놓고 빠져 나갈 것 시를 쓰고 짝짝 찢어서 바람에 날린 후 가장 멀리 날아갈 것

자신이 새인 줄 모르고 새처럼 날아가다가 깜짝 놀랄 것

냄새 나게 새는 왜 키우니 하고 돌을 던지면 맞아서 죽을 것 죽어서 매화 그림 속으로 들어갈 것

●●● 낯선 시의 문법

뒤통수를 치거나 뚜껑 열린 시가 맛있다. 단정하게 뚜껑을 닫아놓은 시는 왠지 답답하고 지루하다. 응축도 생략도 없고, 광기나 도취도 없이 뜻 없이 지루하게 중얼거리는 시는 재미가 없다. 언어의 평면적 서술만 있고 언어의 미학적 측면은 전혀 고려하지 않은 시들은 아무 맛도 없이 가짓수만 많은 음식 같다.

언어의 광휘가 있는 시, 사유의 날이 번쩍이는 시는 읽는 이를 긴장시키고 몸을 떨게 한다. 상식적인 내용을 상투적 방법으로 되풀이하는 많은 시들 앞에 아주 특이한 어법을 가지고 나타난 시인이 있다.

최호일, 그의 시는 미래파와는 또 다른 외계의 언어이다. 단순한 현실 재현적 시도 아니고, 현실 바깥으로 멀리 달아난 시도 아니다. 지금까지의 시들과는 전혀 다른 층위에 그의 시가 놓여 있다. 미래파 이후 새로운 시적 활로를 열어가고 있는 신인이지만 아직 그에 대한 조명은 충분치 않다.

최호일 시인은 시단의 아나키스트이다. 기존의 시문법으로 접근했다가는 낭패하기 쉽다. 그의 시는 늘 새로운 독법을 요구한다. 그의 전복적 사고는 작품 도처에 지뢰처럼 매설되어 있다. 자칫 잘못하다가는 발목이 잘리기도 하고 머리통이 날아가기도 한다. 시를 읽다 말고 내 다리 어디갔지 하고 중얼거릴지 모른다. 길을 잃고 집을 찾지 못하여 가족들이 실종 신고를 할지도 모른다. 그러므로 시를 읽을 때는 각별히 주의해야 할 사항이 많다.

나는 지금 친절한 처방전을 쓰고 있는 셈이지만 시로 들어가기 전에 내 처방전은 버리는 것이 좋다. 주저하지 말고 일단 입에 넣고 씹다 보면 묘한 향기와 맛이 마리화나처럼 전신으로 퍼져나갈 것이고 혼몽해질 것이다. 그 혼몽함 속에 자신을 놓아버리면 그의 시와 함께 망망대해로 흘러갈 것이다. 그리하여 삶의 한 순간이 행복할 것이고, 몸과 마음을 묶던 생의 경계 밖에서 한 사나흘 어슬렁거리게 될지도 모른다.

「새가 되는 법」은 비루한 일상을 뛰어넘는 비법을 묘사하고 있다. "새의 목소리와 성격"을 갖고 "새장을 만들어" 놓되 "새장을 부"수는 것이다. 그리고 "하얀 새의 천 번째 울음소리로 얼굴을 씻고 하얗게"되는 것이다. 그 무엇에도 구속되지 않고 훨훨 날아가다가 냄새 나는 새를 왜 키우냐고 돌을 던지면 기꺼이 돌을 맞고 매화 그림 속으로 들어가라는 것이 이 시의 전언이다. 새는 자유이고 일탈이고 영성이다. 숨막히는 일상의 삶을 관통하는 큰 구멍이고 안팎이 소통하는 창문이다. 새를 키우고 마침내 새가 되는 것은 존재의 혁신이요 완고한 사유의 외피를 벗고 날아오르는 일이다.

존재의 도약과 비약은 끊임없는 자기 부정이 전제되어야 한다는 것을 시의 화자는 "새의 그림자를 만들어 놓고 빠져" 나가는 일과 시를 찢는 일로 묘사하고 있다. 활달한 이미지의 전개가 막힘이 없고, 자유자재하며 이미지와 이미지가 충돌하면서 불꽃이 튄다. 연과 연으로 이어지는 낯선 시의 문법이 신선한 정서적 충격으로 다가오는 것도 이 시의 매력이다.

새로운 시의 짐을 짊어진 그의 어깨가 무겁다.

이은봉
발자국

삼짇날 지난 남쪽 하늘가, 제비 몇 마리 바람 데불고 지지배배 지지배
배, 뛰놀고 있다 달리고 구르고 뒹굴고……

더런 빨랫줄 위, 사뿐히 내려앉기도 한다

약 오른 바람들, 가끔은 제비들 날개 꼬옥 끌어안고 놓지 않는다 그러
면 제비들, 대각선 길게 그으며 휘이익, 빠져 달아난다

남쪽 하늘가 어디, 발자국 하나 없다

●●● 생의 진경

몸이 날렵한 한 편의 잘 생긴 시를 만났다. 주체의 시선에 포착된 사물은 한 마리의 제비. 군더더기 없이 명쾌하고 청명한 가을 하늘처럼 몸이 가볍다. 1, 2연의 "제비"는 대자유인의 초상이다. "달리고 구르고 뒹굴고" 무한천공을 마음껏 날아다니는 "제비"는 아름다운 지향의 대상이다. 화자의 시선은 제비의 매혹적인 몸짓에 홀려 있다. '홀림'은 경계와 구분을 넘는 것이고, 상투화된 일상으로부터의 탈주이다.

그리하여 "약 오른 바람"은 다름 아닌 화자이며 동시에 일상의 남루한 욕망이고 질서이다. 제비는 "대각선 길게 그으며" 삶의 질곡을 경쾌하게 빠져나간다. 지리멸렬하고 비루한 일상에서 상큼하게 빠져나온 제비. 한순간 존재의 비약이 이루어진 그 자리 어디에도 "발자국"은 없다. 비로소 완전한 존재의 해방이 구현되는 순간이다. 온갖 욕구와 결핍의 폭정에서 벗어나 잠정적 열반에 도달하는 희열의 찰나인 것이다.

"발자국"은 삶의 흔적이지만 무쇠 덩어리로 만들어진 족쇄이다. 그로 인해 삶은 한없이 무거워지고 결국 무한천공을 날 수 없게 하는 것. 그리하여 제비는 발자국을 남기지 않고 홀연히 사라져 태허의 씨앗이 되고 원소가 된다.

이 시는 명쾌하게 생의 진경을 열어 보여준다. 발자국에 연연하지 않는 시인만이 일구어낼 수 있는 아름답고 산뜻한 풍경이다.

이 원
간이식당

끊어져버린 전기처럼 한 사내
등받이가 없는 간이 의자에 앉는다
그가 꽂힐 콘센트가 보이지 않는다
사내의 잠긴 허리 근처에서
수도꼭지 두 개도 잠겨 있다
카운터 너머 진창 같은 여자는
수도꼭지 옆 온수 탱크 앞에 선다 그래도
온수 탱크와 수도꼭지는 차가운 은빛이고
허옇게 뒤집어진 고무장갑은 시간을 잔뜩 묻히고
붉은 벽의 허공에
형광등과
여자와 사내가
흐릿하게 떠 있다
그곳으로 들어가는 손잡이는 보이지 않는다
유리문 밖은 차들이 굉음을 내며 도로를 질주한다
여자와 사내는 모른다 어디쯤이 이 세계의 통제선인지는
헐거운 세계를 조이고 있는 나사못처럼
단단한 등만 보이고 있는 여자와 사내
여자와 사내를 열고 밤이 산업용 석회액을 부어넣는다
굳은 후에 사내와 여자를 뜯어낸다
엉킨 전선 다발 같은 것들이 석고 밖으로 빠져나온다

●●● 쟁기의 언어와 트랙터의 언어

시의 언어에는 쟁기의 언어와 트랙터의 언어가 있습니다. 이것을 평론가들은 공동체의 언어와 개인의 언어라고 부르기도 하지요. 쟁기질을 하면서 자란 사람들이 쓰는 어법과 트랙터로 논밭을 경작하면서 자란 사람들의 어법은 판이하게 다르지요. 그 차이를 인정하지 않으려고 할 때 틈이 생기고 소통불능의 언어, 괴물들의 외계어라는 말이 나오게 됩니다. 쟁기가 트랙터를 바라볼 때 분명히 외계인이요 괴물이겠지요. 뭐 저런 게 다 있나 싶겠지요.

이원의 「간이식당」은 트랙터의 언어로 일군 암울하고 절망적인 풍경입니다. 전혀 장사가 되지 않는 길가의 조그만 가게인 모양인데 미납된 수도료, 전기료 탓인지 단전, 단수의 상황이 눈에 보입니다. 극한의 처지에 몰려 있는 부부의 암담한 현실에 가슴이 먹먹해집니다. 화자는 창밖에서 그 모습을 무연히 바라봅니다. 아무 희망도 보이지 않고, 그저 마음만 안타까울 뿐 부부의 세계로 들어갈 수 있는 문은 없습니다. "손잡이" 없는 현실이지요. 구원의 가능성이 없는 현실은 언제까지 계속될 것인지 앞이 보이지 않습니다. "단단한 등만 보이고 있는 여자와 사내"의 절망은 돌덩이처럼 딱딱합니다.

이때 저벅저벅 다가오는 밤이 부부의 몸에 석회액을 붓습니다. 시인의 뛰어난 상상력이 발휘되는 순간이지요. 석회가 굳은 후에 뜯어내자 뒤엉킨 전선줄만 흉물스럽게 드러납니다. 마치 초현실주의 회화 같기도 하고, 행위예술의 섬뜩한 한 장면 같기도 합니다. 나머지는 독자의 몫입니다. 읽는 이의 감수성과 사유의 폭에 따라 작품에 대한 접근 방식은 달라질 수 있겠지요.

날마다 가슴 베이며 그리워도 갈 수 없는 곳, 요즈음 부쩍 명옥헌 백일홍의 안부가 궁금합니다.

김춘수
명일동 천사의 시

앵초꽃 핀 봄날 아침 홀연
어디론가 가버렸다.
비쭈기나무가 그늘을 치는
돌벤치 위
그가 놓고 간 두 쪽의 희디흰 날개를 본다.
가고 나서
더욱 가까이 다가온다.
길을 가면 저만치
그의 발자국 소리 들리고
들리고
날개도 없이 얼굴 지운,

●●● 생의 틈새에서 새어나오는 온기 어린 숨결

김춘수 시인이 나이 여든이 되어 펴낸 시집 『거울 속의 천사』를 다시
읽으면서 많은 걸 생각했습니다. 고령에도 불구하고 시적 긴장과 언어의
밀도가 조금도 떨어지지 않고, 팽팽하고 조밀했습니다. 군더더기 없이 간
결하고, 함축의 묘미 또한 뛰어난 시들이 많았습니다.

「명일동 천사의 시」는 아내를 잃고 쓴 시입니다. 봄날 홀연히 아내는
이승의 끈을 놓고 곁을 떠납니다. 혼자 남은 시인은 고적을 견디면서 아내
에 대한 간절한 그리움과 상실감으로 뒤척입니다. 평생을 함께 한 아내를
시인은 "천사"라고 부릅니다. "희디흰 날개"는 천사가 된 아내의 맑고 정

갈한 이미지이지요. 시인에게 아내는 죽고 나서 더 가까이 다가오는 실존입니다. 길을 걸을 때도 아내의 발자국 소리를 환청으로 듣습니다. 이처럼 아내에 대한 그리움은 갈수록 더 절절하지만 아내는 지금 손으로 잡을 수도 말을 걸어볼 수도 없는 존재입니다. 텅 빈 아파트에서 조용히 아내를 불러보아도 목소리는 메아리가 되어 쓸쓸히 되돌아올 뿐이지요. 얼마 전까지만 해도 바로 옆에 있었던 아내의 빈자리는 큰 상실감으로 가슴을 저며옵니다.

이러한 심회가 잘 나타난 시가 「명일동 천사의 시」입니다. 이 시는 김춘수 시인의 이전의 시와 비교했을 때 확연한 차이점이 있지요. 생의 틈새에서 새어나오는 온기 어린 숨결과 인간적인 삶의 체취가 여실하게 묻어나는 시입니다. 마치 아무 화장도 하지 않은 시인의 맨 얼굴을 보는 것 같습니다.

시집에 수록된 마지막 작품이 「품을 줄이게」입니다. 이 시는 후배 시인들에게 던지는 원로 시인의 애정 어린 고언이면서 뛰어난 시 지침서 같아 옮겨 봅니다.

> 뻔한 소리는 하지 말게.
> 차라리 우물 보고 숭늉 달라고 하게.
> 뭉개고 으깨고 짓이기는 그런
> 떡치는 짓거리는 이제 그만두게.
> 홀쩍 뛰어넘게
> 모르는 척
> 시치미를 딱 떼게.
> 한여름 대낮의 산그늘처럼
> 품을 줄이게
> 시(詩)는 침묵으로 가는 울림이요
> 그 자국이니까
>
> — 김춘수, 「품을 줄이게」 전문

황성희
스승의 은혜

전체적으로 보면 그것은 나무의 기억.
열매 대신 가지마다 주렁주렁 매달린 얼굴들.

이 순간을 포함해 분명한 것은 없나요?
내 손을 포함해 확실한 것은 없나요?

장군께서는 한산섬 달 밝은 밤 지키던 칼로
내 질문의 유명무실함을 단번에 베어주셨다.
가슴에 숨어 있던 붉은 사과들이 와르르 쏟아졌다.
의사께서는 내 약지의 한 마디 가볍게 잘라내시곤
힘차게 짜낸 피로 이름 석 자 써보도록 독려하신다.
시간의 감옥에서는 그만한 하느님이 없다시며.
리비도를 들락거리던 심리학자께서는 즐거운 나의 집을 열창하는
어머니의 입에 오줌을 싸는 악몽으로 괴로워하는 나에게
의자를 이용한 하루 3번의 자위로 스트레스를 날려버리라 하신다.
물렁물렁한 시계의 현실적 대중화에 집착하셨던 화가께서는
내 친구의 아내를 연모해 보라 충고하시며
현실의 갈라가 없다면 초현실의 갈라도 없었겠지 콧수염을 만지신다.
이상향을 꿈꾸던 의적께서는 호부호형 속에 모든 실마리가 있다며
율도국은 다만 허상에 지나지 않았다고 고백하신다.
한때 다방을 운영하셨던 시인께서는 권태를 이기고자 한다면
난해함은 기본이라며 불쑥 멜론을 내미시는데.

지금 내가 나무의 기억 말고
획기적 수미상관의 창조에 골몰해야만 하는 이유
더 이상 나열할 필요가 있을까.

••• 창조적 주체의 시

역사와 이데올로기를 한 방에 날려버리는 시가 있다. 황성희의 「스승의 은혜」는 제목부터 심상치가 않다. 풍자와 반어, 냉소의 눈길이 느껴진다. 모처럼 개성 있고, 재미있는 시를 만났다.

나무에 "주렁주렁 매달린 얼굴들"은 한때 나에게 일정한 영향을 끼쳤던 인물들이다. 그들에게 화자는 분명하고 확실한 것이 있느냐고 묻는다. 이순신 장군은 대답 대신 질문의 "유명무실함"을 베었고, 안중근 의사는 피로 "이름 석 자"를 써보라고 하며 "하느님" 같은 절대성을 언술하고, 프로이트는 정신 분석의 처방을 내리고, 살바도르 달리는 애인 갈라를 끌어들여 초현실의 이야기를 하고, 홍길동은 율도국이 허상에 지나지 않는 것이라 하고, 이상은 권태를 이기는 법을 말한다.

마지막 연에서 화자는 "획기적 수미상관의 창조"에 대해 언급한다. 이는 "얼굴들"에 대한 전면적 부정이다. 화자 스스로 내린 결론은 세상에 분명하고 확실한 것은 없다는 것이다. 모든 것이 불확실하고, 불분명하며 절대적 진리라고 하는 것도 없으며 인간의 삶은 그저 모호하고 불투명한 가운데 시간의 저편으로 사라져간다는 것이다. 즉 주체는 환상에 지나지 않는다는 결론에 이르고, 이러한 현실에서 화자가 선택하는 것은 획기적인 창조이다. 즉 과거의 무수한 영향과 연결 고리에서 벗어나 새로운 세계를 창조하는 것, 바로 거기에서부터 시인의 고민은 다시 깊어지는 것이다.

이 시는 풍자와 반어로 이데올로기와 미학적 규범, 교조화된 사회 윤리, 현실 세계의 허구성 등을 비판하면서 존재론적 성찰을 시도하고 있는 작품이다. 단순히 현실의 구조적 모순이나 병폐 등을 비판하는 단선적 경향의 시들과는 큰 차이가 있다.

논리적, 형이상학적 주체가 허구라고 선언한 니체는 인간은 '단 한 번의 존재, 비교할 수 없는 자, 자기 스스로 입법하는 자, 자기 스스로 창조하는 자'가 되어야 한다고 주장하였다. 주체는 허구에 불과하다는 사실을 바탕으로 '창조적 주체', '자율적 주체'를 지향하는 황성희 시인은 일단 자기만의 고유한 영역을 개척했다고 볼 수 있다. 그러나 그 땅을 옥토로 만들기 위해서는 더 많은 불면의 밤을 견뎌야 할 것이다. 다른 젊은 시인들과 차별화된 시적 전략을 구사하고 있는 그의 다음 작품이 어느 방향으로 향할지 자못 궁금하다.

이홍섭

나무의자

맨체스터 유나이티드의 전설 라이언 긱스는 툭 하면 차를 바꾼다. 몸
이 차의 안락에 적응하면 자기 폼이 나오지 않기 때문이다. 그는 잉글랜
드의 귀화 요구를 거부하고 어머니의 조국 웨일즈를 고수해 단 한 번도
월드컵에 나가지 못했다. 대신 그는 툭 하면 차를 바꾸며 여전히 현역으
로 그라운드를 누빈다.

가난한 나는 차 대신 툭 하면 의자를 바꾼다. 기어코 딱딱한 나무의자
로 되돌아와 척추를 곧추 세웠다 허물기를 반복한다. 나에게 귀화해달라
고 애걸하는 나라는 없지만, 그런 날이 오더라도 이 남루한 조국을 버리
지는 않을 작정이다. 대신 툭 하면 의자나 바꾸며 살아가려 한다. 의자가
나를 안기 전에 내가 의자를 버릴 것이다.

●●● 혁신의 시학

뻔한 일상을 소재로 한 시는 자칫 진부해지기 쉽습니다. 더군다나 별다
른 고민이나 사유 없이 기존의 시작 방법을 그대로 따를 경우 감동보다는
동어반복의 지루함이 앞서게 됩니다. 아직도 80년대식 올드패션을 고수하
면서 그것만이 시의 진정성을 구현하는 가장 좋은 방법이라고 생각하는
시들이 있습니다. 환경과 생명 등을 운운하면서 어설프게 독자를 계몽하
려 들거나 어떤 깨우침을 의도하는 시, 걸핏하면 불경이나 노자, 장자를
거론하면서 도사연하는 시들을 보면 염증을 넘어 이제 연민마저 느끼게
됩니다.

이홍섭 시인은 일상의 친숙한 소재를 낯선 방법으로 형상화하여 시적 공감을 불러 일으키고 있습니다. 1연은 라이언 긱스가 자주 차를 바꾸는 이유를 제시합니다. 그것은 "몸이 차의 안락에 적응하면 자기 폼이 나오지 않기 때문이다"라고 말합니다. 얼핏 보면 매우 단순한 이야기처럼 보입니다. 그러나 몸과 사물의 관계를 매우 정치하게 드러내고 있습니다.

　　2연에서 화자는 자신의 이야기를 말합니다. 차가 의자로 전치되어 나타날 뿐 큰 차이는 없습니다. "남루한 조국"은 버릴 수 없는 삶의 원질이겠지요. 라이언 긱스가 그러했듯 화자도 속 깊이 내재되어 있는 바탕을 버리지 않습니다. 대신 자주 의자를 바꾸며 척추를 곧추세웠다 허물기를 반복합니다. 의자의 안락을 허용하지 않겠다는 것, 그것이 시인의 의지요 삶의 결기입니다.

　　"의자가 나를 안기 전에 내가 의자를 버릴 것이다"는 단호하고 엄정한 삶의 자세가 이 시의 근간을 이루고 있습니다. 시의 뼈요 척추인 셈이지요. 안락한 현실에 안주하지 않고 매 순간 혁신과 탈주의 삶을 선택하겠다는 화자의 의지가 자못 결연하기까지 합니다. 쉽고 편안하게 읽히는 시지만 한 번 읽고 던져버리는 시가 아니라 거듭 다시 들여다보게 하는 작품입니다. 이것이 좋은 시의 한 전형이 되는 이유가 여기에 있습니다.

제2부

이병률

못

책상을 짜러 찾아간 목공소 문간에 걸터앉아
목수를 기다립니다
토막토막 잘린 나무를 가져다 못을 박기 시작합니다
뜨겁게 못을 박다가 그만 비정을 박는 건 아닌가 하여
조금 앉아 있습니다
덩어리를 얼추 다 맞추었는데도 목수는 오지 않습니다

돌아와서 돌아와서
몇 번이고 돌아오는 버릇이 있는 나는
돌아오고 압니다
박을 것들보다
뽑을 것들이 많다는 것을

밤 늦게 산책을 나갔다가
뭐든 주워오는 버릇이 있는 나는
그날도 남이 버린 선반을 가뿐히 들고 돌아옵니다

돌아오고 나면 또 압니다
못을 칠 수 없다는 것을

한 사람 심장에 못을 친 사실을
이후로 세상 모든 벽은 흐느끼고 있다는 생각을 합니다
그 바람에 벽을 다 써버렸다는 사실도

●●● 벽의 흐느낌을 듣는 시인

어깨에 잔뜩 힘이 들어가 있는 시는 읽는 것이 부담스럽습니다. 살 없이 뼈만 울퉁불퉁 튀어나와 있는 시도 읽기 괴롭지요. 대상과의 거리가 너무 가까운 시도 덜 익은 땡감처럼 고역스럽습니다. 아무튼 시 쓰는 일이 사는 것만큼이나 어렵습니다. 언어의 설사라 할 만큼 요설이 심한 시, 곰곰 읽어보면 한낱 말장난이나 공소한 언어 수사로 끝나는 시도 실망스럽기는 마찬가지입니다.

이병률의 「못」은 편하게 읽히는 시입니다. 관념의 과잉이나 어설픈 깨달음의 몸짓도 보이지 않습니다. 툭하면 노자, 장자를 인용하고 부처님 말 끌어다가 그럴듯하게 위장하는 시도 많지만 「못」은 생체험을 통해 얻은 진신사리 같은 시입니다.

화자는 목공소에서 목수를 기다리며 버려진 나무토막에 무심코 못을 박습니다. 그러다 "비정"을 박는 건 아닌지 잠시 생각에 잠깁니다. 이런 찰나의 사유가 시로 이어지는 경우 실패할 확률이 적습니다. 일단 시의 각이 바로 서게 되니까요.

시인은 집으로 돌아와 다시 생각합니다. 이 시에서 돌아온다는 행위는 대상의 껍질 속에 숨어있는 속살을 들여다보는, 존재에 대한 응시입니다. 돌아와서 생각한 것은 "박을 것들보다/뽑을 것들이 많다"는 것이지요. 세상을 산다는 것은 서로의 가슴에 못을 박는 건지도 모릅니다.

3연에서 밤늦게 산책을 나갔던 시인은 남이 버린 선반을 가지고 들어옵니다. 돌아와서 화자는 다시 못을 칠 수 없다는 것을 알게 됩니다. 그리고 "한 사람 심장에 못을 친 사실"을 떠올리고, "세상 모든 벽은 흐느끼고 있다"고 말합니다. 여기서 "벽"은 내가 상처를 준 그 누구이겠지요. 그리하여 "그 바람에 벽을 다 써버렸다는 사실도" 아프게 깨닫습니다.

자칫 상투성에 빠지기 쉬운 소재를 가지고 시인은 성공적으로 한 편의 시를 형상화했습니다. 평이한 소재도 누구의 손에 쓰이느냐에 따라 이렇게 극명하게 달라집니다. 세상에 새로운 것은 없고, 다만 어떻게 새롭게 보여주느냐만 있습니다. 이 시는 평범한 것을 비범하게 보게 하는 힘을 가지고 있습니다. 적절하게 현실과의 거리를 유지하면서 경직되지 않은 시의 보법을 보여주는 「못」은 겨울의 초입을 따뜻하게 해주는 시입니다.

신해욱

모르는 노래

어이. 귀를 좀 빌려줘

모르는 노래가
내 입안에 가득 고여 있어.

해야만 할 어떤 말들이
있었던 것 같은데.

그렇지만 이건 이미
내가 있기 오래전에 끝난 노래들.

나를 지우고
나를 흉내내는
무서운 선율.

이봐. 시간이 이렇게 흐르고 있어.

필시 너는 내 편일 테니
나를 좀
이 노래에서 벗겨줘.

●●● 주체의 회복을 꿈꾸는 시

신해욱의 시는 쉽게 곁을 허락하지 않습니다. 너무 쉽게 속을 다 드러내 보이는 시는 밋밋하고 재미없지만 이런 시는 읽을수록 맛과 깊이를 느낄 수 있습니다. 정갈하게 펼쳐진 사유의 지평을 함께 걸어보시지요.

화자의 입안에 "해야만 할 어떤 말들"이 가득합니다. 그러나 가슴속 말을 내뱉을 수 없는 상황이 눈앞에 있고, "모르는 노래"는 "내가 있기 오래 전에 끝난" 것들입니다. 그 노래들은 나를 지우는 "무서운 선율"들이지요.

화자가 대면하고 있는 현실은 내가 수용할 수 없는 과거입니다. 그것은 곧 폭력적 이데올로기요 획일화된 질서와 제도입니다. 화자는 과거의 정형화되거나 규격화된 삶의 문법을 거부합니다. 길들여지고 순응하는 것도 원치 않습니다. 비록 그것이 노래의 형식으로 존재하지만 "모르는 노래"는 단지 "나"를 압박하고, 존재의 정체성을 은폐하는 대상일 뿐입니다. 여기서 화자는 새로운 발화의 필요성을 느낍니다. 그러나 현실의 질서는 공고하고 오히려 "나"의 욕망을 거세하여 구각의 제도에 편입시키려 합니다.

시간은 무정하게 흘러갑니다. 충격과 쇄신의 삶을 지향하는 화자는 현실을 회의하며 노래의 세계로 나아가고자 하지만 현실은 끝없이 지루한 반복과 권태로 이어집니다. 이런 상황을 견디지 못하는 화자는 구원의 방향을 탐색합니다.

화자는 마지막으로 "이 노래에서 벗겨줘"라고 호소하며 새로운 일탈을 꿈꿉니다. "해야만 할 어떤 말들"을 하지 못하고 오랫동안 "모르는 노래"에 발목 잡혀 있었던 화자는 이제 자기만의 고유한 노래를 찾게 되는 것입니다. 그동안의 어긋난 삶은 타율적 질서에 얽매인 일그러진 모습이었기 때문에 주체의 회복을 꿈꾸는 화자의 길은 지난할 것입니다. 그러나 분명한 것은 그 길이 시의 길이요 재생과 갱신의 길이라는 것입니다.

    깐깐한 시 한 편을 들여다보았습니다. 여전히 우리는 내 의지와는 상관없이 "모르는 노래"를 되풀이하여 부르고 있는 앵무새일지 모릅니다. 나만의 노래를 찾지 못한 저녁 그림자가 더 깊고 우울해집니다. 어느덧 겨울입니다.

최원준

시멘트

벽은 벽돌로 환원될 수 없다 벽돌과 벽돌이 만나 하나의 벽을 이룰 때 시멘트는 벽돌들 사이의 이루어지지 않는 약속, 커다란 벽을 세우기 위한 접착력 강한 거짓말이다 벽은 다양한 형태와 크기의 벽돌 없이 완성될 수 없지만 시멘트는 거꾸로 벽돌의 가치를 결정짓는다 벽돌은 정해진 규격에 따라 일정한 크기와 무게를 지녀야 하고 규칙을 벗어나는 벽돌은 벽의 일부가 될 수 없다 일단 벽이 세워지면 시멘트는 벽 속에 숨어 혹시나 있을지 모를 벽돌들의 이탈에 대비해 단단하게 굳기 시작한다 당신이 하얗게 질려 있건, 체념한 회색이건, 붉게 달아오르건 벽 밖으로 뛰어내리지 않는 한 시멘트는 당신을 붙잡고 놓아주지 않는다

●●● 탄탄한 사유와 통찰의 시

일부 시인이나 평론가들은 '하나'의 가치를 주장하면서 '모든' 시의 가치여야 함을 강변하는 경우를 종종 본다. 교묘한 현학적 수사로 위장한 논리는 얼핏 상당한 객관성을 확보한 듯하지만 가만히 들여다보면 스스로의 작위적 언술에 도취한 자가당착의 논리만 돌올하게 드러나는 경우가 많다.

이 시를 쓴 시인은 등단한 지 얼마 안 된 신인이지만 근래의 젊은 시들과는 지향점이 다르다. 서정시의 일반적인 문법에 기초하면서 기존의 서정적 감각과는 큰 차이를 보이는 것은 사유의 깊이와 남다른 개성에서 비롯된 것이다. 이 점이 '하나'의 가치에 매달려 가볍게 부유하는 여타의 시들과 구별 되는 요소이기도 하다.

벽과 벽돌, 그 사이에 시멘트라는 질료가 있다. 시멘트는 "접착력 강한

거짓말"이요 "벽돌의 가치를 결정짓는" 사물이다. 즉 시멘트는 근대적 사유의 상징이며 사회의 제도적 폭력이나 획일화된 이데올로기이다. 달리 말하면 생명을 죽음으로 이끄는 실체이고 반생명의 구체적 사물이다. 벽돌은 시멘트에 의해 그 가치가 결정되는 대상일 뿐이다. "정해진 규격에 따라 일정한 크기와 무게"를 지녀야 하고, "규칙을 벗어나는 벽돌"은 제도권의 구성원이 될 수 없다. 현실에서 살아남기 위해서는 내 의지와는 상관없이 제도와 구조에 적응해야 하고, 그것을 거부할 때는 생존의 토대를 잃어버리게 된다. 공포와 체념, 불안과 분노로 들끓으면서도 벽돌은 벽의 일부가 되어간다. 시멘트는 벽돌의 이탈을 막기 위해 서서히 굳기 시작하고, 마침내 벽은 거대한 구조물이 된다.

벽은 너와 나를 가로막는 장벽이고 뛰어넘을 수 없는 절망이며 반생명이다. "벽 밖으로 뛰어내리지 않는 한" 벽돌은 차가운 주검이요 피가 흐르지 않는 관념의 덩어리일 뿐이다.

결국 생명의 실체로 살아 숨쉬기 위해서는 벽을 깨고 이탈하는 수밖에 없지만 현실은 결코 호락호락하지 않으며 획일화된 질서와 제도에 구속되어 살아가는 것이 우리들의 쓸쓸한 초상이다.

오탁번
폭설

삼동에도 웬만해선 눈이 내리지 않는
남도 땅끝 외진 동네에
어느 해 겨울 엄청난 폭설이 내렸다
이장이 허둥지둥 마이크를 잡았다
— 주민 여러분! 삽 들고 회관 앞으로 모이쇼잉!
　　눈이 좆나게 내려부렀당께!

이튿날 아침 눈을 뜨니
간밤에 또 자가웃 폭설이 내려
비닐하우스가 몽땅 무너져 내렸다
놀란 이장이 허겁지겁 마이크를 잡았다
— 워메, 지랄나부렀소잉!
　　어제 온 눈은 좆도 아닝께 싸게싸게 나오쇼잉!

왼종일 눈을 치우느라고
깡그리 녹초가 된 주민들은
회관에 모여 삼겹살에 소주를 마셨다
그날 밤 집집마다 모과빛 장지문에는
뒷물하는 아낙네의 실루엣이 비쳤다

다음날 새벽 잠에서 깬 이장이
밖을 내다보다가, 앗!, 소리쳤다
우편함과 문패만 빼꼼하게 보일 뿐
온 천지가 흰 눈으로 뒤덮여 있었다
하느님이 행성만한 떡시루를 뒤엎은 듯
축사 지붕도 폭삭 무너져내렸다

좆심 뚝심 다 좋은 이장은
윗목에 놓인 뒷물대야를 내동댕이치며
우주의 미아가 된 듯 울부짖었다
— 주민 여러분! 워따, 귀신 곡하겠당께!
인자 우리 동네 몽땅 좆돼버렸쇼잉

••• 웃음을 파종하는 시

우리 시에서 웃음을 발견하기는 쉽지 않습니다. 절망과 고뇌, 엄숙함이 대신 그 자리를 채우고 있지요. 웃음이 있다 하더라도 냉소나 조소인 경우가 대부분입니다. 무거운 역사의 중압감에 짓눌려 살아오는 동안 시와 소설이 웃음을 잃고 지나치게 근엄한 모습만 띠게 된 것입니다. 조선 후기만 하더라도 우리 문학에는 해학과 골계가 있었지요. 그러나 요즈음엔 웃음을 만나기가 어려워졌습니다. 특히 시에서는 더욱 그러합니다.

다행히 오탁번 시인과 신현정 시인의 시에서 웃음을 발견할 수 있는 것은 큰 기쁨이 아닐 수 없습니다. 웃음의 미학이 생금처럼 반짝이는 두 사람의 시는 우리 시단의 소중한 보물입니다.

폭설이 내린 외진 동네의 이장은 깜짝 놀라 소리칩니다.

주민 여러분! 삽 들고 회관 앞으로 모이쇼잉!/눈이 좆나게 내려부렸당께!

동네 사람들이 모두 모여 눈을 치웠으나 이튿날 다시 폭설이 내려 이장은 주민들을 불러 모읍니다. 이틀 연속 눈 치우는 일로 녹초가 된 주민들은 삼겹살과 소주로 피로를 씻습니다. 그날 밤 모과빛 장지문에는 뒷물하는 여인네들의 실루엣이 비치구요.

다음 날 "하느님이 행성만한 떡시루를 뒤엎은 듯" 마을 전체가 눈에 파묻힙니다. 생계 수단인 축사도 폭삭 무너지구요. 이 상황에서 "좆심 뚝심 다 좋은 이장"은 울부짖습니다.

주민 여러분! 워따, 귀신 곡하겠당께!/인자 우리 동네 몽땅 좆돼버렸쇼잉

독자는 웃음을 참지 못합니다. 구수한 전라도 사투리가 매 연마다 터지는 웃음을 참지 못하게 하지요. 한 순간, 우리 사회를 뻣뻣하게 하는 근엄과 엄숙을 통쾌하게 날려 버립니다.

신현정 시인은 『자전거 도둑』, 『바보 사막』, 『화창한 날』 등의 뛰어난 시집을 남긴 작고시인입니다. 그의 시에도 웃음의 미학이 활짝 꽃피어 있습니다. 신현정의 「하나님 놀다 가세요」라는 시에 이런 구절이 있습니다.

하나님 거기서 화내며 잔뜩 부어 있지 마세요

시인은 저 높은 곳에서 잔뜩 부어 있는 하나님을 향해 염소들이 한가로이 풀을 뜯는 아름다운 지상으로 내려오라고 손짓합니다. 엄숙한 종교적 권위와 이미지를 희극적 장면으로 슬쩍 바꿔놓는 시인의 상상력이 재미있습니다. 근대적 사유의 경계선을 뛰어넘은 니체는 웃음이 없는 진리는 진리가 아니라고 했지요. 우리 시에서 「폭설」 같은 경쾌한 웃음이 계속 흘러넘치기를 기대해 봅니다.

진은영

그 머나먼

홍대 앞보다 마레지구가 좋았다
내 동생 희영이보다 앨리스가 좋았다
철수보다 폴이 좋았다
국어사전보다 세계대백과가 좋다
아가씨들의 향수보다 당나라 벼루에 갈린 먹 냄새가 좋다
과학자들의 천왕성보다 시인의 달이 좋다

멀리 있으니까 여기에서

김 뿌린 셈베과자보다 노란 마카롱이 좋았다
더 멀리 있으니까
가족에게서, 어린 날 저녁 매질에서

엘뤼아르보다 박노해가 좋았다
더 멀리 있으니까
나의 상처들에서

연필보다 망치가 좋다, 지우개보다 십자나사못
성경보다 불경이 좋다
소녀들이 노인보다 좋다

더 멀리 있으니까

나의 책상에서
분노에게서
나에게서

너의 노래가 좋았다
멀리 있으니까

　기쁨에서, 침묵에서, 노래에게서

혁명이, 철학이 좋았다
멀리 있으니까

　집에서, 깃털구름에게게서, 심장 속 검은 돌에게서

●●● 새로운 감각의 문법에 기초한 시

체계화된 언어는 관습과 제도에 충실하다. 그러나 언어의 바깥에 존재하는 비언어적 세계도 있다. 삶의 구체적 감각은 언어 밖에 존재한다. 특히 시의 언어는 그렇다. 시는 언어에 선행한다. 관습화된 언어의 틀을 쉼없이 박차고 나가려고 하는 것이 시라고 할 수 있다. 번역 불가능한 세계, 정형화된 세계 인식의 바깥에 오롯이 서서 인간의 언어 체계를 넘어 경계의 지점까지 치고 나가는 것이 예술의 속성이요 시의 운명이다.

진은영의 시는 새로운 감각의 문법에 서 있는 시라고 할 수 있다. 가까이 있는 것과 멀리 있는 것의 대비를 통하여 화자가 드러내고자 하는 것은 진실에 가까운 삶의 실체이다. 가까이 있는 것은 너무나 친숙하여 아무런 정서적 감흥도 불러일으키지 못하고 타성과 구각의 울타리 안에서 공고해진 관습이고, 치열한 생의 불꽃이 사라진 주검의 사물들이다. 지루하고 비루한 일상에 고착된 시선을 거두어 화자가 지향하는 곳은 "멀리 있는 것들"이다. 멀리 있는 것들은 익숙하지 않은 세계이며 능욕과 치욕의 일상이 아닌 오로지 신생의 불꽃이 뜨겁게 타오르는 공간 속의 대상들이다.

　그것은 여러 겹의 의미의 층위를 가지고 있다. 단순히 멀리 있어 좋은 것이 아니라 거기에는 나름대로의 의미가 숨어 있다. "소녀"와 "불경"이 좋고 "시인의 달"과 "너의 노래"가 좋다고 말하면서 한편으로는 "연필"보다 "망치"가 좋다고 말한다. 여기서 화자가 좋아하는 대상의 성격이 보다 구체적으로 드러나는 것을 볼 수 있다. 연필과 망치의 세계는 극명하게 대비된다. 전자는 관념의 세계이고 후자는 현실의 세계이다. 또한 "혁명"과 "철학"의 세계를 지향하는 화자의 내면이 잘 드러난 부분이라 할 수 있다. 사유의 일단이 섬세하게 감지되는 부분이고, 끝없는 일탈을 통해 도달하고자 하는 궁극의 지향점이 어디인가를 보여주는 대목이기도 하다. 그러나 화자는 단순한 현실주의자도 아니고 뜬구름 잡는 정신주의자도 아니다.

　명료하게 삶의 한 지점에 발 딛고 서서 현실과 관념을 총체적으로 아우르는, 그러면서 삶의 지평을 활연히 펼쳐 보이는 시가 「그 머나먼」이다.

이수명
창문이 비추고 있는 것

창을 바라본다. 창문이 비추고 있는 것

이것이 누군가의 생각이라면 나는 그 생각이 무엇인지 모르는 채 누군가의 생각 속에 붙들려 있는 것이다.

내가 누군가의 생각이라면 나는 누군가의 생각을 질료화한다. 나는 그의 생각을 열고 나갈 수가 없다.

나는 한순간,
누군가의 꿈을 뚫고 들어선 것이다.

나는 그를 멈춘다.

커튼이 날아가버린다. 나는 내가 가까워서 놀란다. 나는 그의 생각을 돌려보려 하지만 동시에 그의 생각을 잠그고 있다. 나의 움직임 하나하나로

창문이 비추고 있는 것
지금 누군가의 생각이 찢어지고 있다.

●●● 새로운 생성의 징후

기존의 시문법에 익숙한 독자들에게는 외계의 방언처럼 낯설게 보이는 시가 있습니다. 독자들이 이런 시를 대할 때 요령부득의 알아들을 수 없는 시로 규정하고 아예 읽기조차 하지 않는 경우를 종종 봅니다. 물론 그런 시도 분명 있습니다. 그러나 상당수의 시인들 중에는 전대의 언어와 미학에서 자유롭고 새로운 시를 쓰고자 분투하는 시인들도 많습니다. 그 중에 이수명 시인은 비교적 명징한 이미지로 설득력을 얻고 있는 시인이지요.

"나"는 "나"인지 가끔 생각합니다. 그 결과는 사뭇 쓸쓸하거나 어둡습니다. 화자는 지금 창 앞에 서서 누군가를 바라봅니다. 그런데 화자는 여기서 하나의 형상만 보는 것이 아니라 그 너머에 있는 생각을 바라봅니다. 현재 눈앞에 있는 존재는 누군가의 생각에 붙들려 있는 타자화된 객체일 뿐입니다. 진정한 자아가 아니고 관습과 제도와 이데올로기에 길들여진, 그 범주에서 한 발자국도 벗어나지 못하는 존재입니다.

"나는 그의 생각을 열고 나갈 수가 없다."라고 화자는 고백합니다. 창문과 같은 하나의 틀에 포박되고 정형화된 주체는 규격화된 사고의 액자를 부수지 못하고 그 안에 하나의 그림처럼 갇혀 있을 뿐입니다. 이러한 현실에 대한 각성은 "나는 그를 멈춘다."는 행위로 전화됩니다. 일단 눈앞의 현실을 직시하고, 존재의 구각을 깨고 탈각의 지점에 발을 내딛습니다. 그 순간 창을 가리고 있던 커튼이 날아가고, 바로 코앞에서 명료하게 드러난 부정적 실체를 대면합니다. 깜짝 놀라면서 "그의 생각을 돌려보려 하지만" 현실은 그에 부응하지 못합니다. 오히려 "그의 생각을 잠그고" 있습니다.

그러나 마지막 연에서 자기 부정의 몸짓이 보입니다. 창문이 비추고 있는 "누군가의 생각이 찢어지고" 있는 겁니다. 찢어짐은 곧 새로운 생성의 징후요 모태입니다. 신생과 창조적 변화는 이처럼 고통스런 파괴에서부터 시작됩니다. 그리하여 오늘도 가장 어둡고 외진 곳에서 별이 반짝입니다.

이진명

눈물 머금은 신이 우리를 바라보신다

김노인은 64세, 중풍으로 누워 수년째 산소호흡기로 연명한다
아내 박씨 62세, 방 하나 얻어 수년째 남편 병수발한다
문밖에 배달 우유가 쌓인 걸 이상히 여긴 이웃이 방문을 열어본다
아내 박씨는 밥숟가락을 입에 문 채 죽어 있고,
김노인은 눈물을 머금은 채 아내 쪽을 바라보고 있다
구급차가 와서 두 노인을 실어간다
음식물에 기도가 막혀 질식사하는 광경을 목격하면서도
거동 못해 아내를 구하지 못한,
김노인은 병원으로 실려가는 도중 숨을 거둔다

아침신문이 턱하니 식탁에 뱉어버리고 싶은
지독한 죽음의 참상을 차렸다
나는 꼼짝없이 앉아 꾸역꾸역 그걸 씹어야 했다
씹다가 군소리도 싫어
썩어 문드러질 숟가락 던지고 대단스러울 내일의
천국 내일의 어느 날인가로 알아서 끌려갔다
알아서 끌려가
병자의 무거운 몸을 이리저리 들어 추슬러놓고
늦은 밥술을 떴다 밥술을 뜨다 기도가 막히고
밥숟가락이 입에 물린 채 죽어가는데
그런 나를 눈물 머금고 바라만 보는 그 누가
거동 못하는 그 누가

아, 눈물 머금은 신(神)이 나를, 우리를 바라보신다

●●● 지독한 죽음의 참상

요즈음 시들은 일란성 쌍둥이처럼 너무 많이 닮아 있다. 복제 기술을 잘 터득한 덕분이다. 미래파 이후 시단에 나타나는 기이한 질병 중의 하나이지만 누구도 쉽게 그 문제를 거론하지 않는다. 서로가 서로를 복제하여 처음에 새로운 개성으로 다가왔던 것들이 또 다른 진부함으로 변질되고 있는 것이다. 특히 젊은 시인들의 시에서 그런 징후가 농후하게 드러난다. 어느새 그들도 더이상의 고투 없이 현실에 안주해버린 것은 아닌가하는 우려를 갖게 된다. 시는 끝없는 모험이고 도전인데 유사 상품을 찍어내듯 시 역시 이미지, 기법, 상징과 비유의 질료까지도 너무 비슷하게 닮아가고 있어 쉽게 구별이 되지 않을 정도이다. 낡은 서정과 기법을 신랄하게 비판하던 그들이 결국 같은 길을 걷고 있는 것은 아닌지 염려된다.

그런 염려를 불식시키는 한 편의 시가 있다. 독자의 해석과 감상을 통해 새롭게 태어나고, 공간과 시간 앞에 무한히 열려있는 이진명 시인의 작품은 스스로 살아 움직이는 생명체로 다가온다. 섬뜩하기도 하고 가슴 저리기도 하고, 안타깝기도 한 상황을 눈앞에 펼쳐 보여주면서 생의 어두운 그림자에 전율하게 한다. 삶의 이면이 비수처럼 마음을 서늘하게 한다.

1연에서 신문기사가 건조하게 소개된다. 그 기사의 내용은 너무 충격적이어서 화자는 아연해지고 만다. 아침신문이 차린 '지독한 죽음의 참상'은 감당하기 어려울 정도로 참혹한 현실이다. "꼼짝없이 앉아 꾸역꾸역 그걸 씹어야 했"지만 화자가 신문기사를 통해 목격한 상황은 비극적 실존의 극단이다. 기도가 막혀 죽어가는 아내를 눈앞에서 보면서도 손가락 하나 움직일 수 없는 노인의 참담함, 그저 눈물만 흘리며 바라볼 수밖에 없었던 남편의 비통함이 가슴을 도려내는 것이다.

2연에서 화자는 숟가락을 내던지고 "내일의 어느 날"로 이동한다. 현실에서 상상의 공간으로 진입하는 것이다. 화자 역시 노인 부부와 똑같은 현실을 가상체험하는 것이다. 누구도 비극적 죽음으로부터 자유로울 수 없다. 신문에 난 기사처럼 쓸쓸한 노후를 적막한 시간에 파먹히며 외롭게 살다가 아무도 없는 밀폐된 방에서 최후를 맞이할 수밖에 없는 것이 미래의 우리의 삶이다. 그때 "눈물 머금은 신(神)이 나를, 우리를 바라보"는 것이다. 오직 그뿐이다. 그리고 금세 잊혀지고 아무도 모르는 곳으로 흔적 없이 사라지는 것이다. 처연하고 허망하지만 이것이 존재의 실체이다.

윤제림

세 가지 경기의 미래에 대한 상상

올림픽 경기 중에 마라톤만큼 단조로운 경기도 없다. 신문 한 장을 다 읽도록 드라마 한 편이 끝나도록 같은 장면이다. 땀 얼룩의 일그러진 얼굴과 뜨거운 대지를 두드리는 나이키 운동화 아니면 검은 맨발. 그럼에도 불구하고 아무도 이 경기의 미래를 의심하지 않는다.

말이 나왔으니 말이지만, 시 쓰기만큼 쓸쓸한 종목도 드물다. 시의 객석은 선수가족과 동창생들 몇이서 깃발을 흔드는 고교축구대회장 스탠드를 닮았다. 그렇다고 해서 이 경기의 미래를 의심할 필요는 없다.

섹스를 보라. 마라톤만큼 시 쓰기만큼 단순하고 오래된 경기지만, 아무도 이 경기의 미래를 의심하지 않는다.

외로우나 뜨겁기 때문이다.

●●● 시에 대한 사색

르누아르는 봄의 풍경을 즐겨 그렸습니다. 그는 봄 햇살의 발랄한 색채를 가장 잘 표현한 서양화가로 꼽힙니다. 말년에 관절염으로 고통 받았던 르누아르는 "그렇게 아픈데도 꼭 그림을 그려야겠느냐"고 묻는 친구에게 이렇게 대답합니다.

"고통은 지나가지만 아름다움은 남는다네."

이 땅의 시인들은 왜 시를 쓸까요? 시를 읽지 않는 시대, 대형서점에서도 시집 코너를 대폭 축소하고 그나마 한쪽 구석으로 밀려나 있는 천덕꾸러기, 시. 그 시를 붙들고 오늘도 많은 시인들이 밤을 새워가며 글을 씁니다. 언론의 화려한 조명을 받는 것도 아니고, 넉넉한 경제적 대가도, 세인들의 관심도 없는데, 시인은 운명처럼 계속 시를 씁니다. 뚜벅뚜벅 외롭고 쓸쓸한 길을 걸어갑니다.

얼마 전 대구의 김선굉 시인은 어느 시 잡지에 발표한 「개망초꽃 여러 억만 송이」라는 시의 마지막 구절을 "시인은 좆도 아니여"로 끝맺고 있습니다. 물론 이 구절은 시적 레토릭이지만 시인은 또 다른 지면에서 "시가 아니었으면 내 인생이 무엇에 기대어 여기까지 흘러올 수 있었겠는가."라고 말합니다.

그렇습니다. 시는 시인에게 삶의 존재 이유입니다. 시는 언제든지 시인을 받아줍니다. 내치지 않습니다. 때로는 힘이요, 용기입니다. 아무것도 기댈 것 없는 현실 속에서도 시는 삶의 큰 기둥이요 푸근한 어미의 가슴입니다. 이것이 "좆도 아"닌 시에 시인들이 목매는 이유입니다.

윤제림 시인의 재미있는 시를 소개합니다. 「세 가지 경기의 미래에 대한 상상」은 우선 재미있고 쉽습니다. 화자는 마라톤과 시 쓰기, 그리고 섹스를 시의 화두로 꺼냅니다. 마라톤은 지극히 단조로운 경기입니다. 신문

한 장을 읽고, 단편소설 한 편을 다 읽을 때까지도 마라톤은 끝나지 않습니다. 고통스럽고 외로운 고행의 맨발은 뜨거운 대지를 두들기며 앞을 향해 내달립니다.

화자는 "시의 객석은 선수가족과 동창생들 몇이서 깃발을 흔드는 고교축구대회장 스탠드를 닮았다."라고 말합니다. 독자가 떠난 시 마당은 쓸쓸합니다. 고작 주변의 몇 사람만이 시인의 외로운 고투를 눈여겨 봅니다. 모두 어렵다며 시를 읽지 않습니다.

마지막으로 화자는 섹스 이야기를 꺼냅니다. 단순하고 오래된 경기인 섹스를 시의 운명과 연결시키는 시인의 도발적 상상력이 놀랍고 흥미롭습니다. 독자는 이쯤에서 무릎을 치며 공감합니다.

세 경기의 공통점은 "아무도 이 경기의 미래를 의심하지 않는다."는 것입니다. 인류가 존재하는 한 영원히 계속 이어질 것이라고 시인은 믿고 있습니다. 참으로 쓸쓸하고 오래된 경기지만 존속될 것입니다. 왜냐하면 "외로우나 뜨겁기" 때문이고, 그 뜨거움이 곧 생명을 이어가는 원동력이기 때문입니다.

다시 한 번 르누아르의 말을 떠올립니다.

"고통은 지나가지만 아름다움은 남는다네."

김경미

누가 사는 것일까

1

약속시간 삼십 분을 지나서 연락된 모두가 모였다
우리는 국화 꽃잎처럼 둥그렇게 둘러앉아서 웃었다
불참한 이도, 더 와야 할 이도 없었다
식사와 담소가 달그락대고 마음들 더욱 당겨 앉는데

문득 고개 돌린다 아무래도 누가 안 온 것 같다
잠깐씩 말 끊길 때마다 꼭 와야 할 사람 안 온 듯
출입문을 본다 나만이 아니다 다들 한 번씩 아무래도
누가 덜 온 것 같아 다 모인 친형제들 같은데 왜
자꾸 누군가가 빠진 것 같지? 한 번씩들 말하며

두 시간쯤이 지났다 여전히 제비꽃들처럼 즐거운데
웃다가 또 문득 입들을 다문다 아무래도 누가 먼저
일어난 것 같아 꼭 있어야 할 누가 서운케도 먼저
가버려 맥이 조금씩 빠지는 것 같아 자꾸 둘러본다

2

누굴까 누가 사는 것일까 늘 안 오고 있다가 먼저 간
빈자리 사람과 사람들 사이의 저 기척은 기척뿐
아무리 해도 볼 수 없는 그들에겐 또 기척뿐일까 우리도
생은 그렇게 접시의 빠진 이 아무리 다 모여도

상실의 기척, 뒤척이는

●●● 상실의 기척

시인은 남이 보지 못하고 느끼지 못하는 것을 시로 이야기합니다. 나직한 음성이 존재의 내밀한 숨결을 조용히 불러냅니다. 시인은 어느 모임에 참석하여 즐거운 시간을 보냅니다. "국화 꽃잎처럼 둥그렇게 둘러앉아서" 담소를 나누며 그동안 적조했던 마음의 거리들을 좁혀갑니다. 어느새 두 시간이 흘러갑니다. 그런데 이상하지요. 와야 할 누군가가 아직 오직 않은 듯합니다. 꼭 와야 할 사람이, 꼭 곁에 있어야 할 사람이 오지 않은 듯합니다. 무슨 까닭일까요? 즐거운 시간의 틈새에 미세한 균열이 나타나기 시작합니다. 너나없이 존재의 상실과 결핍을 느끼기 시작합니다. 아무 부족함 없이 충만했던 시간이 조금씩 결핍의 미세한 금으로 흔들리기 시작합니다. 파동이 일기 시작합니다.

"자꾸 누군가가 빠진 것 같지?"

그러나 다시 즐거운 시간을 갖습니다. 애써 허전한 기척을 가만히 밀어내는 거지요. 밀어낸다고 마음속 공간이 쉬 채워질 리는 없겠지요. 여전히 제비꽃처럼 즐거운데 어찌된 일인지 맥이 조금씩 빠집니다.

마음속 텅 빈 한구석, 유난히 넓고 커 보이는 그곳에 날이 저물고 해가 집니다. 존재는 그렇게 아프기 시작합니다. 주위를 둘러보아도 상실감, 결핍감은 메워지지 않습니다.

꽉 찬 듯하던 자리에 난데없이 나타난 빈자리를 어찌해야 하는지요. 우리는 모두 "접시의 빠진 이"를 안고 삽니다. 평소에 보지 못하다가 어느 순간 갑자기 보게 되는, "상실의 기척"은 생의 낯선 풍경입니다. 상실은 우리를 아프게 하고 한없이 무언가를 그리워하게 합니다. 오래전 잃어버린 것, 그것이 우리를 쓸쓸하게 하고 헛헛하게 합니다.

이 시는 미세한 떨림으로 다가오는 존재의 상실감을 일깨우고 있습니다. 시인의 섬세한 촉수가 감지하는 "상실의 기척"을 느끼셨는지요? 아무리 모든 것이 완벽하다 하여도 존재는 항상 빈틈을 내보입니다. 그것은 무상한 삶의 일부이기도 합니다. 허무는 수시로 인간 앞에 나타나 욕망의 무한질주에 제동을 겁니다. 유한한 삶의 고삐를 잡고, 고개 숙이게 하고, 잃어버린 삶의 목록을 들추어 보게 합니다.

조금 더 낮은 자세로 길가의 제비꽃들을 들여다봅니다. 조그만 입을 꼬옥 다물고 있던 생명들이 나직한 목소리로 송알거립니다. 가까이 귀를 기울여 보지만 속에서 울리는 텅 빈 독, 쉬이 채워지지 않는 봄입니다. "접시의 빠진 이"만 선연합니다.

한혜영

트렁크가 트렁크에게

지겨운 나를 개 끌 듯 끌고 어디든 갈 수는 없나
해골만 달랑 넣은 트렁크 덜덜거리며 끌고
유럽으로 간다던 802호 트렁크 부부를 엘리베이터서
본 적이 없나 당신은 일탈, 이탈도 할 줄 모르나

나를 끌고는 대한민국으로밖에는 갈 줄을 모르는 당신
내 뱃속에 꾸역꾸역 선물 옷가지나 챙겨야 되는 줄로 아는
반세기를 살고도 아직도 고지식한
부부싸움을 하고도 집 바깥으로 나간 적이라고는 없는

그 쪼그라진 쓸개랑 간이랑 내장 훌훌 나한테 쓸어 담아
덜덜거리며 끌고 갈 수는 없나
없으면, 내가 당신에게로 들어갈 수는 없나
인간 트렁크인 지퍼 망가져 쉽게 열리지도 않는

트렁크 안에 트렁크
트렁크 안에 트렁크
뚜껑 열기가 그렇게 어렵나 어지간해서는
내가 당신을 열 수 없는 것처럼, 망가진

●●● 삶의 궤도와 일탈

시 속의 남자는 일탈을 모르는 사내입니다. 유럽도, 아프리카도 꿈꾸지 않는, 자로 잰 듯 정확한 사람이지요. 한눈 팔지 않고 생활에 매우 충실한, 한 발자국도 옆으로 비켜서지 않는 오직 주어진 일에만 몰두하는 그런 사내인 듯합니다. 50년을 함께 살고도 아내를 선물 옷가지나 챙기면 되는 존재로 생각할 뿐입니다. 아내는 그런 남편이 한없이 답답하고 고지식하게만 보입니다. 부부싸움을 하고도 집 바깥으로 나간 적이 없는 그런 사내입니다.

긴 세월 동안 쪼그라진 쓸개랑 간이랑 내장, 다 쓸어 담고 어디론가 훌쩍 떠났으면 싶지만 사내는 생활의 울 밖으로 한 걸음도 나가지 않습니다. 아내는 탄식합니다.

"뚜껑 열기가 그렇게 어렵나."

지퍼가 망가져 이제 열리지도 않는 트렁크 앞에서 아내는 절망합니다. 그 절망의 끝에서 화자는 무엇을 보는 것일까요.

꼬리에 꼬리를 물고 뱅뱅 도는 일상의 저 쓸쓸한 삶을, 궤도를 이탈하지 못하는 태양과 뭇별들의 안주와 절망을 화자는 보고 있습니다. 두 번 다시 궤도에 진입하지 못할지라도 하늘에 획을 긋는 별똥, 그 대자유의 황홀을 화자는 꿈꾸고 있습니다. 오늘밤 차가운 하늘에 단호하게 획을 긋는 별, 그 아름다운 자유의 투신을 볼 수 있을는지요. 풍수학자 최창조의 『도시풍수』 서문에 이런 글이 있습니다.

> 지금껏 나는 너무 규칙에만 매달려 왔다. 예외를 인정하지 못했던 것이다. 그것이 나 자신을 편협하게 만들었고, 교조적 풍수에서 벗어나지 못하게 막았던 가장 중요한 이유였다.

그의 고백처럼 우리도 갖가지 규칙과 관습, 딱딱하게 굳어버린 고정관념의 틀에 갇혀 대자유의 광활한 초원을 내달리지 못하고, 삭막한 일상의 틈바구니에 끼어 허덕허덕 살아가고 있는 것이겠지요.

한혜영 시인은 이민 초기에 낯선 이국의 땅에서 혼자 시를 읽고 배우며 팍팍한 일상을 견뎌왔다고 합니다. 잠을 자다가도 생각이 떠오르면 꿈속에서도 자판을 두들기고 문장을 수정하며 글을 썼답니다. 그런 열정이 좋은 시를 쓰게 한 원동력이 되었을 것입니다.

시인은 오늘도 꿈을 꿉니다. 질주하는 야생마의 거친 숨결과 자유의 광활한 지평을 포기할 수 없기 때문입니다.

이상국

자두

나 고등학교 졸업하던 해
대학 보내 달라고 데모했다
먹을 줄 모르는 술에 취해
땅강아지처럼 진창에 나뒹굴기도 하고
사날씩 집에 안 들어오기도 했는데
아무도 아는 척을 안 해서 밥을 굶기로 했다
방문을 걸어 잠그고
우물물만 퍼 마시며 이삼 일이 지났는데도
아버지는 여전히 논으로 가고
어머니는 밭 매러 가고
형들도 모르는 척
해가 지면 저희끼리 밥 먹고 불 끄고 자기만 했다
며칠이 지나고 이러다간 죽겠다 싶어
밤 되면 식구들이 잠든 걸 확인하고
몰래 울 밖 자두나무에 올라가 자두를 따 먹었다
동네가 다 나서도 서울 가긴 틀렸다는 걸 뻔히 알면서도
그렇게 낮엔 굶고 밤으로는 자두로 배를 채웠다
내 딴엔 세상에 나와 처음 벌인 사투였는데
어느 날 밤 어머니가 문을 두드리며
빈속에 그렇게 날 것만 먹으면 탈난다고
몰래 누룽지를 넣어주던 날
나는 스스로 투쟁의 깃발을 내렸다
나 그때 성공했으면 뭐가 됐을까
자두야

●●● 가난에 대한 사색

이상국 시인은 쉬운 시를 쓰는 시인입니다. 어느 시를 읽어도 아무 부담 없이 편안하게 읽을 수 있습니다. 현란한 수사나 상징으로 요란하게 치장한 시가 아닙니다. 그의 시는 평범한 이웃들의 이야기를 담백하고 수수하게 그려내면서 진한 감동을 담습니다. 꾸미지 않은 천연의 감동이지요.

이 시는 가난에 대한 이야기를 진솔하게 표현하고 있습니다. 대학에 가고 싶어도 갈 수 없던 시절의 이야기입니다. 남들처럼 전답이라도 있어 그걸 팔아 학비를 마련할 수 있었던 사람들은 그래도 행복한 사람들이었지요. 논도 밭도 없던 사람들에게 대학은 한낱 꿈에 지나지 않았습니다. 기껏 중학교나 고등학교를 겨우 마치고 생존 경쟁의 현장으로 달려가는 것이 고작이었지요.

이 시의 화자도 대학을 가기 위해 "사투"를 벌입니다. 단식 투쟁을 해서라도 꼭 서울에 있는 대학을 가고 싶었지요. 그러나 식구들은 모른 체합니다. 이삼일이 지나도 아무도 아는 척을 하지 않습니다. 이대로 있다가는 죽을지도 모른다는 생각에 더럭 겁이 납니다. 살아야지요. 밤이 되어 몰래 울타리 밖에 있는 자두나무에서 자두를 따 먹습니다. 굶주린 배를 채우면서 버팁니다. 대학은 그만큼 간절한 희망이었습니다. 아무 희망이 보이지 않는 촌구석에서 젊음을 보내고 싶지는 않았습니다. 큰 도시로 나가 푸른 꿈을 펼쳐보고 싶었던 거지요.

절망과 슬픔의 몇 날이 지났습니다. 어느 날 어머니가 문을 두드리며 "빈속에 그렇게 날 것만 먹으면 탈 난다."며 몰래 누룽지를 넣어주었습니다. 결국 시인은 그날로 "투쟁의 깃발"을 내리고 맙니다. 어머니는 다 알고 있었던 겁니다. 다른 가족들도 모두 다 알고 있었겠지요. 그러나 내색하지 않고 기다려준 겁니다. 홀로 절망을 딛고 일어설 때까지 묵묵히 지켜

보고 있었던 겁니다.

어머니는 아들이 단식하는 며칠 동안 잠도 제대로 못 주무시고 뒤척이셨을 겁니다. 어머니의 타는 속을 아들은 깨닫습니다. 이제 장성한 아들은 자두를 볼 때마다 눈시울이 뜨거워지고 돌아가신 어머니가 생각납니다. 이상국 시인은 「성묘」라는 시에서 화장하여 바다에 뿌려달라는 어머니의 생전 유언과 달리 선친의 묘에 합장한 후 이렇게 노래합니다.

> 30촉짜리 전등이라도 하나 넣어드릴 걸
> 평생 어두운 집에서 사시던 분들

시인의 따뜻한 마음이 오래도록 가슴에 머뭅니다. 가만히 어머니를 불러보지만 이제 어머니는 너무 먼 고향입니다.

이명수

울기 좋은 곳을 안다
— D시인에게

울 만한 곳이 없어 울어보지 못한 적이 있나
울음도 나이테처럼 포개져 몸의 결이 되지
달빛 젖은 몸이 목숨을 빨아 당겨
관능으로 가득 부풀어 오르면
그녀는 감춰둔 울음의 성지를 순례하지
징개맹개 외배미들은 아시겠지
망해사 관음전에 마음 놓고 앉았다가
바다 끝이 뻘밭 지평선에 맞닿을 때
심포항 끼고 바삐 돌아 화포 포구로 가지
갈대는 태어날 때부터 늙어 버려 이미 바람이고
노을이고 눈물이지
갯고랑이 물길을 여는 나문재 소금밭으로 가 봐
갯지렁이 몸을 밀면서 기어간 뻘밭의 자국들
그것이 고통스런 시 쓰기의 흔적처럼 남아 있을 때
뒤돌아 봐, 울음이 절로 날 거야
갯고랑처럼 깊이 파인 가슴 한쪽이 보이지
그래도 울음이 솟지 않거든 한 번 더 뒤돌아 봐
녹슨 폐선 하나 몸을 누이다 뒤척이며 갈대숲 너머로 잠기고 있을 거야
거기 낡은 폐선 삐걱이는 갑판에 역광으로 꿇어앉아
울고 있는 여자 하나 보일거야
깨진 유리창 틈으로 흔들림이 미세한
울음의 음파가 허공에 닿아
길 떠나는 도요새 무리들 울리고 있을 거야
울음도 감염되어 분열하고 성장해서
화포 포구엔 울기 좋은 울음의 성지 오래된 소금창고가 남아 있는 거지

그곳 우주 가득한 관능을 빨아들이며
잠몰(潛沒)하고 있는 달빛 아래
바로 그녀가 울음의 진드기야

●●● 울음의 성지

　　드넓은 요동 벌판 앞에서 연암 박지원은 부평초 같은 인생의 실체를 깨닫습니다.

　　"내 오늘 처음으로, 인생이란 본시 아무런 의탁함 없이 다만 하늘을 이고 땅을 밟은 채 떠돌아다니는 존재임을 알았다."

　　연암은 그 자리에 말을 세우고, 아득히 펼쳐진 대평원을 돌아보다가 이마에 손을 얹고 말합니다.

　　"좋은 울음터로다. 가히 한 번 울만 하구나."

　　"울음의 성지"를 발견한 연암 박지원의 독백입니다. 호곡장(好哭場)을 말하면서 연암은 울음에 대한 자신의 생각도 풀어놓습니다.

　　"기쁨이 지극하면 울 수가 있고, 분노가 사무쳐도 울 수가 있네. 즐거움이 넘쳐도 울 수가 있고, 사랑함이 지극해도 울 수가 있지. 미워함이 극에 달해도 울 수가 있고, 욕심이 가득해도 울 수가 있다네. 가슴속에 답답한 것을 풀어버림은 소리보다 더 빠른 것이 없거니와, 울음은 천지에 있어서 우레와 천둥에 견줄만하다 하겠소."

　　이명수 시인의 「울기 좋은 곳을 안다」는 울음에 대한 시입니다. 시인은 울어야 할 때 울지 못하는 삶을 주목합니다. 마음 놓고 울 수 없는 버거운 삶은 우리 주변에 많습니다. "울음도 나이테처럼 포개져 몸의 결이 되지"라고 말하는 시인은 누구보다도 많이 울어본 사람입니다. 너나없이 우리는 울음의 나이테를 몸에 지니고 살아갑니다. 겉으로 잘 보이지 않지만 울음은 존재의 아픈 이력들입니다.

　　달빛 젖은 몸이 부풀어 오르면 "울음의 성지"를 찾아다니는 여인이 있습니다. 그 여인은 화포 포구에서 좋은 울음터를 발견하고, 갈대를 바라봅니다. 갈대는 태어날 때부터 이미 늙어버려 눈물이고 노을입니다. 사람은 태어나는 순간부터 죽음을 향하고 있습니다. 인간을 내던져진 존재로 규정했던 하이데거(Heidegger)는 "사람은 태어날 때 이미 죽을 수 있는 만큼 충분하게 늙어 있다"라고 말하지요.

시인은 갯지렁이가 몸을 밀면서 기어간 뻘밭의 자국들을 "고통스런 시 쓰기의 흔적"이라고 말하면서 뒤를 돌아보라고 말합니다. 뒤를 돌아보는 행위는 곧 존재에 대한 조용한 응시입니다. 응시의 한 끝에서 절로 스며나오는 울음을 만납니다. "갯고랑처럼 깊이 파인 가슴 한쪽"이 거기 있기 때문입니다.

갈대숲 너머에는 녹슨 폐선 하나 저물고 있습니다. 삐걱이는 갑판 위에는 꿇어앉아 울고 있는 여자가 있구요. 시인은 여인의 울음이 허공에 닿아 도요새 무리들을 울게 한다고 말합니다. 여인의 울음과 철새의 울음이 가느다란 끈으로 이어져 가을의 적막한 하늘을 붉게 적시고 있습니다. 시인은 우연히 마주친 풍경을 한동안 바라보면서 감염된 울음에 슬그머니 눈가가 젖습니다. 애틋한 연민이지요. 연민은 동정이 아니라 동등한 수평적 연대의 따뜻한 손길입니다. 타인의 슬픔을 내 것으로 끌어안는 능동적 수용입니다.

여인의 상처와 울음에 감응하면서 시인은 마지막 부분에 "잠몰(潛沒)하고 있는 달빛"과 "그녀"를 배치합니다. 달과 여성은 근친입니다. 달과 물은 생명의 근원과 여성의 자궁을 상징하는 보편적인 메타포이지요. 그러므로 "울음의 성지"는 곧 재생과 부활의 성지입니다.

울음의 긴 터널을 빠져나와 "소금창고" 같은 생명의 성지를 발견하기까지 많이 고단했을 시인의 발걸음을 헤아려 봅니다.

유홍준

저수지는 웃는다

저수지에 간다
밤이 되면 붕어가 주둥이로
보름달을 툭 툭 밀며 노는 저수지에 간다

요즈음의 내 낙은
홀로
저수지 둑에 오래 앉아있는 것

아무 돌멩이나 하나 주워 멀리 던져보는 것

돌을 던져도 그저
빙그레 웃기만 하는 저수지의 웃음을
가만히 들여다보는 것이다 긴 한숨을 내뱉어 보는 것이다

알겠다 저수지는
돌을 던져 괴롭혀도 웃는다 일평생 물로 웃기만 한다
생전에 후련하게 터지기는 글러먹은 둑, 내 가슴팍도 웃는다

••• 견딤과 긍정의 시학

시인은 "밤이 되면 붕어가 주둥이로/보름달을 툭 툭 밀며 노는 저수지"
에 갑니다. 상상만 해도 아름다운 저수지, 달빛 은은히 비치는 곳입니다.
저수지 둑에 오래 앉아 이런 저런 생각을 하면서 시간을 보냅니다. 주위의
돌멩이를 주워 멀리 던져보기도 합니다. 저수지는 빙그레 웃기만 할 뿐입
니다. 시인은 그런 저수지를 가만히 들여다보면서 길게 한숨을 내뱉습니
다. 돌을 던져 괴롭혀도 바보처럼 일평생 웃기만 하는 저수지가 못마땅한
것이지요. 여기서 시가 끝났다면 시적 감동은 미미했을 겁니다.

"생전에 후련하게 터지기는 글러먹은 둑, 내 가슴팍도 웃는다"고 시인
은 마지막 한마디를 툭 던집니다. 저수지는 곧 시인이었던 겁니다. 시에
날개가 돋았습니다. 답답한 현실 앞에서 시인은 절망하지 않고 웃습니다.
그 웃음은 외롭고 쓸쓸한 웃음이지만 비루한 인간의 삶을 한 단계 고양시
키고, 시인의 몸에 새로운 날개를 달아줍니다.

인간이 꿈꾸는 세계는 대개 균열 없는 충만한 세계이며 안과 밖의 구분
도, 대상과 주체의 구분도 없는 세계입니다. 이러한 세계를 향한 인간의 욕
망은 끝이 없습니다. 언뜻언뜻 드러날 뿐 최종 목표 지점은 잘 보이지 않습
니다. 그래서 인간은 울고 웃으며 가슴에 사무치는 곤곤한 삶의 이력들을
거느리게 됩니다.

삶에 대한 긍정과 개안은 인간을 생의 질곡으로부터 벗어나게 합니다.
오늘도 저수지는 말없이 웃습니다. 비록 그것이 한없이 적막하고 쓸쓸한
웃음이라 할지라도 생의 외진 구석은 잠시 달빛처럼 환하게 빛나겠지요.

김성순
낙타의 눈물

어둠이 내리면 몸속 어딘가에서 낙타의 울음소리 들리고

게르 앞에서 나는 무릎 꿇고 비밀스런 의식을 치른다
제단에 올릴 수 있는 건 마두금 연주뿐이므로 향은 노을빛이다
예복을 걸쳐 입은 옥빛 바람, 당상집례로 홀기를 읽는다 아직도 사막
위를 부유 중인 새끼여

주술가처럼 광활한 초원 불러들인다 우주의 뱃속, 깊은 곳의 소리를
모아 바람이 부르는 노래
삐걱거리는 몸 낙타의 호흡 가다듬으며, 떨어져 나간 너의 한쪽 귀를
찾아
구름의 행렬 길을 나서는 저녁

길을 믿지 않는 너, 오늘도 독수리로
어느 죽음 파헤치다 깊은 산자락에서 발톱의 날 세워 쓸쓸히 어둠을
파고들겠지
이제 평화롭게 불을 지피자 땅거미 지면

이국의 숲에서 내가 걸어왔던 길들 사이, 네가 있었노라
달빛 편지라도 띄울 때면 초원의 풀들은 살아 선한 눈빛으로 내게 안
길까, 웅얼웅얼 울음통이 되어버린 사막 길

젖은 눈썹 사이 모래톱 숨은 홍예는 아스름 피어오른다

●●● 주어진 길을 믿지 않는 시인

시의 첫 행을 읽는 순간 몸속 어딘가에서 낙타의 울음소리가 들리는 듯합니다. 낙타는 흔히 가혹한 고난과 고달픈 삶을 상징하지요. 그래서 낙타와 사막은 시와 소설에서 자주 등장하는 익숙한 소재입니다. 근래에 글로벌 시대의 화두로 떠오른 것이 노마디즘(Nomadism)입니다. 유목주의로 번역되는 노마디즘은 특정한 가치에 사로잡히지 않고 매순간 자신을 변혁하는 탈영토화 작업이라 할 수 있습니다.

유목은 단순히 공간적 이동만 꾀하는 것이 아니라 척박한 환경을 새롭게 바꿔나가는 창조적 행위입니다. 김성순 시인은 「낙타의 눈물」에서 사막을 걷는 낙타를 통해 유목의 삶에 주목합니다. 고난과 갈증의 현장인 사막은 열악한 삶의 장소요 화자가 반드시 극복해야 될 대상입니다. 화자는 낯선 삶의 공간으로 이동하기 전 마두금 연주로 "비밀스런 의식"을 치르고, 사막과 대비되는 "광활한 초원"을 불러들여 "우주의 뱃속, 깊은 곳의 소리"로 내적 충일을 기합니다. 길 떠나기 전 의식이 끝나고 화자는 "떨어져 나간 너의 한쪽 귀"를 찾아 장도에 오릅니다.

화자는 주어진 길을 믿지 않습니다. 유목민에게 모든 길은 낯선 길의 새로움을 위해서만 존재합니다. 온갖 고난과 역경을 딛고 독수리처럼 신생의 길을 열어가는 과정은 다름 아닌 죽음과의 외로운 고투입니다. 그 속에서 화자는 자신이 살아온 삶의 험한 뒤안길을 발견하고, 낙타의 고단한 삶에 주목합니다. 그리고 "달빛 편지라도 띄울 때면 초원의 풀들은 살아선한 눈빛으로 내게 안길까"라는 간절한 염원을 갖고, 다시 "울음통이 되어버린" 사막의 길을 걷습니다.

화자는 마침내 "젖은 눈썹 사이"로 피어오르는 무지개를 봅니다. 여기서 "홍예"는 무지개를 가리키는 말로 찬연한 삶의 징후요 현시입니다. 사막에 사는 유목민은 최악의 삶의 조건을 마다하지 않고 한 마리 낙타처럼 무거운 짐을 짊어지고 더 깊은 사막의 세계로 들어갑니다. 그 길은 곧 시인이 홀로 걸어가야 할 창조의 길이겠지요. 그리하여 세상의 시인들은 자신의 내면에 불사의 낙타를 기르는 사람들입니다.

이근화

피의 일요일

스킨헤드族이었고 샤넬의 새로운 모델이었던 그녀가 로마 카톨릭에 귀의하여 사제의 발걸음을 배울 때, 일요일의 종소리는 열두 시와 여섯 시에 한 번

나는 이 형식을 벗어나서 휴식을 취할 수 없다

독일式 화이버를 쓴 남자는 일 초 전이나 일 초 후의 내 자리를 지나고 휘파람을 씨익 불지만 저기 멀리 달아나는 오토바이의 시간

오토바이는 오토바이의 형식으로 달리고
모래는 모래의 날들 위에 반짝인다

누군가 목격하였다고 해도 나는 같은 형식으로 잠들고 멀지 않은 곳에서 사제는 사제의 발걸음을 옮긴다 종소리는 열두 시와 여섯 시에 한 번

●●● 카오스 미학의 위력

얼핏 세상은 단순하게 규정지을 수 없는 실꾸리 같은 공간인 것. 질서가 있는 듯하지만 질서가 없고 무질서한 듯 하지만 질서가 있는 이 오묘한 세계를 매일 마주하며 살아가는 것. 그러나 분명한 것은 살아야 하고 살아내야 한다는 것. 동시다발적 사건으로 구성되는 세계는 이따금 오리무중의 현상으로 눈앞에 나타났다가 곧 스러지는 것.

스킨헤드족(族)이었고 샤넬의 새로운 모델, 다시 사제가 된 여자. 그러나 종소리는 여전히 정확히 "열두 시와 여섯 시에 한 번"씩 울린다. 여자와 종소리는 상호 대척의 지점에서 어긋나 있지만 이 부조화의 삶이 곧 생의 실체라는 것. 화자는 형식의 굴레에 묶여 산다. 이렇게 각각의 형식과 방법으로 삶은 굴러가고, 지금 이 순간에도 존재의 다양한 형식은 불쑥불쑥 예측 불허의 혼돈의 형태로 다가왔다가 실체의 저편으로 소멸한다.

화자를 치고 달아나는 오토바이는 오토바이의 형식으로 달리고 "모래는 모래의 날들 위에" 반짝일 뿐이다. "나"는 나의 형식으로 잠들고, "사제"는 사제의 방식대로 발걸음을 옮긴다. 종소리는 다시 정해진 시간에 정확히 울리고. 결국 삶은 우연과 필연이 뒤섞이고, 혼돈 속에서 "피의 일요일"은 여러 층위의 서사로 구성되어 흘러가는 것이다. 더글러스 러시코프가 『카오스의 아이들』에서 언급한 "선형적 사고의 몰락과 카오스의 부상"을 이 한 편의 시에서 다시 목도하는 것이다.

그러나 아직도 급속하게 변화하는 현실의 맥락을 읽지 못하고, 첨단의 시만이 시가 아니라고 주장하면서 단아하고 정형화된 옛 서정시로 회귀하고자하는 일군의 움직임도 있다. 정서의 바탕이 다른 새로운 시들은 읽기 불편하고, 끝없이 낯선 감각과 조우하는 것도 결코 편하지만은 않을 것이다. 그러나 그 혼돈 속에 간과하기 쉬운 또 다른 세계가 용틀임하고 있다. 혼종과 이질을 통해서 새로운 미학이 태동하는 모습을 바라보는 것은 언제나 가슴 설레는 일이다.

허수경
별을 별이

별을 누구나 하나씩 가지고 있고 칼로 별을 도려낸 흔적을 가진 이도
있고 그 흔적을 개조해서 무덤으로 만든 이도 있고 공중에 별을 걸어놓고
벌집을 만든 이도 있지만

별로 밥을 먹거나 별을 살 속으로 깊이 집어넣고 우는 이도 있고 진저
리를 치며 가까운 별을 괴롭히거나 별을 구우려고 불을 피우거나 하는 이
도 있지만

별을 사막에서 바라보면 별을 사막의 바람이 자고난 뒤 바라보면 사실
별을 가진 이는 아무도 없고 별이 우리를 가지고 있지만

●●● 별의 수사학

다시 시다. 헤매고 다녀도 걸음의 종착지는 한 편의 시인 것이니 그것
이 행인지 불행인지 모르겠다. 주위에 다양한 맛과 색깔을 가진 시들이 즐
비하다. 그 시의 목을 비틀어 단맛인지 짠맛인지 구별하는 문사들이 있다.
그냥 내버려두어도 알아서들 먹거나 뱉을 텐데 이런 글 따위나 쓰면서 왈
가왈부하고 있으니 지나가는 바람마저 히히거릴 판이라서 다시 시는 무엇
인지 곰곰 생각하는 중이다.

시를 규정짓는 따위의 짓은 하지 말아야 함에도 소위 말하는 먹물 근성
을 버리지 못하여 생물인 시를 논리의 틀 안에 가두어 토막 치는 백정질에
익숙해져 있는 내가 한심해지는 것이다. 제 각각 잘난 맛에 사는 세상이라

지만 함부로 시를 재단하고 우열을 나누어 거론하고 있으니 죽은 생선이 벌떡 일어나 뺨이라도 후려칠 판국이다. 그래도 골목대장 노릇하는 평자들의 위세는 대단하여 그 앞에 가서 머리 조아리고 감읍하여 몸 둘 바를 모르니 사이비 종교의 광신도나 충직한 노비 같기도 한 모습이라서 마냥 안쓰럽다. 한편 끼리끼리 떼 지어 몰려다니며 패를 짓고 세를 과시하는 행태도 배꼽을 잡고 웃게 하는 것이라서 어제 죽은 나무가 벌떡 일어나 푸르르 말 울음소리를 내기도 하는 것이다.

알고 보면 그 모두가 "별"을 갖기 위한 몸부림인 것. 칼로 별을 도려내기도 하고 별을 식용하기도 하는 것. "별을 살 속으로 깊이 집어넣고 우는 이"가 있고, 심지어 별을 구우려고 불을 피우기도 하는 영혼들도 있다. 그러나 우리는 모두 사막의 원주민, 사막의 모래알이다. 우리가 움켜쥐고 있다고 믿었던 별은 기실은 착각이었던 것. 사막이 원주민의 실체임을 깨닫는 순간 "별"이 우리를 가지고 있다는 사실을 알게 되는 것이다. 이러한 비극적 인식 후의 쓸쓸함, 그 후에 찾아온 한 편의 시가 장맛비에 젖고 있는 동안 동쪽으로 홀로 걸어가는 누군가의 발자국 소리를 듣기도 하는 것이다.

제3부

이경림

나무, 사슴
— 푸른 호랑이19

얼마나 오래, 얼마나 질기게 견디면

나무둥치 속에 염통이 생기고

쓸개가 생기고

고요히 흐르던 연둣빛 수액이

뛰노는 붉은 핏톨이 되는 걸까

얼마나 멍하니

얼마나 머엉하니, 기다리면

수십 년 붙박혔던 뿌리가

저리 겅중거리는 발이 되는 것일까

아직 나무였던 시간들이 온몸에 무늬로 남아 있는데

제 몸이 짐승이 된 줄도 모르고

자꾸 허공으로 가지를 뻗는

철없는 우듬지를 그대로 인 채

저 순한 눈매의 나무가

한 그루 사슴이 되기까지는

●●● 경계 너머의 시

어느 술자리에서 이경림 시인은 나이가 드니까 모든 경계가 사라져서 좋다는 말을 하였다. 성의 구별, 빈부, 지위 고하, 미추 등으로부터 자유로워지고 분별의 미혹으로부터 벗어나니 비로소 삶의 공활한 영지가 보인다는 이야기였다. 최근에 이경림 시인은 『내 몸속에 푸른 호랑이가 있다』라는 시집을 펴냈다.

시집 속에서 「나무, 사슴」에 오래 눈길이 머물렀다. 시인의 시 세계를 압축적으로 보여주는 흥미로운 시였다. 이 시에서 시인은 '공활한 영지'를 매우 유니크하게 형상화하였다.

시집 서문에서 "존재가 하나의 헛소문에 불과하다는 사실을 받아들이는데 60년이 걸렸다"고 말하고 있듯이 시인의 눈은 이미 모든 경계를 넘어 무화의 경지에서 노닐고 있다는 느낌을 강하게 받았다. 그러나 황현산이 지적했듯 이는 허무적 담론은 아니다. 단순히 허무주의적 존재론으로만 본다면 이는 이경림의 시를 매우 협소한 시각으로 본 것이다. 경계 저편의 고요한 응시를 통해 일궈낸 그녀의 시편은 '허공이 밤새 앓는 소리'(「병」)를 들려주기도 하고 노을 속에서 '피 묻은 칼날'(「칼」)을 발견하기도 한다. 「나무, 사슴」에서도 이쪽과 저쪽을 넘나드는 자유로운 상상의 걸음새는 시원하고 활달하여 걸림이 없고, 독자를 새로운 시의 영지로 이끈다.

이 시에서 시인은 사슴을 보고 나무를 읽어내는 특이하고 흥미로운 상상력으로 시에 탄력을 더하고 신비하고 매혹적인 분위기를 빚어낸다. '견딤'과 '기다림' 끝에 나무에 염통과 쓸개가 생기고 수액이 붉은 핏톨이 되고, 나무뿌리가 사슴의 발로 전이되는 변환의 이미지는 여러 겹의 울림과 시적 사유를 내재하고 있다. 흥미롭고도 아름다운 상상력이 직조한 이 한 편의 시에서 "저 순한 눈매의 나무가/한 그루 사슴"이 되는 과정은(정작

나무는 제 몸이 짐승이 된 줄도 모르지만) 삶과 자연의 순환을 꿰맨 자국 하나 없이 유려하고 설득력 있게 그려내고 있다. 시인의 고백처럼 경계가 사라진 삶의 지평을 독자에게 넌지시 보여주고 있는 것이다.

육신의 나이가 무색하게 이경림의 시는 젊고 탄력이 있다. 노쇠하지 않은 시 정신이 긴장과 장력을 유지하게 하는 가장 큰 이유이다. 느슨하게 풀어져 지극히 상식적인 언술을 되풀이하는 늙은 시들과 비교할 때 그녀의 시는 여전히 청춘이고 우리 시의 또 다른 미래이다.

김태형

코끼리 주파수

오래 굶주린 사자떼가 무리 지어 사냥에 나서듯
마른 땅에 갈기를 흩날리며 들불이 번진다
그곳에서도 물웅덩이를 찾아낸 코끼리 한 마리
느릿느릿 온몸에 검붉은 진흙을 바른 채
무겁고 차갑게 타오르는 황혼을 기다리고 있다
말라죽은 아카시아나무 숲과 흰 구름 너머
수 킬로미터 떨어진 또 다른 무리와
젊은 수컷들을 찾아서
코끼리는 멀리 울음소리를 낸다
팽팽한 공기 속으로 더욱 멀리 울려퍼지는 말들
너무 낮아 내겐 들리지 않는
초저음파 십이 헤르츠
비밀처럼 이 세상엔 도저히 내게 닿지 않는
들을 수 없는 그런 말들이 있다
얼마나 멀리 떨어져 있었으면 오래고 오래되었으면
그 부르는 소리마저 이젠 들리지 않게 된 걸까
나무껍질과 마른 덤불로 몇 해를 살아온 나는
그래도 여전히 귀가 작고 딱딱하지만
들을 수 없는 말들은 먼저 몸으로 받아야 한다는 걸
몸으로 울리는 누군가의 떨림을
내 몸으로서만 받아야 한다는 걸 알게 되었다
저물녘이면 마른 바닥에 먼 발걸음 소리 울려온다

●●● 열린 몸의 시

현실 개입 의지가 도드라진 시일수록 미학적으로 실패하기 쉬운 것이 일반적인 경우이다. 그런 시는 대개 경직되거나 일방통행적 메시지를 은연중 강요하여 시에 대한 거부감을 갖게 한다. 독자들이 비집고 들어갈 공간도 없고 상상의 날개를 펼칠 수 있는 여백도 없다. 여백이 없는 시는 대개 주절주절 긴 사설로 이어진다. 중언부언 설명하고 덧붙여 말하려고 한다. 시는 덧셈이 아니라 뺄셈이다. 압축의 절제를 모르는 시는 지루하여 금방 외면하게 된다.

김태형의 시는 현실에 기초하면서도 목청 높여 주장하거나 설득하려 하지 않는다. 그것은 현실에 대해 일정한 거리를 확보하고 있다는 것이고, 다면적 사유의 맥을 잘 견지하고 있다는 증거이다. 「코끼리 주파수」는 수다스런 요설로 이어지지도 않고 정감이 거세된 건조한 설계도 같은 시도 아니다. '코끼리 울음소리'는 파괴된 삶의 실체이고, 시인이 표출하고자 하는 심층적 의미이다. 그러나 근본에서 멀리 떨어져 있는 어둡고 차가운 귀들은 그 소리를 듣지 못하고 산다. 이것이 비극적 삶의 한 풍경이다. 들어야 할 것을 듣지 못하고, 보아야 할 것을 보지 못하는 사이 삶은 피폐해지고 삭막해진다. "나무껍질과 마른 덤불로 몇 해를 살아온" 화자 역시 너무 작고 희미하여 듣지 못하는 소리와 말이 있다. 그러나 "누군가의 떨림"과 "들을 수 없는 말들은 먼저 몸으로 받아야 한다는 걸" 깨닫게 된다. 여기서 "몸"은 관념이나 차가운 이성이 아니다. 말 그대로 온몸이며 전체이다.

마지막 한 행이 「코끼리 주파수」에 가볍고 섬세한 날개 하나를 달아준다. "저물녘이면 마른 바닥에 먼 발걸음 소리 울려온다" 비로소 화자가 온몸으로 세상의 떨림과 작고 미미한 소리까지 감지하는 순간이다. "마른 바닥"은 시인의 예민한 촉수요 안테나이다. 이것이 작동하는 순간 세상의 어둠도 잠시 기우뚱하는 것이다.

이대흠

손톱

　자유에 대해 말한다면 손톱만큼 치열한 경우도 없다 나에게 처음으로 죽음을 가르쳐준 그것은 바다를 향해 나아가는 뱃머리 같은 것

　수평선 너머로 사라진 배의 행방을 알 수 없듯 나는 잘려나간 손톱이 간 곳을 모른다

　한 때는 호미 날이 되어 풀을 매고 아이의 손가락에 박힌 가시를 뽑아 주기도 하였다 항상 몸통보다 먼저 가서 더러움과 치욕을 견디고 꽃의 속 그 깊은 곳의 부드러움과 뜨거움을 내게 알려 주었던 전위의 촉수

　붉은 피가 흐르는 펜촉을 나는 가지고 있었던 것이다 몇 번이고 제 부리를 바위에 찧어버리는 독수리의 그것처럼 깨어지고 잘리어도 다시 돋는 신생의 힘

　뿌리를 벗어나려 한 번도 쉬지 않았던 그가 달을 품고 있었으니 그에게도 다만 저를 견디지 못하는 그 무엇이 있었던 것이다

　손톱은 날고 싶었던 것이다 손톱이었던 기억을 잊고 훨훨 꽃잎처럼 날아서 어딘가로 가려 한 것이다 깎여 떨어지는 짧은 죽음의 순간에야 날개를 얻는 새

　그런 의지이기에 죽은 몸에서도 손톱은 자라는 것이다

●●● 전위의 촉수

뜻밖의 사람이나 사물을 의외의 장소에서 만나게 될 때가 있다. 그 순간을 명왕성에 라일락이 피는 순간 혹은 457년 만의 두 행성의 충돌이라고 명명하고 싶은 것이다. 우주의 섬세한 기운이 하나의 파동으로 전해지는 찰나, 온몸으로 반응하고 전율하며 새로운 생을 감각하는 것이다.

대상과의 깊은 교유는 곧 귀신을 만나는 일이고, 단 한 번도 감각하지 못한 생의 숨결에 온몸이 젖는 것이다. 이대흠 시인이 주목한 "손톱"을 만나는 순간이 그러했다. 죽은 몸에서도 자라는 손톱은 "항상 몸통보다 먼저 가서 더러움과 치욕을 견디고", "꽃의 속 그 깊은 곳의 부드러움과 뜨거움"을 알려주는 "전위의 촉수"였다. 또한 "붉은 피가 흐르는 펜촉"이며 신생의 힘을 가지고 끝없이 뿌리로부터 벗어나려 자유에의 치열한 의지를 불태운다.

그러나 "저를 견디지 못하는 그 무엇"이 있다. 손톱 속의 "달"은 힘들고 어려운 중에도 재생의 에너지를 예비하는 사물이요 비장의 무기였던 것이다. 결코 포기할 수 없는 자유에의 염원을 잉태한 자궁이다. "짧은 죽음의 순간에야 날개를 얻는 새"는 손톱의 미래요 꿈이다. 죽어도 죽지 않는 외진 사랑이다. 그런 의지와 욕망이 죽은 몸에서도 손톱이 자라게 하는 것. 이 섬뜩한 진실이 느슨하게 풀어져 있는 일상을 긴장케 하는 것이다. "손톱"에서 "새"를 발견한 시인의 개성적 시안이 놀랍고, 요란하지 않고 차분하게 시상을 펼쳐가면서 설득력 있게 마무리한 시상도 인상적이다. 수구적이고 퇴행적 정서를 서정시의 실체인 양 오인하고 있는 일부 구시대의 시들이 "손톱"에서 건강한 서정의 근력을 확인하는 순간 신서정의 새로운 동력을 발견할 수 있을 것이다.

권혁웅

처마 아래서

겨울비가 손가락을 짚어가며 숫자를 센다
더딘 저녁, 누군가를 오래 세워둔 적이 있었다
여러 번 머뭇거린 뒤꿈치가 만든
뭉개진 자리가 나란하다 창밖을 서성대던
들쑥날쑥한 머리통들 가운데 몇몇이
어느 새 방안에까지 들어와 있었다
검게 엉킨 실타래들을 풀지 못했나
나 간다 이번엔 정말 간다고
카운트다운을 하는 겨울비, 반에서
반의 반으로 다시 반의 반의 반으로
끊임없이 숫자를 줄여가는 저 겨울비

••• 대상과의 교유

바람의 수족을 태생적으로 지니고 태어난 사람들은 저녁의 무늬, 그 세세한 속살을 읽어내는 별과 달의 불우한 후예들입니다. 김수영, 김종삼, 박용래가 그러했고, 무지개를 잡아 공작새를 만들던 신현정이 또한 그러했습니다.

이 시의 화자 역시 크고 슬픈 귀를 가지고 태어났습니다. 겨울비의 중얼거림을 듣느라 예민한 귀를 곤두세우고 있습니다.

손가락을 짚어가며 숫자를 세는 겨울비의 외로운 뒷모습이 보입니다. 창밖을 서성이는 발걸음, 이제 돌아서야 하는데 돌아서지 못하는 이유가 무엇인지요? 「처마 아래서」 가슴 에이며 마음을 접고 쓸쓸히 돌아서야 했던 무겁고 어두운 기억들. 여러 번 머뭇거리고 망설인 과거를 떠올립니다. 그러나 이 시에서 겨울비는 이미 이승에 없는 사람으로 보입니다. 낮고 음울한 음조가 죽은 이의 웅얼거림으로 들리는 까닭은 무엇인지요?

모든 게 "검게 엉킨 실타래들" 때문입니다. 실타래는 풀리지 않고 눈앞은 어둡고 비관적입니다. "나 간다 이번엔 정말 간다고" 말하면서 "끊임없이 숫자를 줄여가는 저 겨울비"가 읽는 이의 가슴을 저리게 합니다. 한 호흡씩 끊어가며 내뱉는 다짐이 비극적 정황을 고조시키면서 비장미마저 느끼게 합니다.

죽은 이는 아직 생에 대한 미련을 내려놓지 못했는지 여전히 문밖에 서 있습니다. 비 오는 날, 처마 아래로 이끈 한 편의 시 때문에 가슴은 어느덧 먹먹한 밤입니다. 눈 감지 못한 자작나무의 백야는 지금 어디에서 밀봉되고 있는지, 어둠을 뜯어내며 새벽의 우체부는 어느 방향에서 걸어오고 있는지?

제주시 한경면 고산리, 창밖으로 보이는 수월봉은 묵묵부답입니다.

김혜수

컷!

담장 안
죄수들이 축구를 한다
내기 축구다
인생은 포기해도
담배 한 갑과 초코파이는 절대 포기할 수 없다
사생결단이다
담장 밖
나무들도 내기중이다
누가 먼저 탈옥해 꽃 피우나
옥신각신이다
사식 넣어주듯
담장 밖에서 안으로
가지를 들이밀어주고 있는
저 나무 가만, 이름이 뭐였더라
그깟 이름 따위 잊어버리고
내기에 열중인 익명의
사형수, 장기수, 무기수……
냅다 축구공 허공으로 솟구치는 순간
꼭 누군가
컷!
하고 외칠 것만 같고

●●● 생사의 배면

삶은 입체이지만 지극히 사소하고 지극히 단순하여 때때로 비감해지는 것. 쓸쓸한 생의 한 풍경을 경쾌하게 그려낸 시가 「컷!」이다. 이 시는 교도소 담장 안과 담장 밖의 풍경을 대비하면서 명료하게 생사의 배면을 심도 있게 드러낸다. 생의 막장에 다다른 죄수들이 기껏 "담배 한 갑과 초코파이"를 놓고 사생결단의 내기를 한다. 우습지만 이것이 인생인 걸 어쩌겠나. 너나없이 이런 우스운 내기를 하며 사는 것. 담장 밖도 크게 다르지 않다. 나무들도 매순간 다투어 꽃피우기 위해 옥신각신한다.

화자는 잠시 나무의 이름을 더듬어보지만 금방 생각이 나지 않고, 죄수들은 그런 이름 따위에 아랑곳하지 않고 오직 내기에 목숨 걸고 뛰어다닌다. "축구공 허공으로 솟구치는 순간" 화자는 슬며시 하늘 저편을 보고야 만다. 죽기 전 신현정 시인이 그러했듯 그만, 보지 말아야 할 것을 보고야 만 것이다.

우스운 내기에 목숨 걸고 뛰지만 결국 어느 한 순간 "컷!"하면 끝이다. 유한자로서의 쓸쓸한 삶의 풍경은 모두 외면하고 싶은 것. 움직이는 영상이 리모컨 작동으로 일시에 정지되듯 기운 좋게 펄펄 뛰어다니는 목숨들도 "컷!"하는 순간 모든 동작을 멈추어야 한다. 죽음은 예외 없이 찾아오고, 생의 흔적은 허공에 흩어져 순식간에 무화되는 것이다. 또 사설이 길었다. 대책 없이 흘러넘치는 허공을 제대로 경작하지 못한 탓이다.

한세정

안녕, 안나푸르나 혹은 안티푸라민

배웅은 필요 없어
다만 코끝을 마주대고 어깨를 다독여주면 돼
강렬한 태양 때문에 눈이 시릴 때도 있었지만
그렇다고 내가 장님이 된 것은 아니었으니까
내가 나를 떠난 건 아니었으니까

내가 아는 여자가 있었어
퍼렇게 멍이 든 눈가엔 항상 안티푸라민이 번들거렸지
여자는 하루 종일 식당 뒷문에 쪼그리고 앉아
고등어를 구웠어
이런 일과들이 여자를 스쳐가곤 했어
잘 달궈진 석쇠 위에서 고등어의 퍼런 껍질이
곪은 종기처럼 부풀다가 터지고
여자는 말없이 눈가에 안티푸라민을 덧발랐지
울음의 무늬를 기억하는 굴곡을 어루만지며

가파른 산비탈마다 멍멍한 귓속을 채우는
나귀들의 방울 소리와
몸을 움츠려야만 닿을 수 있는 지상의 협곡들,
그러니까 배웅 따윈 필요 없어
난 단지 내 안의 굴곡을 벗어나
안나푸르나에 가고 싶을 뿐이야
아직도 눈가 가득 안티푸라민을 바르고 있을
내 몸 밖의 굴곡을 어루만지기 위해

●●● 생의 굴곡을 넘어서는 시

건강한 시 한 편을 발견했다. 그의 시에는 현실을 냉철하게 읽어내는 밝은 눈과 진정성, 다층적 사유와 자유로운 상상력이 내재되어 있다. 지루하고 재미없는 시들, 아무런 정서적 감흥을 불러일으키지 않는 시들은 지독한 회의나 절망의 과정을 거치지 않은 모조품이다. 그럴듯한 포즈만 있을 뿐 영혼이 없는 죽은 시들이 산재되어 있는 것이 현실이다.

안나푸르나와 안티푸라민의 절묘한 배합이 한세정의 시를 살아 숨쉬게 한다. 두 대상은 전혀 다른 이질적 요소이다. 그러나 희한하게도 유사음이 반복되고 시인의 예리한 감각이 그걸 놓치지 않은 것이다. 풍요의 여신 안나푸르나는 히말라야의 고봉이다. 모든 산악인들에게 설렘과 도전의 대상인 안나푸르나, 한편 안티푸라민은 타박상, 관절통 등을 치료하는 소염진통제이다.

시의 첫 행은 "배웅은 필요 없어"로 시작된다. 단호하다. 떠나야 하는 현실이지만 누구의 배웅도 위로도 필요 없다는 결기 어린 선언이다. 잠시 눈이 시릴 때가 있었지만 장님이 된 것은 아니기 때문에 홀로 서서 걸어갈 수 있다는 것이다.

2연에서는 굴곡 많은 한 여인이 소개된다. 식당 종업원인 그 여인은 "울음의 무늬를 기억하는 굴곡을 어루만지며" 시퍼렇게 멍든 눈에 매일 안티푸라민을 바르며 사는 사람이다. 독자는 이쯤에서 사연 많은 여인의 삶을 헤아리게 되고, 안티푸라민이 삶의 통증을 가라앉히는(비록 일시적이지만) 기제라는 것을 알 수 있는 것이다. 대부분의 사람은 "안티푸라민" 같은 위로 기제를 통해 자기 삶을 방어하고 고통스런 상황을 뛰어넘고자 한다.

"가파른 산비탈"과 "지상의 협곡들"을 거쳐 시의 화자가 지향하는 곳은

"안나푸르나"이다. 그곳은 단순한 유토피아가 아니다. 반드시 수많은 "내 안의 굴곡"을 넘어야 하고, "몸 밖의 굴곡"을 어루만지며 가야 하는 외롭고 고통스런 곳이다. 지금 이 순간에도 상처투성이의 몸에 "안티푸 라민"을 바르며 "안나푸르나"를 향해 홀로 걸어가고 있는 수많은 영혼들 이 있다.

유희경

무(無)

　무를 사러 나왔는데 밑동 잘린 눈이 내린다 당신, 무얼 상상했기에 이리도 하얀 눈이 내리나 그렇게, 하얀 눈을 맞으며 걸어간다 한 사내가 넘어진다 일어나 툭툭 털어내는, 그의 잠바가 흐리다 익숙한 이미지를 더듬어 다시 눈이 내리고 나는 고요 그 중간쯤을 올려다본다 내일은 무를 말릴 것이다 나는 오독오독한 그런 상황이 재밌어 또 슬프다 함께 사라져버릴 것들 그리고 잊혀가는 것들도

●●● 오독오독한 생의 풍경

좋은 시는 울림의 진폭이 크다. 유희경의 「무」는 겹겹의 의미를 함의하고 있다. 우선 그의 신선한 상상이 재미있다. "무"를 사러 나온 화자의 시야에 "눈"이 들어왔다. 그런데 그 눈은 "밑동 잘린 눈"이다. 여기에서 "눈"은 "무"의 다른 이름이다. 이 정도에서 시가 끝났다면 지극히 평면적이고 밋밋한 시가 되었을 것이다.

화자는 "무"에서 다시 "無"를 발견하고 "無"의 또 다른 이름인 "눈"으로 사유가 확장된다. 이렇게 연쇄적으로 전개되는 시는 한층 시의 재미를 더하고, 읽는 이로 하여금 상상의 즐거움을 준다. 눈 밝은 시인의 감각이 반짝반짝 빛을 발하는 부분이다.

이어서 길 위에 넘어진 사내가 다시 툭툭 털고 일어나 걸어가는 모습이 그려진다. 그렇게 일상의 소소한 일들은 반복적으로 이어진다. "익숙한 이미지를 더듬어 다시 눈이 내리고"에서 보듯 백 년 전에도 천 년 전에도 그러한 삶의 풍경은 있었고, 앞으로도 또한 그러할 것이다. 여기에서 화자는 고요의 중심을 본다. 그곳에서 삶의 실체를 얼핏 바라보게 되고 "내일은 무를 말릴 것이다"라고 말한다. 그 행위는 축축하게 젖은 삶의 저녁을 말리는 일이고, 한 점 눈송이처럼 금방 사라지고 잊혀지는 생의 풍경을 오독오독하게 갈무리하는 일인 것이다. 그리고 화자는 "그런 상황이 재밌어 또 슬프다"고 토로한다. 삶이 가진 양면의 풍경을 다 들여다본 화자가 짐짓 아무렇지 않게 내뱉는 한 마디가 가슴 허공에 툭 떨어진다. 우리는 모두 잊혀지고 사라져가는 존재들이다. 일회성의 소모품으로 잠시 세상에 모습을 드러냈다가 소멸하는 한시적 목숨들이다.

그러나 젊은 시인이 그려낸 "오독오독한" 삶의 진경은 오래 우리 곁에 남아 있을 것이다. 그것이 아무 '쓸모' 없는 시의 힘이기 때문이다.

박지웅

나비를 읽는 법

나비는 꽃이 쓴 글씨
꽃이 꽃에게 보내는 쪽지
나풀나풀 떨어지는 듯 떠오르는
아슬한 탈선의 필적
저 활자는 단 한 줄인데
나는 번번이 놓쳐버려
처음부터 읽고 다시 읽고
나비를 정독하다, 문득
문법 밖에서 율동하는 필체
나비가 아름다운 비문임을 깨닫는다
울퉁불퉁하게 때로는 결 없이
다듬다가 공중에서 지워지는 글씨
나비를 천천히 펴서 읽고 접을 때
수줍게 돋는 푸른 동사(動詞)들
나비는 꽃이 읽는 글씨
육필의 경치를 기웃거릴 때
바람이 훔쳐가는 글씨

●●● 언어 밖의 시

시인은 삶과의 고투를 통해 순금 같은 생의 무늬와 숨결을 발견한다. 그래서 가끔은 문법의 틀을 넘어 숨겨진 삶의 세목을 찾아내고, 의도적 비문을 통해 지루한 일상의 질서를 전복한다. 뿐만 아니라 운명적으로 늘 경계 너머를 기웃거린다. 금기를 깨는 순간 튀어오르는 스파크는 한 편의 시로 발화하는 것이다.

언어 밖의 언어를 읽는 시인이 있다. 대부분 언어의 덫에 걸려 보지 못하는 생의 비의를 시인의 맑고 정치한 시선이 포착한다. 박지웅 시인의 「나비를 읽는 법」은 언어 저편의 실상을 환기시키는 시다. 허공에 쓰여지는 언어는 "아슬한 탈선의 필적"이고 "문법 밖에서 율동하는 필체"이다. "나비가 아름다운 비문임을" 깨닫는 찰나 개안의 황홀은 온몸을 전율케 하는 것이다.

그러나 "아름다운 비문"은 곧 사라지고 만다. 옻칠한 관처럼 무거운 국어대사전에 순장되지도 않고, 덩치 큰 문학지에 보란 듯 폼 잡고 있지도 않은 것이다. "꽃이 읽는 글씨"는 바람과 더불어 종적이 묘연해지는 것, 그래서 더욱 아름다운 것이 '시'라는 외계의 물질이다.

요즈음 타자성의 회복을 주장하는 발언을 곳곳에서 심심찮게 만난다. 마치 그것이 지상과제인 양 내세우지만 시에서 그것만이 전부는 아니다. 여러 문양과 색깔로 각개약진하는 시의 세계는 다양한 스펙트럼을 갖는 것이 가장 바람직한 모습이다. 타자성의 회복도 중요한 의미를 지니지만 그것을 절대화시키는 것은 시에 대한 안목이 넓지 않음을 반증하는 것이다.

박지웅 시인은 「나비를 읽는 법」에서 죽은 언어와 과도하고 편향된 시적 지향이 오히려 생의 실상을 왜곡하는 기제로 작용할 수 있다는 것을 넌지시 말하고 있는 것이다.

임승유
주유소의 형식

나는 네모의 형식
팔다리를 접어 울음을 가두고 길가에 앉아 있다
누군가 지나가다 툭, 친다 해도 괜찮아
그건 내가 가진 가장 좋은 점

사람들이 가벼워진 연료통을 끌고 와 줄을 섰다
견고한 내 옆구리에 구멍을 뚫어
싱싱한 울음을 채운 사람들이
끌고 온 길을 접으며 달려 나갔다
말하자면 나는 바깥에서부터 흩어지고 있었는데

막 횡단보도를 건너고 있던 여자의 손가락 사이로
울음이 빠져나오고 있다
멀리 보냈던 울음들이 활활 타오르며 옆구리에 달라붙고 있다
내부를 향해 몰려드는 바깥들

우린 언젠가 같은 종류의 울음을 나눠 가진 적이 있고
출렁이는 울음을 만지작거리며
달릴 수 있는 만큼 달렸다
갈 데까지 가서
울음은 바닥이 나고
털썩 주저앉았다
그럴 때 우리는

길가에 웅크려 앉은 자세

●●● 울음의 색깔

수십 종의 문학지에서 좋은 시를 만나기 위해서는 상당한 인고의 시간이 필요한데 모처럼 어렵지 않게 금쪽같은 시를 손에 쥐었다. 아닌 척하기의 진수를 보여주는 시를 갓 등단한 신인의 시에서 발견하기는 쉽지 않은 일이다. 과도하게 어깨에 힘이 들어가 있거나 뼈대만 흉하게 불거진 시, 또는 어설픈 포즈만 있는 시들이 많은데 임승유의 시는 보법이 비교적 가볍고 경쾌하다. 경직되지 않은 시선에 우선 비점을 찍고 시를 읽어 내려가면 주유소에 서 있는 주유기의 네모난 형식을 만나게 된다. 그런데 주유기는 단순한 사물이 아니라 "팔다리를 접어 울음을 가두고" 있는 실체이다. 여기서 관습적 사고의 틀을 깬 시인의 독특한 심안을 만나게 된다.

이어서 사람들은 울음의 저장고에서 "싱싱한 울음"을 채워 달려 나간다. 결국 그 행위는 울음의 분산이며 공유이며 동시에 극복의 한 방법이다. "횡단보도를 건너고 있던 여자"에게서 발견한 울음은 화자에게 다시 수렴되어 활활 타오른다. 그러나 그 울음은 과거에 화자가 "멀리 보냈던 울음들"이다. 그래서 연인처럼 혹은 동지처럼 "같은 종류의 울음을 나눠 가진 적"이 있다는 고백이 가능한 것이다.

울음이 바닥나는 지점에 놓여있는 "우리"는 결국 울음의 공동체인 셈이요 함께 삶의 강을 건너야 하는 고단한 육신인 것이다. "길가에 웅크려 앉은" 너와 나는 울음의 내밀한 공유자로 함께 울며 또다시 어딘가로 항해를 시작해야 하는 존재들이다.

이 시의 미덕은 삶의 신고를 '아닌 척' 하며 가볍게 툭툭 건드리며 걸어가는 점이다. 울음과 휘발유라는 이질적 대상을 붉은 색상 이미지로 연결하고, 울음이 오히려 생의 동력이라는 역설적 진실을 감동적으로 보여주

고 있는 점도 특기할 만하다. 결국 울음은 아픔이며 동시에 생의 근원적
에너지다. 울음이 바닥나는 순간 연료가 떨어진 주유기처럼 삶은 더이상
작동하지 않는 것이다.

김혜순
레이스 짜는 여자

송편을 찌다가
떡 반죽을 두 손으로 마구
짓뭉개고
침을 탁 뱉고
마구 내던지고 싶다가도
형형색색의 가지런한 송편

술을 따르다가
술잔을 내던지고
깨뜨리고
깨어진 술병을 들고
마구 찌르고, 뚝뚝 듣는
선혈을 보고 싶다가도
약간 떨며 술잔 모서리에
찰랑 알맞게

언제나 고요한 시선, 고요한 수면
하늘 한번 쳐다보고 한숨 한번 쉬고
불을 지피다가
불붙은 장작을
초가삼간 지붕 위로 내던지며
나와라 이 도둑놈들아
옷고름을 갈가리 찢고
두 폭 치마 벗어던지며
용천발광하고 싶다가도

문풍지가 한밤 내 바르르 떨고
하이얀 식탁보는 눈처럼 짜여지고

●●● 전복의 사유

1968년, 그러니까 제가 초등학교 3학년 때 프랑스에서 젊은 형아, 누부들이 5, 6월 꽃 피고 꽃 지는 시절에 낡고 곰팡내 나는 가치 체계와 제도를 뒤엎어버리고자 했던 사회 운동이 있었습니다. 이름하여 68혁명이라는 것인데 그 때 형아, 누부들은 거리로 뛰쳐나와 지금 생각해도 폼 나는 "금지를 금지하라!", "상상력이 정권을 잡게 하자." 등의 구호를 외쳐댔지요. 그 중 한 사람이었던 파스칼 레네가 쓴 『레이스 뜨는 여자』라는 소설은 여성의 위상 문제와 소통의 문제 등을 다루고 있습니다.

김혜순의 「레이스 짜는 여자」는 바로 이 소설이 동기가 된 듯 싶습니다. 이 시는 내면의 욕망과 상치되는 현실이 각 연마다 대비되어 나타납니다. 폭력적 욕망이 속에서 들끓고 있지만 화자는 결국 현실의 공고한 질서 앞에 "가지런한 송편"이 되고 맙니다. 저항은 한낱 마음속에 일었다가 맥없이 꺼지는 거품 같은 것일 뿐이지요.

2, 3연에서도 동일한 현실의 모습을 묘사합니다. 얌전히 따르던 술잔을 내던지고 술병을 깨뜨려 상대를 찔러 피를 보고 싶지만 "찰랑 알맞게" 술을 따릅니다. 이 상황에서 화자는 고작 "하늘 한번 쳐다보고 한숨 한번" 쉴 뿐이고, 불붙은 장작을 지붕 위로 던져 옷을 갈가리 찢으며 "용천발광하고 싶다가도" 현실 앞에 무력하게 무릎 꿇고 맙니다. 화자는 오랜 시간 그렇게 길들여졌고 암묵적 강요 속에 오직 순종의 미덕만이 취할 가치였습니다. 남성 중심의 가치관과 제도 속에 화자가 숨 쉴 공간은 없습니다.

밤새도록 식탁보를 짜고 있는 화자의 모습에서 독자는 터질듯 억눌려 있는 분노와 처연함을 동시에 느낍니다. 「레이스 짜는 여자」는 자조와 자학의 어조 속에 억압적 제도와 조작된 힘에 대한 거센 저항의 깃발을 휘젓고 있는 시입니다. 68년 형아 누부들처럼 "금지를 금지하라!"고 외치며 거리로 뛰쳐나가지는 않았지만 작품의 이면에는 무서운 전복의 사유가 꿈틀대고 있습니다.

그러나 이 시를 단순히 페미니즘의 좁은 울타리 안에 가두어서는 안 됩니다. 대상을 여성으로만 한정할 때 시의 영토는 반 토막이 됩니다. 페미니즘보다 인간의 내면에 잠복해 있는 파시즘의 실체를 주시하는 것이 이 시가 함의하고 있는 의미에 더 가까이 다가갈 수 있는 길이 아니겠는지요. 현실 세계의 파쇼적 폭력성과 비극에 노출되어 있는 것은 단지 여성만은 아니기 때문입니다.

강인한

병 속에 고양이를 키우세요

수박 맛있지요
열매가 둥글다는 상식을 넘어
네모난 수박은 상식보다 맛있을 거야
정사각형 틀 안에 가두고
키운 멋진 수박
처럼
네모난 유리병 안에
새끼 고양이를 키워 보실래요
부드럽게 부드럽게
새끼 고양이를 병 속으로 유인하세요
얼른 병마개를 닫은 다음
두 개의 빨대를 끼우세요
하나는 먹이를
또 하나는 배설을 위한 장치
들어가면 나온다는 철학을 위한 장치
사랑도 정기적으로 확인이 필요하듯
가끔씩 뼈를 유연하게 하는 약물을
투입하기도 하면
귀여운 고양이는 병에 맞춰 자라지요
자라면서 끝내는 유리병 모양이 된다나요
사뿐한 도약 호기심 많은 질주는 거세된 채
적응한다는 것이 얼마나 훌륭한 미덕인지
고양이는 잘 알지요
분재 고양이 아니 본사이 키튼
네모난 고양이를 보세요
얼마나 정직하고 우아한지요

죽을 때까지 유리병에 갇혀서
동그란 눈을 깜박이는 본사이 키튼
당신의 맨션에 살아서 빛나는 소품
본사이 키튼,

●●● 욕망과 무위의 경계

노자 할배를 애드벌룬처럼 하늘로 붕붕 띄워 올린 노자주의자들은 노자 철학의 핵심이 회의론이라고 하면 발끈할지 모른다. 그러나 노자는 끝없이 회의하고, 종국에는 회의의 모가지를 한 손으로 비틀어버린 할배다. 할배의 오른손에 든 것이 회의론이고 왼손에 든 것이 직관론이다. 회의론은 경험의 울타리를 뛰어넘게 하고, 직관론은 합리적 이성의 딱딱한 머리통 위에서 탱고를 추는 무의식의 사유 활동이다.

처음 이 시를 보았을 때 제목이 다소 충격적이었다. 호기심도 발동했다. "본사이 키튼"이 무엇인지 모르던 때였으니 당연한 일이다. 노골적으로 환경이나 생태 문제 등을 거론하는 뼈다귀시를 나는 별로 좋아하지 않는다. 그러나 이 시는 그런 류의 목적시들과 분명하게 궤를 달리한다.

「병 속에 고양이를 키우세요」는 인위적으로 네모난 수박을 만들듯 네모난 유리병 안에 새끼 고양이를 키우는 인간의 잔혹한 행위를 풍자하는 시다. 먹이와 약물 투여로 고양이는 유리병 모양으로 자라고 결국 동물적 본능이 거세된 살아 있는 장난감이 된다. 생명이 한낱 장난감으로 전락하는 섬뜩한 순간이다. 이 시는 인간의 반생명적 행태를 비판하는 시지만 단순히 생명 윤리 차원에서만 바라본다면 시가 함의하고 있는 내용을 지나치게 협소하게 파악한 것이다. 이 시는 보다 광의의 의미를 함축하고 있는 시다.

　인간은 욕망하는 존재다. 그러나 왜곡된 욕망은 인간을 규격화된 틀 속에 가둔다. 틀에 "적응"하는 것이 곧 "미덕"이라고 생각하는 인간의 현실을 조롱하고, 비판하면서 이 시의 의미 영역은 확장된다. "고양이"를 '인간'으로 바꾸어 읽을 때 시의 울림이 배가되는 이유가 여기에 있다. 지금 이 순간 우리 자신이 동그란 눈만 깜박이는 "빛나는 소품"이 아닌지 되돌아본다면 그 의미는 더욱 증폭될 것이다.

　노자 할배가 휘적휘적 걸어가시며 다시 한 말씀 하신다. 흐르는 물을 흘러가게 하고, 억지로 인위적으로 강물을 틀어막거나 숨통을 끊지 말라고. 생명의 질서는 스스로 그러할 때 가장 아름다운 법이라고.

이정란
주사위

너는 허공을 입방체로 뭉쳐 높이 던진다
나는 숨겨두었던 사다리의 날개를 펼친다
너와 난 공중에서 부딪혀 12각형의 별이 된다
우린 그 별을 복사해 만든 게임으로
서로에게 도박을 걸지도 모른다

어둠과 햇살을 가장 단순하게 만든 네 안에
규칙은 없다

6의 발바닥에서 해를 보는 1
1이라고 말하고 싶은 2
날개가 곤충의 불행인 것을 믿는 3
3의 노래로 타래를 만들어 동굴을 파는 4
매일 눈동자를 갈아 끼우며 남의 서가의 책을 즐겨 읽는 5
알고 있는 것들의 영혼을 다붓다붓 의인화시키는 6

6이 모르고 지나간 영혼은
온몸을 검게 칠하고
어긋난 모서리들 속으로 스며든다
그럴수록 너는 더욱 부드럽게 팽창한다
육면체 속 알 수 없는 뭉클거림을
허공으로 높이 던지는 순간
네 몸은 투명해진다 애당초

나는 너를 본 적이 없다

●●● 투명한 시어가 엮어내는 내밀한 풍경

호주머니 속에서 악어를 찾아내는 것이 시다. 강인한 시인은 "호주머니 속 악어"를 발견하여 동물원에 거액을 받고 팔아넘겼다는 소문이 있다. 나는 잘 생긴(?) 그 악어를 본 적이 있기 때문에 그만한 돈을 받을 가치가 충분히 있다고 본다. 그런데 최근에 이정란 시인의 시에서 악어 비슷한 놈을 보고 내심 기뻐한 적이 있다.

이 시인은 새로운 시의 영토를 개간하기 위해 분투하고 있는 시인이다. 그녀의 시는 단정하고 빈틈이 없이 잘 갈무리 되어 있는 것이 특징이다. 구조적 안정감과 섬세한 시어로 드러나는 정서의 조밀함이 그녀의 시를 신뢰하게 하는 중요한 요소이다.

「주사위」는 이정란 시인에게 새로운 도전이다. "허공"을 던지고 "숨겨 두었던 사다리의 날개"를 발견하는 화자는 "별"의 영역에 당도한다. 거기에 어떠한 "규칙"도 없다. 다만 여섯 가지의 존재태가 제시된다. 새로운 삶의 이면을 들여다보는 시선들이 정교하게 살아 움직인다. 4연에 이르러 비로소 화자의 목소리가 구체화되고 명료해진다. 이 시에서 "6"은 "알고 있는 것들의 영혼을 다붓다붓 의인화시키는" 존재이다. 그러나 이름을 얻지 못한 무명의 사물들은 "어긋난 모서리" 속으로 사라진다. "육면체" 속에서는 존재성을 획득하지 못한 것들이 꿈틀거리고, 화자는 그것을 허공에 던진다. 그 순간 주사위는 투명해지고, 화자는 처음부터 "너를 본 적이 없다"고 고백한다. 이름을 얻은 존재이거나 이름을 얻지 못한 존재이거나 모두 "허공"의 다른 이름이었던 셈이다. 결국 삶이라는 놀이는 "별을 복사해 만든 게임"이었던 것이다. 시적 사유의 단서가 된 주사위라는 사물에서 시인이 포착한 삶의 내밀한 풍경이 오래 시선을 머물게 하는 시다. 사유가 표층에 어른거리다가 그냥 사라지는 시들은 일회성의 울림으로 끝나지만 다양한 스펙트럼을 갖고 있는 장력이 강한 시들은 여러 번 곰곰 되짚어보게 되고 그때마다 다른 맛과 울림으로 다가오는 것이다.

　고루한 시작법에 얽매이다 보면 구조와 내용에 집착하게 되고 그 집착이 시를 경직되게 한다. 동맥경화에 간경화까지 불러오게 되면 시는 끝장이다. 시의 마지막에 가서 메시지에 발목 잡히지 않고 뒤통수를 쳐서 흠칫 놀라게 하거나 슬그머니 종적을 감추어버리는 것이 한 방법인데 이정란 시인은 눙치고 상큼하게 돌아서는 방법을 잘 터득하고 있는 시인이다.

　최근 그녀의 시가 달라지고 있다. 그 조짐은 이미 지난 번 시집에서부터 나타나긴 했지만 연대기적 시간을 폭파시켜 새로운 상상의 공간으로 진입하고자 하는 몸부림이 시의 도처에서 발견된다. 그만큼 시의 걸음새가 사뭇 활기 있고, 보폭은 시원해졌다. 그래서 나는 믿는다. 조만간 그녀의 치마폭 안에서 잘 생긴 사자 한 마리 뛰쳐나올 것이고, 아울러 '아름다운 표면'을 위해 '무서운 깊이'를 가지게 될 것이라고.

이종진
고등어의 골목

저녁 찬거리는 고등어였다
살아온 날 만큼이나 무뎌진 식칼이
고등어의 푸른 등줄기를 몇 차례 내려치고
토막토막 나면서 오븐렌지 속에 들어가자
고등어는 결국 바다에서의 푸른 생을 끝냈다

한때 그는 한 가정의 가장이었으리
식솔들을 이끌고 바다의 이 골목 저 골목으로
밥을 찾아 끝없이 유영했으리
가끔은 자신의 의지와는 다르게
우연찮은 골목의 끝을 지나
배고픔을 달래며 다시 되돌아온 적도 있었으리

오늘 집으로 돌아오는 골목은 참으로 길었다
골목마다 끝없이 출렁거리는 바다 물결에 밀려
얼마 만큼인지 흘러가고 나서야 나의 서투른
귀소를 짐작할 수 있었다

오늘 저녁은 모처럼 고등어 찜을 해먹자며
푸릇푸릇한 등줄기를 토막 내며
새 칼을 하나 사든지 아니면 숫돌에서 갈아야 한다며
무뎌진 식칼을 아내가 내 앞에 쓰윽 내밀자
난 내심 뒤로 물러나며

이보다 더 무뎌지고 헐렁한 칼을 갈기 위해
품에 넣고, 오늘 이 골목 저 골목을

어쩌면 저 고등어만큼이나 열심히 흘러 다녔는지
하루 종일 떠다닌 골목을
거꾸로 토막토막 내보고 있었다

●●● 진득한 삶이 배어 있는 시

그의 시는 정직하다. 요란한 수사도 얄팍한 기교도 없다. 그래서 그의 시에서는 소주 맛이 난다. 찌르르 공복의 위장을 훑고 지나가는, 소주의 투명한 빛이 그의 시다. 현실과 유리된 환상 공간을 유영하는 시도 아니고, 지루한 사설로 중언부언하는 시도 아니다.

최근에는 너도나도 산문시들을 들고 나온다. 방법론적인 자각 없이 덩달아 산문시의 대열에 합류한 시인들을 곱지 않은 시선으로 바라보는 이유가 있다. 저급한 산문시에는 숨을 곳이 많다. 사유가 깊지 않은 시가 슬그머니 꼬리를 감추고 위장하기 좋은 곳이 산문시다. 뭔가 있어 보이고 그럴듯해 보이게 연막을 칠 수 있다. 그러나 연막은 그리 오래 가지 않는다는 것을 당사자들은 모른다.

이종진 시인의 정공법은 온갖 기교를 무색하게 한다. 이미 그는 손끝 재주의 얕은 수를 안 것이다. 아니 좀 더 정확하게 말하면 그의 삶의 내용이 시의 형식과 작법을 결정지었다고 보는 것이 옳을 것이다. 그는 그의 시집 제목대로 "여기 아닌 그곳"을 꿈꾸며 산다. "그곳"은 "여기"의 부정이 아니라 "여기"의 질곡을 넘어서기 위한 시적 방편일 뿐이다.

"고등어의 골목"에는 진득한 삶의 흔적이 배어 있다. 고등어는 시인의 등가로서 고달픈 삶의 현장을 온종일 헤매고 돌아다니며 가족의 생계를 책임져야 하는 소시민의 슬픈 초상이다. "오늘 집으로 돌아오는 골목은 참으로 길었다"는 고백은 거친 세파에 밀려 이리저리 부대끼며 살아가는 화자의 진솔한 내면 풍경이다. "무뎌진 식칼"을 들이미는 아내 앞에 '나'는 내세울 것 없는 초라한 가장이고, "이보다 더 무뎌지고 헐렁한 칼을 갈기 위해" 온종일 떠다닌 골목을 '토막토막 내보고' 있는 쓸쓸한 중년의 사내일 뿐이다. 시 속의 화자는 삶의 변방을 떠돌며 어떻게 해서든 이 땅에 살아남고자 하는 내적 열망의 존재이다.

이 시는 "고등어"와 "무뎌진 식칼", "나"와 "아내"가 시적 긴장을 조성하는 요소이고, 공감의 진폭을 확장하는 질료이다. 단순한 일상의 서사로 끝날 수 있는 시를 절묘한 구도와 극적 요소의 도입으로 입체화하였다. 대부분 일상의 소소한 이야기를 형상화할 때 시는 평면성을 극복하기가 쉽지 않다. 일차적 수사로 어느 정도 시적 형상화에 성공했다 하더라도 울림은 일회성으로 끝나기가 쉽다. 한 번 고개를 끄덕이며 괜찮네 할 뿐이지 두 번 다시 들여다보지 않는 것이 대부분이다. 이것이 밋밋한 단층의 서사가 갖는 한계이다.

이종진 시인은 어설픈 관념이나 표피적 감각에 기대지 않고 현실의 삶을 사유하고 성찰하는 리얼리스트다. 그는 현장의 고달픈 삶을 온몸으로 살아내며 육화된 시를 쓰는 보기 드문 시인이다. 그래서 그의 시에서는 맑은 소주 맛이 나고, 징소리의 둔중한 울림이 있다.

최금진

웃는 사람들

웃음은 활력 넘치는 사람들 속에 장치되어 있다가
폭발물처럼 불시에 터진다
웃음은 무섭다
자신만만하고 거리낌 없는
남자다운 웃음은 배워두면 좋지만
아무리 따라 해도 쉽게 안 되는 것
열성인자를 물려받고 태어난 웃음은 어딘가 일그러져
영락없이 잡종인 게 들통난다
계층 재생산, 이란 말을 쓰지 않아도
얼굴에 그려져 있는 어색한 웃음은 보나마나
가난한 아버지와 불행한 어머니의 교배로 만들어진 것
자신의 표정을 능가하는 어떤 표정도 만들 수 없기 때문에
웃다가 제풀에 지쳤을 때 문득 느껴지는 허기처럼
모두가 골고루 나눠 갖지 않는 웃음은 배가 고프다
못나고 부끄러운 아버지들을 뚝뚝 떼어
이 사람 저 사람의 낯짝에 공평하게 붙여주면 안 될까
술만 먹으면 취해서 울던 뻐드렁니
가난한 아버지의 더러운 입 냄새와 땀 냄새와
꼭 어린애 같은 부끄러움을 코에 귀에 달아주면
누구나 행복할까
대책 없이 거리에서 크게 웃는 사람들이 있다
어깨동무를 하고 넥타이를 매고
우르르 몰려다니는 웃음들이 있다
그런 웃음은 너무 폭력적이다, 함께 밥도 먹고 싶지 않다
계통이 훌륭한 웃음일수록,
말없이 고개 숙이고 달그락달그락 숟가락질만 해야 하는

깨진 알전구의 저녁식사에 대한 이해가 없다
그러므로 아무리 참고 견디려 해도
웃음엔 민주주의가 없다

●●● 잡종의 웃음과 시

최금진은 사소한 일상 속에서 현실의 문제를 끄집어내어 개성적인 상상력으로 공감의 폭을 확장시켜나가는 시인입니다. 현실과 본질 사이의 모순을 예리하게 관찰하고, 그것을 한 편의 시로 형상화하는 특유의 능력을 가지고 있습니다. 과거의 단순한 현실 재현적 시들과는 일정한 거리를 두고 있지요.

현실의 문제를 개성적인 상상력으로 형상화한 최금진의 시에 "웃는 사람들"이 등장합니다. 웃지 않는 사람과 웃는 사람의 차이는 극명합니다. 웃어도 웃음이 어색한 사람과 만개한 꽃처럼 활짝 웃는 사람의 차이를 최금진은 사회적 관점에서 드러내고 있습니다.

화자는 "모두가 골고루 나눠 갖지 않은 웃음은 배가 고프다"고 말합니다. 이는 단순히 불공평한 사회의 구조적 모순만을 지적한 것은 아닙니다. "대책 없이 거리에서 크게 웃는 사람들"의 웃음은 너무 폭력적이라며 "함께 밥도 먹고 싶지 않다"고 말합니다. "계통이 훌륭한 웃음"에 대한 적대감마저 느껴지는 대목이지요. 그 감정의 기저에는 "말없이 고개 숙이고 달그락달그락 숟가락질만 해야 하는/깨진 알전구의 저녁 식사에 대한 이해가 없다"는 판단이 깔려 있습니다. "깨진 알전구"는 소외 계층과 사회적 약자를 의미하는 것인데 화자는 그들에 대한 관심과 배려가 없는 가진 자들의 무관심과 오만을 지적하고 있는 것입니다.

"그러므로 아무리 참고 견디려 해도/웃음엔 민주주의가 없다"고 화자는 말합니다. 마지막 두 행이 독자의 가슴을 아프게 합니다. 무거운 비애가 가슴 한쪽을 뭉근하게 짓눌러옵니다.

지상의 모든 중생들이 골고루 나눠 갖는 웃음, 서산의 마애삼존불 같은, 신라 와당의 깨어진 미소 같은 그런 웃음이 그리운 때입니다.

이건청

소금창고에서 날아가는 노고지리

한때, 나는 소금창고에 쌓인 흰 소금 속에 푹 묻히고 싶은 때가 있었다. 소금 속에 묻혀 피도 살도 다 내어주고 몇 마디 가벼운 말로 떠오르고 싶은 때가 있었다.

마지막엔 "또르르 또르르" 목을 울리는, 한 마리 노고지리 되어 푸른 보리밭 쪽으로 날아가고 싶은 때가 있었다

●●● 프로 시인과 아마추어 시인

남이 예상하는 번트를 대는 것은 프로가 아닙니다. 시도 마찬가지입니다. 구태와 상식을 깨고 예기치 않은 정서적 충격으로 다가오는 시는 고루한 일상을 거꾸로 뒤집어 보여주기도 하고, 매일 보던 풍경을 낯설게 드러내기도 합니다.

이건청 시인의 「소금창고에서 날아가는 노고지리」는 제목에서부터 이질적인 두 언어가 충돌하면서 호기심을 자극합니다. "소금창고"와 "노고지리"의 낯선 결합이지요. 그런데 독자의 눈길은 바로 그곳에 오래 머뭅니다. 고개를 갸웃거리면서 조심스럽게 시의 세계로 들어섭니다.

서로 이질적인 요소를 결합하여 일상적인 의미를 넘어 새로운 의미를 창출하는 표현 기법을 데뻬이즈망 기법이라고 합니다. 데뻬이즈망은 원래 환경, 습관 등을 바꾼다는 뜻이었지만 타성적인 연상 작용을 거부하고 낯선 이미지로 경이감을 불러일으키는 초현실주의 회화의 한 방법으로 사용

되었습니다. 층위가 다른 낯선 심상의 병치로 시적 환기력을 높이고 있는 이 시는 세 가지 소재가 시의 주축을 이룹니다. "소금창고", "노고지리", "보리밭"이 바로 그것이지요.

소금은 정화, 청정, 신성 등의 상징성을 띤 사물입니다. 화자는 소금 속에 묻혀 "피도 살도 다 내어주고"자 합니다. 오욕과 질곡의 현실에 오염된 시적 자아는 존재의 혁신을 꿈꾸는 것이지요. 그리고 "몇 마디 가벼운 말"로 떠오르고 싶어 합니다. 육신을 정화하고, 정화된 육신은 다시 비상을 염원합니다.

"노고지리"는 화자의 분신입니다. 높이 나는 종다리의 다른 이름이지요. 탈각한 존재의 새로운 모습으로 화자가 지향하는 곳은 "푸른 보리밭"입니다. "소금창고"에서 "보리밭"까지의 비행은 관습과 염오로 미만한 세계를 돌파하는 신생의 에너지입니다.

남이 예상하는 번트를 대는 것은 프로가 아니라는 사실을 다시 떠올립니다. 이 시의 미덕은 낯설게 보여주기에 있습니다. "소금창고"에서 비상한 "노고지리"가 푸르게 일렁이는 "보리밭" 위를 마음껏 날아다니는 모습을 상상하면 읽는 이의 몸과 마음도 덩달아 맑고 가벼워집니다.

이민하

거리의 식사

하나의 우산을 가진 사람도 세 개의 우산을 가진 사람도
펼 때는 마찬가지
굶은 적 없는 사람도 며칠을 굶은 사람도
먹는 건 마찬가지

우리는 하나의 우산을 펴고 거리로 달려간다
메뉴로 꽉 찬 식당에 모여
이를 악물고 한 끼를 씹는다

하나의 혀를 가진 사람도 세 개의 혀를 가진 사람도
식사가 끝나면 그만
그릇이 비면 조용히 입을 닥치고

솜털처럼 우는 안개비도 천둥을 토하는 소나기도
쿠키처럼 마르면 한 조각 소문

하나의 우산을 접고
한 켤레의 신발을 벗고

하나의 방을 가진 사람도 세 개의 방을 가진 사람도
잠들 땐 마찬가지
냅킨처럼 놓인 침대 한 장

●●● 새로운 감각의 영토

한 평자는 이민하의 시를 "욕망의 죽음에 대한 인식", 또 다른 평자는 "제7의 감각"이라고 말한 바 있다. 그녀는 우리 시의 옹색한 공간을 새로운 감각의 세계로 확장하였다. 아직도 시단의 일각에서는 구체성, 진정성 운운하며 눈앞의 현실만을 시의 공간으로 인식하고 있다. 발 딛고 있는 현실만이 현실이라고 믿고, 다른 감각의 영토에 대해서는 애써 외면하려 든다. 또한 그들은 의미의 질서에만 길들여져 있어 감각적 이미지의 질서에 대해서는 눈을 감고 아예 이방인의 언어 취급을 한다.

이민하 시인은 사물을 왜곡하고 변형하여 낯설고 이질적인 세계를 보여준다. 기존의 상식과 논리와는 거리가 먼 곳에서 그녀의 시는 밝고 환하게 빛난다. 「거리의 식사」는 비교적 편하게 읽히는 시다. 아주 **빠른** 속도로 심장을 관통한다.

7연으로 구성된 시는 군더더기 하나 없이 깔끔하고 경쾌하다. 각 연마다 조건과 결과의 상호 관계를 말하면서 인간의 삶은 외부 조건과 무관하게 결국 동일한 현상으로 귀결된다는 내용을 묘사한다. 아울러 이 시는 "솜털처럼 우는 안개비도 천둥을 토하는 소나기도/쿠키처럼 마르면 한 조각 소문"에 지나지 않는다는 허무적 담론도 담고 있다. 마지막 연에서 "하나의 방을 가진 사람"이나 "세 개의 방을 가진 사람"이나 "냅킨처럼 놓인 침대 한 장"에 잠드는 것은 똑같다는 사실이 그것을 뒷받침하고 있다. 「거리의 식사」는 삶의 풍경이 간결하면서도 세련된 모습으로 그려졌고, 작품의 이면에는 쓸쓸한 존재의 그늘이 어룽져 있는 중층 구조의 시라고 할 수 있다.

인간은 모두 다르지만 모두 같다. 삶의 방식과 유형은 다양하지만 종국에는 동일한 형식으로 귀결된다. 이것이 누천년 이어온 인간의 변함없는 삶의 모양새다. 일종의 전략적 수사인 "냅킨처럼 놓인 침대 한 장"의 감각적 이미지가 신선하고 산뜻하면서도 한편 무겁고 망연하게 느껴지는 까닭을 이민하 시인이 그동안 독자 앞에 펼쳐놓은 존재의 풍경을 꼼꼼히 살펴본 사람은 알 것이다. 순식간에 제트비행기가 구름 속으로 사라진다.

이은화

홍 씨와 탁 씨

웜메, 고약헝 거. 자네 밥 냅두고 왜 놈의 밥을 묵는 당가
워따, 참말로 생사람 잡아불구만, 나는 내 밥 묵었단 말시

내 참! 눈구녕 뒀다 어따 쓸라고, 놈의 밥을 묵고 난리여
자네야말로 눈구녕 빼서 개한테나 줘불소

먼소리여! 나가 개눈깔 박아불었는가안. 그래도 눈두덩 만지문 수북한
것이 영판 좋당께
염병! 오죽 좋겄네. 그나저나 밥알 튕게 말 좀 살살 하소. 이놈의 밥알
은 별시럽게 끈끈하고 지랄이여

어이, 탁 씨. 그라지 말고 사람 불렀으믄 쌈 한 번 싸줘 보소. 지 입에
다간 허천나게 쑤셔넣문서
병신, 자녠 손이 없당가 발이 없당가. 싸게 입 벌리게

워따! 안 주고 뭐한가. 맘보가 그 모냥잉게 눈꼬락서니가 그라제. 말
인심만 살아가공
사람, 성질머리 급하긴. 더듬는 것이 다 구멍이고 허방이랑께

●●● 촌철의 시학

　침팬지가 아무렇게나 그린 그림을 함부르크에서 열린 한 전시회에 출품했다. 높은 수준의 교양을 갖춘 관람객들은 덕지덕지 칠해 놓은 그림을 앞에 놓고 뭔가를 이해한 듯 아주 진지한 표정을 지으며 감상했다. 전시회에 참석한 비평가들 역시 최고의 찬사를 보내며 엉터리 그림을 칭찬하는 일에 여념이 없었다. 한 유명한 비평가는 "말레비치와 미로의 영향을 부인할 수 없지만 나는 만족과 존경심을 가지고 이 그림들을 감상했다."고 신문에 썼고, 당시 함부르크 미술관 관장은 "나는 이 그림에서 젊음의 신선함과 패기, 아름다움을 발견했다. 완벽하다."고 썼다.

　이 가증스런 사건은 현대미술의 허상을 낱낱이 폭로한 에프라임 키숀의 『피카소의 달콤한 복수』에 상세히 소개되어 있다. 어제 어느 시인의 시를 읽으면서 나는 오늘날 우리 시단의 일각에서도 이러한 일이 벌어지고 있다는 생각을 하였다. 두 번 세 번 그의 작품을 읽어도 아무 감흥이 일지 않았다. 시의 내용은 제쳐놓고 이미지만 보려고 해도 감이 잡히지 않아 책을 덮고 말았다. 나에게 그 시는 침팬지가 그린 그림과 조금도 다르지 않았다.

　이은화 시인의 「홍 씨와 탁 씨」는 최소한 침팬지 그림처럼 사기 치는 시는 아니다. 그래서 편안하게 다가갈 수 있다. 우선 이 시는 재미가 있다. 이문구나 김주영의 소설 한 장면을 보는 것 같기도 하고, 시골 장터에 나온 두 사내가 홍탁을 앞에 놓고 농을 주고받는 장면 같기도 하다. 시의 등장인물은 시각장애인 두 사람이다. 홍 씨와 탁 씨가 밥을 먹으면서 나누는 걸쭉한 대화가 일품이다. 전라도 사투리의 말맛을 가장 잘 구사한 오탁번의 「폭설」에 버금가는 시라는 생각이 든다.

　앞을 보지 못하는 두 사람이 마주 앉아 식사를 하면서 왜 남의 밥을 먹

느냐고 실랑이를 벌이는데 한 마디 한 마디가 웃음을 짓게 한다. 3연까지
는 두 사람이 남의 밥에 손댔다고 다투다가 4연에서 홍 씨가 탁 씨에게 쌈
을 싸달라고 한다. 탁 씨는 마뜩찮게 생각하면서도 밥을 싸서 들이밀지만
조준을 잘못하여 홍 씨의 화를 돋운다. 왜 밥을 빨리 주지 않느냐고 하자
탁 씨는 성질 급한 홍 씨를 탓하며 "더듬는 것이 다 구멍이고 허방이랑께"
라고 말한다.

　이것이 바로 촌철(寸鐵)이요 화룡점정이다. 허망한 삶의 핵심을 명쾌하
게 꿰뚫고 단숨에 산문에서 시로 도약하는 순간이다. 마지막 한 행이 없었
다면 이 시는 단순한 산문으로 전락했을 것이다.

김선우

완경(完經)

수련(睡蓮) 열리다
닫히다
열리다
닫히다
닷새를 진분홍 꽃잎 열고 닫은 후
초록 연잎 위에 아주 누워 일어나지 않는다
선정(禪定)에 든 와불(臥佛) 같다

수련의 하루를 당신의 십 년이라고 할까
엄마는 쉰 살부터 더는 꽃이 비치지 않았다 했다

피고 지던 팽팽한
적의(赤衣)의 화두(話頭)마저 걷어버린
당신의 중심에 고인 허공

나는 꽃을 거둔 수련에게 속삭인다
폐경(閉經)이라니, 엄마,
완경(完經)이야, 완경!

••• 충일한 원의 세계

「완경」은 성의 경계를 단숨에 훌쩍 뛰어넘습니다. 1연에서 화자는 꽃이 진 수련을 "선정(禪定)에 든 와불(臥佛)"로 비유합니다. 수련은 와불이고 와불은 곧 폐경을 맞은 어머니입니다. 화자는 어머니의 몸속에서 "허공"을 봅니다. 그러나 화자는 연민이나 처연한 눈길로 대상을 바라보지 않고, "꽃을 거둔 수련"에게 "폐경"이 아니라 "완경"이라고 속삭입니다. 또 다른 존재의 차원으로의 도약입니다. 제3의 존재의 완성이지요. "허공"을 여성성의 종결이나 소멸로 보지 않고, 충일한 원의 세계로 바라보는 것입니다. 그것은 결핍이나 상실이 아니라 존재의 궁극적 경지입니다. 주체와 타자, 여성과 남성 등 당파적 이분법을 초월한 새로운 삶의 자리입니다.

시는 성의 구별에 좌우되는 장르가 아닙니다. 시 자체를 너무 당파적이고 협소하게 규정짓고 나누는 것은 바람직하지 않습니다. 초기의 페미니즘이 가부장적 가치와 남성 중심의 구조적 모순에 대한 비판이라면 포스트페미니즘은 여성 주체의 역량과 자기애에 주목합니다. 20년 전 페미니즘 시가 지금도 여전히 쓰여지고 거론되는 것이 과연 어떤 의미를 지니는지 다양한 논의가 필요한 때입니다. 김선우의 시는 그러한 논란을 종식시킬 수 있는 새로운 가능성의 표지로 보입니다.

제4부

이 원

쿠키들의 접시

정오와 자정 사이
달콤함과 웅성거림
고소함과 단단함
테이블과 흐느낌 사이

바삭,
부서질 수도
퉁퉁 불어터질 수도
분비물까지 뒤집어쓰면서

나는 쿠키입니다 불의 뜨거움으로 탄생한
나는 사랑입니다 그러니
울겠습니다

눈물도 없이

여행용 가방 속
덜컹거리면서
저며진 살
비좁은 통로

교통량이 점점 늘어난다
흐릿한 밤
달이 내내 따라오고 있을 것
파도 소리를 상상했어요

벽은 빛마저 빨아들인다

이런, 또 사막에 놓일 줄이야
모래는 내 안에도 충분하다고!

●●● 뜨거운 상징의 힘

김현은 일찍이 『전체에 대한 통찰』에서 "수사는 역겨움을 불러일으키고, 구호는 시들게 마련이지만 뜨거운 상징은 비슷한 정황이 되풀이될 때마다 새로운 반응을 불러일으킵니다."라고 했습니다. 그 반응이 곧 문학의 위대한 힘이겠지요.

문학은 통상적이고 관습화된 삶의 구각을 깨고 뜨거운 상징으로 세계의 실상을 보여줍니다. 이원의 「쿠키들의 접시」는 적확한 묘사로 있는 그대로의 삶의 풍경을 건조하게 드러냅니다. 이 시에는 감정의 과잉도 과도한 관념의 노출도 보이지 않지요. 이 점은 이원 시의 두드러진 특징이기도 하지만 이 시에서 더욱 뚜렷하게 드러납니다.

"쿠키"는 곧 시적 자아이며 동시에 사랑입니다. "불의 뜨거움"으로 탄생한 "사랑"은 쉽게 부서지는 속성을 지닙니다. 화자는 지금 불화의 현실에 놓여 있습니다. 그러나 눈물도 흘리지 못하는 상황입니다. "달콤함과 웅성거림"이 있던 공간을 떠나 "여행용 가방 속"처럼 덜컹거리는 버스를 타고 가면서 그저 "달"을 생각하고 "파도 소리"를 상상합니다. 하지만 현실은 시적 자아가 다른 존재의 공간으로 옮겨갈 수 없을 만큼 비극적입니다. 게다가 또 다른 현실의 벽과 맞닥뜨리게 되지요. 그 벽은 한 줄기 빛마저 빨아들이는 절망적 현실의 다른 이름입니다.

이런, 또 사막에 놓일 줄이야
모래는 내 안에도 충분하다고!

　이원 시에 자주 등장하는 사막이 여기서 다시 모습을 드러냅니다. "사
막"은 시적 자아가 살고 있는 현실이지요. 결코 행복하지 않은 공간이고,
그 자리에 "나"는 버려지듯 다시 놓이게 됩니다. 그러나 "나"는 현실에서
찢겨진 존재로 살아가며 실재와 비실재의 간극을 적극적으로 사유하고 번
민의 시간을 감내합니다.
　"나"는 모래가 가득한 육신이고, 시적 자아가 놓인 자리는 여전히 "사
막"일 따름입니다. 어디서도 "파도 소리"는 들리지 않고 옹색하고 뒤틀린
삶의 공간에 광활하고 아름다운 삶의 무늬는 부재하지요.
　그곳은 다만 모래 버석거리는 생을 아프게 확인하는 자리입니다.

이영광

공중

나의 입술의 모든 말
벚꽃이, 다
졌다

벚꽃의 하늘은 포연 자욱했더랬는데
비늘처럼 새들이 떨어져 나오는
하늘에, 비수 같은 하늘에
찬란했던 나의 말들은 이제
없다

공중이 터널처럼 둥글게
헐어 있을 뿐
내 입술의 모든 빛,
모든 노래
웃음은

타오르고
폭발하고
날아갔다

대신(代身)에 불과한 검은 가지들이
손톱마다 쓰라린 알을 배어

공중이 되기 위해 공중을
뼈 울음으로 걸으리라

●●● 공중을 뼈울음으로 걷는 시인

　이영광의 「공중」 안으로 몸을 밀어 넣습니다. 무슨 까닭인지 꽃이 지고 찬란했던 말들이 사라졌습니다. "공중"은 터널처럼 둥글게 헐어 있고, 빛과 노래와 웃음은 다 날아갔습니다. 시의 첫머리를 상실과 좌절의 정조가 휩싸고 돕니다. 망연자실하고 있던 화자의 시선이 "검은 가지"로 옮겨갑니다. 여기서 검은 색은 겨울, 밤, 죽음, 휴식 등과 관련이 깊고, 동양철학적 관점으로 보면 물(水)을 상징합니다. 물은 생명의 근원, 곧 모태이지요. 즉 새로운 생명, 봄, 낮을 예비하는 뿌리요 바탕입니다.

　"검은 가지"는 빛과 노래와 웃음을 대신하는 사물입니다. 꽃도 노래도 모두 소멸했지만 "쓰라린 알"을 발견하고 화자는 신생에 대한 열망을 갖게 되는 것입니다. 그러기 위해서는 "뼈 울음"으로 공중을 건너야 하고, 상실과 좌절의 시간을 딛고 일어서야 합니다. 설사 그 몸짓이 공중이 되기 위한 것이고, 또 다른 죽음을 예비하는 것이라 할지라도 공중은 건너야 하고, 도스토예프스키의 말대로 눈앞의 잔은 비워야 되는 것이지요.

　한동안 죽음에 압도당했던 시인은 삶은 아무것도 아니고 죽음이 본질이라는 생각에 사로잡혀 있었던 듯. 그러나 암투병 중이었던 후배 시인이 호전되는 걸 보고, 죽음에 대한 인식이 달라졌고, 그 후 삶은 아무것도 아닌 게 아니라는 생각을 갖게 됐다지요. 이 시는 그러한 인식의 변화에서 빚어진 시입니다. 무덤 밖으로 걸어 나온 시인의 눈에 더 혹독한 "뼈 울음"이 기다리고 있겠지만 시인은 기꺼이 큰 발걸음을 내디딜 것입니다.

김규성

눈2

양지에서는
살짝 어루만지기만 해도 금세 울어버리는
저 순한 것이

어쩌면 응달에서는
그리 사나운 빙판으로 변할까

나는 아내를 너무 오래 응달에 두었다

••• 원융무애한 삶의 보법

시의 맛은 모두 다릅니다. 설렁탕 시, 짜장면 시, 탕수육 시, 국밥 시, 스테이크 시, 햄버거 시, 스파게티 시 등 다양하지요. 그런데 일부 평론가나 독자들은 편식이 심한 편입니다. 개인적으로 선호하는 것만을 최고의 음식인 양 거론합니다.

이렇게 하여 그릇된 전범이 조작되고, 메뉴판에는 주요 요리만 올라가게 됩니다. 결국 짜장면 시나 국밥 시는 뒷전으로 밀려나게 되고, 갈수록 시인들의 정서적 위화감은 심화됩니다. 비평의 사각에 있는 다수의 시들은 거론조차 되지 못하고 변방에서 쓸쓸히 잊혀지게 되는 것이 우리 시단의 현실입니다.

김규성 시인의 「눈2」라는 시가 있습니다. 맵고 짠 첨단의 시에 익숙한 독자들은 맛이 좀 싱겁다고 느낄지 모르겠습니다. 그의 시는 친환경 유기농법으로 일군 작품들입니다. 천연의 재료들이 사용되었지만 독한 혀에는 무미할 수도 있습니다. 그러나 그의 시에는 순연한 서정의 향기와 맛이 있습니다.

3연으로 된 「눈2」는 편하게 읽으면 됩니다. 신경 곤두세우고, 눈 껌벅거리면서 읽을 필요가 없습니다. 겨울에 쌓인 눈은 양지와 음지에서 그 모습이 다릅니다. 양지에서는 손끝만 대도 쉽게 녹아버리지만 음지에 쌓인 눈은 사나운 빙판이 됩니다. 화자는 "나는 아내를 너무 오래 응달에 두었다"고 말합니다. 이 한 마디 속에 아내에 대한 속 깊은 정과 애틋한 사랑이 오롯이 담겨 있습니다. 그의 첫 시집 『고맙다는 말을 못했다』라는 제목과 가장 가깝게 핏줄로 이어진 시가 바로 이 작품입니다.

김규성 시인은 우리말의 묘미를 능란하게 구사하는 시인 중의 한 사람입니다. 특히 그의 산문을 읽다보면 고유어를 부리는 절묘한 솜씨에 탄복하지 않을 수 없습니다. 또한 그의 시와 산문에서는 넓고 따뜻한 가슴과 원융무애한 삶의 보법을 읽을 수 있습니다. 사람이 먼저이고 그 사람에게서 시가 태어나야 한다고 생각하는 김규성 시인은 시와 삶이 크게 다르지 않습니다. 담양의 만덕산처럼 언제나 넉넉하고 허허하지요. 「기억」이라는 시에서 그의 모습을 한 번 더 보고 갑니다.

벌초하러 가는 길

문득
어릴 적 홧김에 길가의 돌멩이 하나, 주인도 모르는 밭에 무심코 차 넣은 생각이 났다

나는 부리나케 차를 멈추고
흉가처럼 버려진 자갈밭의 무겁고 날카로운 돌 두 개, 양손에 들고 길로 나왔다

하늘은 푸르고 들판은 조용했다

— 김규성, 「기억」 전문

김지녀

물체주머니의 잠

보이는 것을 집어삼키기 위해
내 몸의 절반은 위가 되었다 가끔
헛배를 앓거나
묽어진 울음을 토해냈지만
송곳도 뚫고 들어올 수 없는 내벽의 주름들은
쉴 새 없이 움직이며
굶주린 항아리처럼 언제까지나 입을 벌리고 있다

안쪽으로 쑥 손을 넣어 악수하고
손끝에 닿는 것들을 위무하고 싶은 밤
나는 만질 때에만 잎이 돋는 나무 조각이거나
따뜻해지는 금속에 가깝다

오늘 내 안에 꽉 들어찬 것은 희박하고 건조한 공기

기침을 할 때 튀어나오는 금속성 소리
날카롭게 찢어진 곳에서, 푸드득 날아간 새는 기침의 영혼인가
한 문장을 다 완성하기도 전에
소멸하는 빛과 밤, 사이에서

나는 되새김질을 반복했다, 반복해도
소화되지 않는 나의 두 입술

밧줄처럼 허공에 매달린 나는 공복 중이다
사물들의 턱뼈가 더욱 강해진다

●●● 허공에 매달린 욕망과 시

단숨에 들이켜는 탄산음료 같은 시도 있고 텁텁한 막걸리 같은 시도 있다. 또 질 좋은 고기처럼 오래 씹어야 맛이 나는 시도 있다. 그중에 씹으면 씹을수록 맛이 깊어지고 오묘해지는 시가 김지녀의 시다. 「물체주머니의 잠」은 다양한 울림과 의미로 다가온다.

1연은 몸의 절반이 위가 된 화자가 무엇인가를 집어 삼키기 위해 "굶주린 항아리처럼" 늘 입을 벌리고 있다. 철옹성 같은 욕망의 내벽은 송곳도 뚫을 수 없을 만큼 견고하다.

2연은 가상의 공간이다. "손끝에 닿는 것들"은 곧 시적 자아의 다른 이름이다. 욕망에 시달리고 현실의 곤고함에 부대끼며 위로받고 싶어 하는 화자의 자기애적 표현이다. "잎이 돋는 나무 조각"과 "따뜻해지는 금속"은 아직 그렇지 못한 현실적 자아가 희구하는 존재의 모습이다.

3연에서 화자의 현실은 더욱 구체적인 형상으로 나타난다. "내 안에 꽉 들어찬 것은 희박하고 건조한 공기"일 뿐이다. 존재의 갈증이 고조되는 상황이다. 목마름과 숨막힘이 실존을 위협하는 순간 4연에서 기침이 터지고 균열의 틈새로 "기침의 영혼"으로 명명된 새가 날아간다. 한 문장을 완성하기도 전에 시간은 속절없이 흘러 소멸하고 화자는 밤을 견디며 되새김질을 반복하지만 "나의 두 입술"은 끝내 소화되지 않는다. "나"는 "나"를 넘어서지 못하고, "나무 조각"에 새파란 잎도 돋지 않는다. 마지막 연에서 화자는 다시 현실과 직면한다. "밧줄처럼 허공에 매달린 나는 공복 중"이고, 화자를 둘러싼 외부 현실은 더욱 완강한 모습으로 다가온다.

충족되지 않은 욕망은 위태롭게 허공에 매달려 있지만 화자는 현실적 자아를 외면하지 않고 정면으로 직시한다. 객관화된 시선으로 현실을 응시하는 것은 "잎이 돋는 나무 조각"과 "따뜻해지는 금속"을 지향하는 내면의 몸짓이다. 김지녀의 시는 서정에 기초하여 안정된 구도로 현실을 응시하는 시라고 할 수 있다. 공복 중인 시인의 내면과 사물의 완강한 턱뼈의 충돌, 이 둘의 첨예한 대립이 열어갈 새로운 시의 공간은 어디일지 궁금하다.

이미산
달의 여자

깊은 밤 홀로 깨어나 달과 만나네 나는 달빛으로 빚어진 여자, 이마에 부서지는 내 전생의 서늘함

달과 지구의 거리는 38만 4400킬로미터 광속거리로 1.3초
1.3초란 더 가까워지기 위해 너에게로 가는, 내 안에 너를 들이는, 눈꺼풀 지긋이 여닫는 데 필요한 충분한

1.3초란 내 질량이 공중에 머무는 동안, 아찔한 달빛 읽어낼 수 없어 의사는 폐경의 시니컬한 처방뿐 내 안의 달빛 보려하지 않아 달빛으로 빚어져 달의 사랑을 익힌 몸이 달빛으로 빚어낸 또 하나의 몸, 그 몸 다시 달빛 차오르는 동안

1.3초란 달 속의 토끼들 수없이 태어나고 계수나무 이파리 팔랑거리고 폴짝폴짝 귀를 늘리고 몇 번의 소풍을 다녀오고 마침내 달 밖으로 뛰쳐나와 알록달록 귀고리가 되고 하이힐 따각따각 달처럼 환한 이마로 달빛 속을 쏘다니는 동안

눈동자 깜빡 깜빡, 나의 하루가 건너가고 달의 하루가 건너오네 내 안의 너무 밝고 너무 뜨거운 기억들이네 늙은 여인의 독백 같은 식은 달빛이네 녹슬어 낯설어진 환영이 달빛 속에서 빙 빙 빙

내 병든 달빛 의사는 고쳐주지 않네 둥글게 차올랐다 손톱처럼 가늘어진 삭망, 고성능 망원경에 잡힌 크레이터의 실금들, 구멍 숭숭 초겨울 바람 같은 얼룩들, 깊은 밤 홀로 서 있는 그림자를 아무도 들여다보지 않네 달빛 아래 사라져간 폐점 폐교 폐선…… 폐字의 영상을 닮은 저 차가운 달

1.3초의 시간으로 와 닿는, 테두리에 갇힌 거뭇거뭇한 전생이 내 손등
에 목덜미에 가슴에 막 둥지를 트는

●●● 신화의 공간을 꿈꾸는 시

시의 다의성을 위장한 모호한 시적 수사는 독자를 농락하는 고도의 언
어 사기입니다. 그러나 일부 시인 지망생들은 이에 대한 아무런 비판이나
분석 없이 추종하면서 그러한 시가 마치 첨단의 전범인 양 받아들이고 있
습니다.

물론 일정 시간이 흐르면 어지럽게 떠도는 부유물은 가라앉겠지만 그
과정에서 독자들은 과연 어떠한 것이 올바른 시인지 갈피를 잡을 수 없게
됩니다. 그러나 시류에서 벗어나 외롭게 자기만의 길을 가는 시인들도 있
습니다. 숨어서 새로운 시의 세계를 열기 위해 사유의 칼날을 벼리고, 시
작 방법의 혁신을 위해 고투하는 시인 중에 이미산 시인이 있습니다.

이 가을에 그녀의 손끝에서 태어난 "달빛으로 빚어진 여자"를 만납니
다. 그 여자는 "전생의 서늘함"을 감지하는 예민한 촉수를 가지고 있지요.
섬세하고 정교한 언어로 그려진 존재의 쓸쓸한 초상이 텍스트의 문면에
달그림자로 일렁이고 있습니다.

1.3초는 달을 내 안에 들이는 데 충분한 시간입니다. 그러나 현실은 폐
경의 적막한 시간입니다. 아무도 여자의 몸 안에 깃든 달빛을 보려 하지
않습니다. 화자는 그 현실에 굴복하거나 외면하지 않습니다. 다시 신성의
시간을 회복하기 위해 몸 안에 달빛을 채워 넣습니다. 달은 음(陰)이고 태
양은 양(陽)의 세계이지요. 여자의 생식기는 달의 집입니다. 질(膣)은 곧 달
[月]과 집[室]이 결합한 구조입니다.

달은 인간의 신체 리듬과 밀접한 관련이 있고, 생명과 재생의 근원이기도 합니다. 또한 주기적 반복성을 띠는 사물이지요. 차고 이지러짐의 반복 순환을 통해 달은 생명 작용의 표상으로 인식되고 여성의 생리 또한 달의 영향을 받아 이루어진다는 것은 익히 아는 사실입니다. 오래전부터 한의학에서는 해와 달의 변화가 인체에 고스란히 재현된다고 보았습니다.

이 시의 4연은 그러한 달빛의 재충전을 꿈꾸는 자리라 할 수 있습니다. "달처럼 환한 이마로 달빛 속을 쏘다니는" 시간이지요. 세속의 시간을 넘어 신화의 공간으로 진입하는 화자의 몸짓이 돌올합니다. 그러나 한때 찬란한 빛으로 눈부셨던 것들이 이제는 "늙은 여인의 독백 같은 식은 달빛"이요 "녹슬어 낯설어진 환영"일 뿐입니다. 이것은 더이상 물리칠 수 없는 현실입니다.

이제 화자에게 남은 일은 "고성능 망원경에 잡힌 크레이터의 실금들"과 "구멍 숭숭 초겨울 바람 같은 얼룩들"을 보는 일입니다. "폐字의 영상을 닮은 저 차가운 달"은 이미 눈앞에 와 있습니다. "거뭇한 전생"이 몸에 나타나기 시작합니다. 그것은 곧 죽음의 그림자요 삶의 아픈 한 단면입니다.

이미산 시인은 개별 발화의 독자성을 말살시키는 상투성과 관습화된 기표의 위험성을 잘 알고 있습니다. 그녀는 스스로 만들어 놓은 문법을 파괴하면서 또 다른 좋은 시로 나타날 것입니다.

김사인
바짝 붙어서다

굽은 허리가
신문지를 모으고 상자를 접어 묶는다
몸뻬는 졸아든 팔순을 담기에 많이 헐겁다
승용차가 골목 안으로 들어오자
벽에 바짝 붙어 선다
유일한 혈육인 양 작은 밀차를 꼭 잡고

저 고독한 바짝 붙어서기
더러운 시멘트벽에 거미처럼
수조 바닥의 늙은 가오리처럼 회색벽에
낮고 낮은 저 바짝 붙어서기

차가 지나고 나면
구겨졌던 종이같이 할머니는
천천히 다시 펴진다
밀차의 바퀴 두 개가
어린 염소처럼 발꿈치를 졸졸 따라간다

늦밤에 그 방에 켜질 헌 삼성테레비를 생각하면
기운 싱크대와 냄비들
그 앞에 서있을 굽은 허리를 생각하면
목이 메인다
방 한구석 힘주어 꼭 짜놓은 걸레를 생각하면

●●● 삶에 대한 따뜻한 시선

가끔 지하철이나 버스를 타고, 또는 길을 걸으면서 옆을 스치는 사람들을 생각합니다. 세상에 왔다가 단 한 번만 보고 끝나고 마는 인연, 이승에서 두 번 다시 보지 못할 사람들이 대부분입니다.

『입보리행론』은 말합니다. "수천의 생을 반복한다 해도 사랑하는 사람과 다시 만난다는 것은 드문 일이다. '지금' 후회 없이 사랑하라. 사랑할 시간은 그리 많지 않다."

오늘 저는 할머니 한 분을 소개하려 합니다. 김사인 시인의 따뜻한 눈길이 찾아낸 독거노인입니다.

조용히 눈으로 읽어 보면 가슴 한구석이 뜨거워집니다. 팔순의 허리 굽은 할머니가 신문지와 종이상자를 작은 밀차에 싣고 좁은 골목을 지나다가 승용차를 피해 비켜섭니다. 거미처럼, 늙은 가오리처럼 "고독한 바짝 붙어서기"를 하지요.

우리가 거리에서 흔히 볼 수 있는 풍경입니다. 하루에 몇천 원의 돈을 벌기 위해서 혼자 사는 노인은 종이를 줍습니다. 기운이 없어 천천히, 아주 천천히 상자를 접어 들어 올립니다. 고독하고 쓸쓸한 삶의 풍경입니다. 시인이 그걸 놓칠 리가 없지요. 시인의 예리한 촉수에 힘없는 독거노인의 애잔한 삶의 그늘이 닿습니다.

구겨졌던 할머니의 몸이 천천히 다시 펴집니다. 버려진 유모차를 개조해 만든 작은 밀차의 바퀴 두 개가 갑자기 어린 염소가 되어 독자의 눈앞으로 다가옵니다. 발꿈치를 졸졸 따라가는 새끼 염소, 시골 어느 한가한 골목에서 봄직한 풍경입니다.

늦은 밤 할머니는 몇천 원의 돈을 받아들고 허름한 단칸방으로 돌아옵니다. 아무도 맞아주는 사람이 없습니다. 헌 텔레비전, 기운 싱크대와 냄비들이 전부이지요. 할머니의 굽은 허리가, 방 한구석 힘주어 짜놓은 걸레가 시인의 가슴을 아프게 합니다.

아무도 눈여겨보지 않는 늙고 초라한 노인, 그 분은 삭정이처럼 쓸쓸한 뒷방의 노모요 고목둥치 같은 우리들의 먼 미래입니다.

황정숙

CCTV 속으로

현관문을 열고 나오자, CCTV 속
갇혀 있던 내 몸도 빠져나온다.
카메라 렌즈 앞에 잠시 멈추자 들킨 몸이 툭 떨어진다. 구멍난
인화지에서 나온 나를 드라이기로 말리고 검은 란제리를
입히고 실크 원피스로 둘둘 말아
거리로 내보낸다. 조여오는
심장을 주먹으로 쾅쾅 풀어가며 간다. 죄 지은 듯
쫓기듯 간다. 화장할 틈도 없어 기미와 잡티가
파리똥처럼 얼룩진 얼굴로 간다. CCTV
가 따라오지 못하는 멀끔한 거리를 걸어나간다. 좌우로
힐끔거리는 눈을 빼서 바닥에 내동댕이치며
간다, 횡단보도 지나 골목 지나 기우뚱
닳아버린 신발을 끌고 간다. 어멈아!
여보! 엄마!
내 몸에 살고 싶은, 식구들이 어느새 뒤통수에
카메라의 눈으로 붙어 있다. 부르지마,
부르지마, 제발! 나를
잊어줘! 필름에 감겼던 팔 한 짝, 다리 한 짝, 머리통 반 쪽,
한 컷씩 그들에게 잘라 던져주며 간다. 자꾸
따라오면 내 몸의 전원 플러그 확 빼버릴 거야!
렌즈유리를 칵, 깨 버린다! 소리치며 간다. 꽤 멀리까지
도망갔는데, 어느새 나는 CCTV 속
으로 들어와 내 등에는 식구들이 혹처럼 붙어있다.

●●● 존재의 탈주

비평의 쏠림 현상 때문에 비평의 사각지대에 놓인 시들은 조명을 받지 못하고 쉽게 잊혀진다. 평론가들은 자주 거명되는 시인들만을 선호하고, 대부분의 시인들은 그들의 관심권 밖에 소외된 채 살아가는 것이 우리 시단의 현실이다.

그런 중에도 나름대로의 개성을 가지고 모색과 반성을 통해 자기 세계를 구축해가는 시인들도 있다. 황정숙은 시단에 나온 지 얼마 안 된 새내기 시인이다. 그러나 성실하게 시의 영토를 일궈나가는 시인으로 꾸준히 주목할 만한 작품을 선보이고 있다. 미셀 푸코의 『감시와 처벌』을 떠올리게 하는 「CCTV 속으로」는 관념의 과도한 제스처나 어설픈 시적 포즈에 오염되지 않은 시다. 갓 시단에 나온 시인들이 범하기 쉬운 문제들을 황 시인은 정확히 간파하고 차분하게 자기만의 시 세계를 열어가고 있는 것이다.

이 시는 일상에서 건져 올린 작품으로 굳이 설명이 필요하지 않은 작품이다. 평이하게 읽히면서도 시적 설득력을 가지고 있기 때문에 누구나 공감할 수 있는 시라고 할 수 있다. 서정적 감각에 바탕을 두고 있으면서 현실 바깥의 세계로 퇴행하지 않고 눈앞의 구체적 현실에 대한 정밀한 탐색을 펼쳐가고 있다.

"인화지에서 나온 나"는 CCTV라는 감시와 구속에서 벗어나 도망치듯 거리로 나선다. "좌우로/힐끔거리는 눈을 빼서 바닥에 내동댕이치며"라는 개성적인 시적 묘사가 시에 활력을 불어넣는 장면이다. 가족 구성원으로부터 탈주를 시도했던 화자는 얼마 가지 못하고 시어머니, 남편, 자식의 부르는 소리에 걸음을 멈추고 제발 부르지 말라고, 제발 잊어달라고 소리친다. 그리고 "팔 한 짝, 다리 한 짝, 머리통 반 쪽" 잘라 던져주며 "따라오면 내 몸의 전원 플러그 확 빼버릴 거야!"라고 위협을 한다. 이는 위협이 아니라 사실 절규에 가깝다. 눈물과 분노가 뒤섞여 있는 시적 주체의 안타까운 아우성이요 일탈을 통해 존재의 재구성을 기도하고자 하는 처절한 몸짓이라고 할 수 있다.

그러나 억압과 통제에 길들여진 죄수(?)의 탈주는 결국 수포로 돌아간다. "감옥의 탄생"이라는 부제가 붙은 『감시와 처벌』이 제시했던 현실처럼 감시의 시선을 내면화하여 스스로를 구속하여 "어느새 나는 CCTV 속/으로 들어와 내 등에는 식구들이 혹처럼 붙어있다"라고 말한다. 구속과 결핍의 비극적 상황으로 귀환하는 모습에서 느끼는 처연함은 화자뿐만이 아니라 이 시대를 살아가는 여성들이 공유하는 아픔일 것이다.

억압과 구속의 또 다른 형식으로 의심되는 보편적 상식과 싸우며 매순간 자신을 변혁하고자 할 때 존재의 혁신이 가능하다. 그것이 곧 부정과 회의를 통해 열리는 시의 길이요 위태로움의 순간을 통해서만 전취할 수 있는 예술의 궁극적 정점이 아닌지 곰곰 생각해보는 밤이다.

임영조

겨울 만다라

대한 지나 입춘날
오던 눈 멎고 바람 추운 날
빨간 장화 신은 비둘기 한 마리가
눈 위에 총총총 발자국을 찍는다
세상 온통 한 장의 수의에 덮여
이승이 흡사 저승 같은 날
압정 같은 부리로 키보드 치듯
언 땅을 쿡쿡 쪼아 햇볕을 파종한다
사방이 일순 다냥하게 부풀어
내 가슴속 빈 터가 확 넓어지고
먼 마을 풍매화꽃 벙그는 소리
들린다, 참았던 슬픔 터지는 소리
하얀 운판을 쪼아 또박또박 시 쓰듯
한 끼의 양식을 찾는 비둘기
하루를 헤집다 공친 발만 시리다
아니다, 잠시 소요하듯 지상에 내려
요기도 안 될 시 몇 줄만 남기면 되는
오, 눈물겨운 노역의 작은 평화여
저 정경 넘기면 과연 공일까?
혼신을 다해 사바를 노크하는
겨울 만다라!

●●● 생의 아픈 이력

임영조 시인이 작고하기 몇 달 전 그를 운니동의 한 음식점에서 만났습니다. 문학지에서 주관하는 신인상 작품을 심사하는 자리였지요. 그는 건강하고 활달했습니다. 그러나 한 달쯤 지났을 무렵 그가 암 투병하고 있다는 소식을 들었고, 얼마 후 운명했다는 소식을 접하게 되었습니다. 불과 몇 달 사이에 그는 고인이 되었습니다.

임영조 시인은 1943년 충남 보령시 주산면 황율리에서 출생하였고, 본명은 세순입니다. 주산초 · 중을 거쳐 서울 대동상고(현 대동세무고등학교)와 서라벌예술대학 문예창작과를 졸업했습니다.

그는 서울로 올라와 외숙 김재호의 집(마포구 대흥동 산 1번지)에 기거하며 학교에 다녔는데 3학년 때는 결석일수가 무려 40여 일이나 됩니다. 학교 공부에는 별 관심이 없었던지 68명 중에 29등을 했고, 고등학교 생활기록부 담임 의견란에 보면 문예에 대한 소질이 탁월하다고 기록되어 있습니다. 고등학교 시절부터 뛰어난 문재(文才)를 조금씩 드러낸 것으로 보입니다.

임영조 시인은 1971년 중앙일보 신춘문예로 등단 후 오랜 침묵을 지키다가 1985년 첫 시집 『바람이 남긴 은어』를 펴낸 데 이어, 『갈대는 배후가 없다』, 『귀로 웃는 집』 등 6권의 시집을 남겼습니다. 2003년 작고할 때까지 그는 왕성한 작품 활동을 하였습니다.

「겨울 만다라」에는 눈 위에 발자국을 찍는 비둘기가 등장합니다. 화자는 눈 덮인 천지에서 수의를 보고 저승을 봅니다. 죽음입니다. 허망의 망망대해에 "압정 같은 부리로 키보드 치듯/언 땅을 쿡쿡 쪼아 햇볕을 파종"하는 비둘기는 곧 시인의 모습입니다. 허망에 빠지지 않고, 화자는 죽음 너머의 만다라를 봅니다. 극락정토의 장엄함을 표현한 도솔 만다라쯤 되겠지요. 파종한 햇볕 덕분일까요. "가슴속 빈 터가 확 넓어지고/먼 마을 풍매화꽃 벙그는 소리"를 화자는 듣고 있습니다. 그 소리는 오래 참았던 슬픔이 한꺼번에 터져나오는 소리이기도 합니다.

　이어서 화자는 비둘기와 시인을 동일시합니다. 온종일 언 땅을 헤집고 다녀도 공친 발은 시리기만 합니다. 그러나 시인은 세상에 대한 큰 욕심이 없습니다. 다만 "요기도 안 될 시 몇 줄만 남기면 되는" 자족의 삶을 긍정합니다. 몇 줄의 시를 위해 진력하는 시인의 "눈물겨운 노역의 작은 평화"는 아름답습니다. 자본의 논리로 보면 하찮기 그지없는 일이겠지요. 한 끼 양식도 되지 않는 시 쓰기란 얼마나 무용한 일인지요. 그러나 그 무용의 가치는 존재의 힘이 됩니다. 시는 바로 그 자리에 머물러 만다라로 피어납니다. "혼신을 다해 사바를 노크하는" 비둘기, 시인의 시 쓰기는 곧 공(空)의 세계를 넘어서는 고투입니다.

　「겨울 만다라」가 한 폭의 그림으로 다가옵니다. 종종거리며 비둘기가 그려낸, 머잖아 사라져버리고 말, 그러나 끝내 포기할 수 없는 생의 아픈 이력이 흰 눈 위에 펼쳐집니다. "작은 평화"의 화폭 위에 오늘도 비둘기 몇 마리 종종거리며 걸어갑니다.

　좋은 시인이 되려면 좋은 시 300편을 암송하고, 200편을 쓰고, 100편을 퇴고하라고 말했던 시인은 이제 우리 곁에 없습니다. "문학은 진실로 진실해야 한다."라고 이야기했던 그는 갔지만 그가 남긴 시는 여전히 아름다운 빛을 발하며 우리 앞에 있습니다.

나희덕

못 위의 잠

저 지붕 아래 제비집 너무도 작아
갓 태어난 새끼들만으로도 가득 차고
어미는 둥지를 날개로 덮은 채 간신히 잠들었습니다
바로 그 옆에 누가 박아 놓았을까요, 못 하나를
그 못이 아니었다면
아비는 어디서 밤을 지냈을까요
못 위에 앉아 밤새 꾸벅거리는 제비를
나는 눈이 뜨겁도록 올려다 봅니다
종암동 버스 정류장, 흙바람은 불어 오고
한 사내가 아이 셋을 데리고 마중 나온 모습
수많은 버스를 보내고 나서야
피곤에 지친 한 여자가 내리고, 그 창백함 때문에
반쪽 난 달빛은 또 얼마나 창백했던가요
아이들은 달려가 엄마의 옷자락을 잡고
제자리에 선 채 달빛을 좀 더 바라보던
사내의, 그 마음을 오늘밤은 알 것도 같습니다
실업의 호주머니에서 만져지던
때 묻은 호두알은 쉽게 깨어지지 않고
그럴듯한 집 한 채 짓는 대신
못 하나 위에서 견디는 것으로 살아온 아비,
거리에선 아직도 흙바람이 몰려오나 봐요
돌아오는 길 희미한 달빛은 그런대로
식구들의 손잡은 그림자를 만들어 주기도 했지만
그러기엔 골목이 너무 좁았고
늘 한 걸음 늦게 따라오던 아버지의 그림자

그 꾸벅거림을 기억나게 하는
못 하나, 그 위의 잠

●●● 연민의 시선과 거리

우연히 어느 시골집 처마에서 화자는 제비집을 발견합니다. 제비 새끼들이 연신 재재거리며 어미의 먹이를 기다립니다. 밤이 되어 새끼들은 어미의 품속에서 잠들고, 아비 제비는 제비집 옆 대못 위에 눈을 감고 잠들어 있습니다. 순간, 화자는 눈시울이 뜨거워집니다.

"못 위에 앉아 밤새 꾸벅거리는 제비"의 모습에서 화자는 아버지의 모습을 떠올린 거지요. 고향을 떠나 식구들을 데리고 서울로 올라온 아버지는 백수로 살아갑니다. 가정의 경제를 책임져야 할 아버지는 무력한 중년의 사내일 뿐입니다. 당연히 집안 살림은 어머니가 꾸려갈 수밖에 없었겠지요. 아버지는 고작 집안에서 자식들을 돌보고, 아내의 퇴근 시간이 되면 아이들을 데리고 마중을 나갑니다. 먼지바람 부는 종암동 버스 정류장 근처에서 아이 셋을 데리고 서 있습니다. 잔업이라도 하는지 오늘따라 아내의 퇴근 시간은 마냥 늦어지기만 합니다. 수많은 버스가 지나간 뒤에야 피곤에 지친 한 여자가 버스에서 내립니다. 금방이라도 주저앉을 듯 여인의 얼굴은 창백합니다. 철없는 아이들은 달려가 엄마 품에 안기고, 사내는 말 없이 제자리에 선 채 창백한 달빛을 바라보고 있습니다.

그때의 아버지 마음을 성인이 된 자식은 가만히 헤아려 봅니다. 그리고 "그 마음을 오늘밤은 알 것도 같습니다"라며 회상에 젖습니다. 좌절과 절망 속에 회한의 나날을 보냈을 아버지, 그 아버지를 화자는 연민의 눈길로 바라봅니다. 가족 누구에게도 말하지 못하고 혼자 삭인 고통의 시간들을 아버지는 말없이 감내하면서 세월의 격랑을 헤쳐나온 것이지요.

실업의 나날을 어렵게 견디고 있던 아버지는 그럴듯한 집 한 채 마련하지 못하고, 못 위에서 불안하고 위태로운 삶을 살아가고 있습니다. "못 위에 앉아 밤새 꾸벅거리는 제비"처럼 아버지의 삶은 애틋합니다. '못 위의 잠'이 '못 위의 삶'으로 전이되어 화자의 가슴을 저리게 합니다.

타자의 고통에 대한 동일시는 나희덕 시인의 다른 시에서도 자주 보입니다. 그러나 이러한 연민이 단순한 감상으로 전락하지 않는 것은 자신과 대상에 대한 진지하고 치열한 사색이 있기 때문에 가능한 것이겠지요.

복효근

무심풍경

겨울 감나무 가지가지에
참새가 떼로 몰려와
한 마리 한 마리가 잎이 되었네요
참, 새, 잎이네요
잎도 없이 서 있는 감나무가 안쓰러워
새들은 이 가지 저 가지 옮겨 앉으며
작은 발의 온기를 건네주기도 하면서
어느 먼 데 소식을 들려주기도 하는 모양입니다
나무야 참새가 그러든지 말든지 하는 것 같아도
안 자고 다 듣고 있다는 듯
가끔씩 잔가지를 끄덕여주기도 합니다
나무가 그러든지 말든지
참새는 참 열심히도 떠들어 댑니다
모른 체하고 그 아래 고양이도 그냥 지나갑니다
나무는 나무대로 참새는 참새대로
모두 다 무심한 한 통속입니다
최선을 다하여 제 길 갑니다
연말인데 벌써 몇 개월 전화 한 통 없는 친구에게
한바탕 욕이나 해줄까 했다가 잊어버리고
저것들의 수작을 지켜보며
이 한나절에 낙관 꾹 눌러
표구나 해뒀으면 싶었습니다

●●● 경계 없는 삶의 보법

겨울 감나무는 헐벗은 알몸으로 혹한을 견딥니다. 그것이 안쓰러웠는지 참새떼들이 몰려와 잎이 됩니다. 참새가 잎이 되는 찰나 시인은 "참, 새, 잎"이라고 말합니다. 쉼표 하나가 한 순간 참새를 잎으로 만들었습니다. 아름다운 상상, 그 푸른 이파리들이 겨울 감나무를 싱그럽게 감싸고 있습니다. 그걸 바라보면서 우리네 비루한 삶이 잠시 환해지는 것은 무슨 이유인지요?

벌거벗은 감나무가 안쓰러웠던 참새들은 부지런히 가지를 옮겨 다니며 "작은 발의 온기"를 전하면서 먼 데 소식을 들려주기도 합니다. 감나무는 잔가지를 끄덕이며 알아들었다는 시늉을 합니다. 감나무와 참새의 경계 없는 삶의 울타리가 정겹습니다. 참새는 열심히 떠들고, 나무 아래로 고양이는 무심히 지나가고 "모두 다 무심한 한 통속"으로 아름답습니다.

공존의 자연관은 조화로운 삶을 지향합니다. 노자 역시 상생을 말합니다. 이보다 쉬운 말이 없고, 이보다 어려운 일이 없습니다. 혹자는 공존과 상생은 패자의 자기 방어 논리라고 말하기도 합니다. 그러나 더 크게 생의 무대를 조망한다면 나눔과 분리가 얼마나 어리석은 행위인지를 알 수 있습니다.

시인은 눈앞의 아름다운 정경을 바라보면서 전화 한 통 없는 친구를 떠올립니다. "한바탕 욕이나 해줄까 했다가 잊어버리고" 참새와 감나무의 아름다운 수작에 취합니다. 천인합일(天人合一)의 황홀한 경지에 넋을 놓고 있던 시인은 "낙관 꾹 눌러/표구나 해뒀으면 싶었습니다"라고 말합니다.

살다보면 가슴이 먹먹해질 때가 있고, 모든 일에 의욕을 잃고 상처로 들끓는 가슴 때문에 밤잠을 설칠 때가 있습니다. 그때 이 시는 따뜻한 위로가 될 것입니다. 가만히 시를 읊조려 보십시오. 머잖아 쓰린 가슴에 새 잎이 돋고, 목청 고운 새들이 날아와 한 줌 온기를 나누어 줄 것입니다. 어차피 우리는 "한 통속"이니까요.

김충규

통증

저 일몰이란 것, 밤이 되기 전에 보여주는
하늘의 통증 빛깔이다
통증을 참으며 밤의 캄캄함을 견디는 하늘의
살갗에 돋아나는 별은 통증의 열매이다
지상에서 통증 가진 사람만이 피멍 들도록 입술 깨물며
별을 더듬으며 시간의 잔혹을 견뎌낸다
자궁을 막 빠져 나온 신생아는
그 어미의 통증 덩어리인 것,
신생아가 태어나자마자 우는 것도
이내 눈뜨지 못하는 것도 그 때문이다
나무에 열린 열매를 쳐다보며
입속 가득 달콤함의 침이 고인 사람아,
그 열매는 나무의 통증인 것
통증으로 쑤시는 생애를 살아온 또 다른 사람에게
그 열매는 피가 굳어버린 멍으로 보인다

••• 통증의 열매

어제는 뜻밖의 선물을 받았습니다. 20kg의 쌀이었습니다. 시전문지 『시인시각』이 보낸 것이었습니다. 잡지사에서 웬 쌀이냐고요? 원고료 대신 보낸 것이랍니다. 잡지 운영이 어렵다 보니 시인들에게 정상적으로 원고료를 지급하지 못하고, 사례의 뜻으로 대신 쌀을 보내는 것이랍니다. 문학지는 대부분 영세하기 짝이 없습니다. 잡지가 많이 팔리지 않으니 그럴 수밖에요. 몇몇 대형 잡지 외에는 매호 발행하는 것이 거의 기적에 가깝습니다. 발행인은 출혈을 감수하고 잡지를 발간합니다. 문학에 대한 열정이 없으면 불가능한 일이지요.

「통증」은 『시인시각』의 발행인 김충규 시인의 작품입니다. 이미 그의 작품은 문단 안팎에 정평이 나 있습니다. 깊이 있는 사색과 예민한 감각이 어우러진 그의 시에는 생에 대한 뜨거운 육성이 살아 있습니다. 어떤 시를 보더라도 진정성과 치열한 성찰의 궤적이 고스란히 드러나 있습니다.

이 시의 화자는 저무는 서녘 하늘의 노을을 보면서 '통증'을 발견합니다. 세상에 아프지 않은 사람이 있을까요. 시인은 연민 어린 눈길로 세상을 바라봅니다. 목숨 지닌 물생들 중 가엽지 않은 것은 없습니다. 모두 고단한 삶의 굽이굽이를 넘어가고 있지요. "통증을 참으며 밤의 캄캄함을 견디는 하늘"을 시인의 예리한 눈길이 놓칠 리가 없습니다.

통증을 피하지 않고 온몸으로 견디는 하늘의 살갗에 돋아나는 별을 시인은 "통증의 열매"라고 말합니다. 놀랍습니다. 별을 보고 통증의 열매를 말할 수 있는 시인은 흔치 않습니다. 고통을 이기는 방법은 그것을 있는 그대로 받아들이고 감내하는 것. 피한다고, 눈 감는다고 될 일이 아니지요. 이것을 누구보다도 힘든 삶의 역정을 견뎌온 시인은 일찌감치 깨닫고 있었습니다.

"지상에서 통증 가진 사람만이 피멍 들도록 입술 깨물며/별을 더듬으며 시간의 잔혹을 견뎌낸다"

어미가 겪어낸 통증의 열매가 힘찬 울음을 터트립니다. 통증 덩어리는 곧 반짝이는 별이요 풋풋한 신생의 어린 싹입니다. 나무의 열매도 예외가 아니지요. "통증으로 쑤시는 생애를 살아온 또 다른 사람에게" 그 열매는 단순한 과실이 아닙니다. 뜨거운 피가 굳어버린 시퍼런 멍입니다.

김충규 시인의 「나는 언제나 고양이를 기다린다」라는 시를 보면 한때 그의 절망이 얼마나 극렬하고 참담했는지 조금은 헤아릴 수 있습니다.

> 아내는 도망치듯 취직을 하고 폐결핵에 걸린 나는
> 한동안 붉은 객혈을 하다 한 줌씩 알약을 먹으며
> 헉헉거린다 거울을 보면 내 눈빛은 차츰 흐릿해져 간다
> 손톱으로 거울을 찢고 거울 속의 나를 끄집어내어
> 눈을 후벼 파고 싶은 나날들

아마 이런 고통과 절망이 없었다면 「통증」과 같이 빛나는 시도 우리 앞에 나타나지 않았겠지요.

시인이 이메일로 답신을 보냈습니다. 몸이 안 좋아 잡지 제작을 외주에 맡긴 사이 몇 군데 문제가 생겼다며 새로 제작하겠다는 것입니다. 이미 배포가 끝난 상태에서 쉽지 않은 결정이었을 텐데, 시인은 자신이 만든 잡지에 티끌만한 흠도 용납하지 않겠다는 단호함을 보이고 있습니다.

그의 삶이 시만큼 아름답고 개결하여 모처럼 흐뭇한 날입니다.

이현승
굿바이 줄리

죽은 비둘기 한 마리를 본 후로
바깥은 없다.
비 맞는 주검을 보면서부터
마음은 시종 비를 맞고 있다.

칠월엔 모든 것이 흘러넘친다.
토사는 주택가를 덮치고
우듬지까지 뻘로 칠을 한 강변의 나무들.
강이 토한 자리에선 바닥의 냄새가 진동한다.

맞은 자릴 또 맞는 사람의 표정으로,
세간은 모두 집밖으로 나와 비를 맞는다.
씻다 씻다 팽개쳐 둔 흙탕을
집에 앉아서도 비를 맞는 사람 대신
조용히 지우는 것도 빗줄기.

혈흔처럼 씻겨내려가는 흙탕물을 본다.
훼손되는 범죄현장을 지켜보는 수사관의 심정으로
흔적을 지우는 흔적을 본다.

아픈 자리는 또 맞아도 아프다.
내려꽂히는 빗줄기.
쇠창살 같은 빗줄기.
이제 그만 이곳을 나가고 싶다.

●●● 응전의 방식

이현승은 현실을 충실하게 읽어내면서 그 이면의 풍경까지도 드러낼 줄 아는 눈 밝은 시인이다.

폭우는 일방적이고 폭력적인 현실의 암유이다. "비 맞는 주검"으로 인해 화자의 마음은 시종 비를 맞고 있는 것. 폭우는 주택가와 나무를 삼키고, 주위에는 온통 바닥의 냄새가 진동하는 것이다. "맞은 자릴 또 맞는 사람"은 비극적 정황을 온몸으로 겪어내는 사람일 터이고, 집안에 있어야 할 세간은 집밖으로 나와 난폭한 비의 행태를 견디고 있는 중이다. 화자는 그것을 객관적 풍경으로 바라보면서 "집에 앉아서도 비를 맞는" 자이지만, 마음은 이미 만신창이 흙탕이 되어 현실의 고비를 힘겹게 넘어서고 있는 것이다.

"흙탕물"은 "혈흔"의 등가로서 생의 암울한 현장을 드러낸다. 그러나 시인은 여기서 목소리를 높이거나 격앙된 모습으로 현실을 대면하지 않는다. 일정한 거리를 두고 현실을 응시하는 객관적 시선을 견지한다. 이러한 자세가 "훼손되는 범죄현장을 지켜보는 수사관의 심정"을 갖게 하는 것이다. 이것은 살풍경한 현실에 응전하는 삶의 한 방식이다. "흔적을 지우는 흔적"을 바라보면서 아수라 같은 생의 저편에 슬쩍 눈길을 보내지만 현실은 여전히 고통의 연속이다. 폭압적 현실의 횡포에 "아픈 자리는 또 맞아도 아프고" 빗줄기는 이제 쇠창살로 나를 가두는 억압 기제로 작용한다.

이 상황에서 화자는 "이제 그만 이곳을 나가고 싶다"라고 고백한다. 그러나 현실은 그러한 욕망을 용납하지 않을 것이다. 시가 고통의 산물이듯 우리의 삶 또한 온갖 이름의 고통을 피해갈 수 없는 것이 숙명이다. 이 때 눈앞의 현실은 단순한 풍경이 아니라 온몸으로 끌어안고 가야할 삶이다. 그러므로 마지막 행은 적극적인 응전 의지의 표현이며 "흙탕물" 같은 현실을 극복하고자하는 또 다른 욕망의 발현이다.

김소연
주동자

장미꽃이 투신했습니다

담벼락 아래 쪼그려 앉아
유리처럼 깨진 꽃잎 조각을 줍습니다
모든 피부에는 무늬처럼 유서가 씌어 있다던
태어나면서부터 그렇다던 어느 농부의 말을 떠올립니다

움직이지 않는 모든 것을 경멸합니다
나는 장미의 편입니다

장마 전선 반대를 외치던
빗방울의 이중국적에 대해 생각합니다

그럴 수 없는 일이
모두가 다 아는 일이 될 때까지
빗방울은 줄기차게 창문을 두드릴 뿐입니다
창문의 바깥쪽이 그들의 처지였음을
누가 모를 수 있습니까

빗방울의 절규를 밤새 듣고서
가시만 남은 장미나무
빗방울의 인해전술을 지지한 흔적입니다

나는 절규의 편입니다
유서 없는 피부를 경멸합니다

쪼그리고 앉아 죽어가는 피부를 만집니다
손톱 밑에 가시처럼 박히는 이 통증을
선물로 알고 가져갑니다

선물이 배후입니다

●●● 분열과 확장의 시

시인은 자기가 어디로 이동할지 모른다. 순간, 순간 탈각의 모험을 시도하면서 지루하고 비루한 삶의 전형을 부수고 날아오르고자 하는 존재가 시인이다. 그래서 외롭고 나날이 고통스러운 것이다. 김소연 시인의 새로운 시의 안뜰을 「주동자」에서 발견한다. 바깥에 나가 히키코모리가 되는 것이 문학의 최소 조건이라고 말하는 시인의 눈에 포착된 현실은 비극적이다.

외로움에서 삶의 탄력을 얻던 화자가 장미의 투신을 목격한다. "깨진 꽃잎 조각"을 줍던 화자의 뇌리에 "유서"가 떠오르고, 단호한 어조로 "움직이지 않는 모든 것을 경멸"한다고 진술한다. 움직이지 않는 것은 곧 죽음에 가까운 것이고, 신생과 창조와는 거리가 먼 것들이다. 움직이는 것은 곧 장미이고, 장미는 빗방울과 등가를 이루는 사물이다. "그럴 수 없는 일"과 맞서 싸우며 창문을 두들기는 빗방울의 고투와 절규는 창문의 바깥쪽에서 밤새 이어진다. 그 절규를 외면할 수 없었던 "장미나무"는 빗방울의 행위를 지지하는 동안 수식처럼 달고 있던 꽃잎을 잃고 망연자실 서 있다.

여기서 화자는 다시 "나는 절규의 편"이며 "유서 없는 피부를 경멸"한다고 말한다. 그리고 "가시처럼 박히는 이 통증"을 귀한 선물로 인식한다.

결국 통증의 배후에는 "선물"이 있고, 이 "선물"은 생의 동력이다.

　요컨대 존재의 확장은 자기 분열과 파괴의 과정을 거쳐 획득되는 생의 선물인 것. "유서"와 "통증"의 시간을 통과하는 동안 옹색했던 삶은 새로운 지평을 얻게 되고 전혀 다른 차원으로 도약하게 되는 것이다. 김소연 시인은 3인칭의 자리에 서 있다. 그의 시 안으로 흘러들어오는 다양한 삶의 풍경들이 앞으로 김소연의 시를 더욱 풍요롭게 할 것이라는 예감을 갖게 한다. 1인칭의 화자가 사라진 자리에 분열과 파괴의 시간을 거친 제3의 시인이 우뚝 서 있다. 귀를 통해서 눈물을 맛보았다는 시인, 그리고 눈물의 뼈로 생의 지렛대를 삼는 시인이 바로 김소연이다.

오태환

늪

다슬기 다슬다슬 물풀을 갉고 난 뒤
젖몽우리 생겨 젖앓이하듯 하얀 蓮몽우리 두근두근 돋고 난 뒤
소금쟁이 한 쌍 가갸거겨 가갸거겨
순 草書로 물낯을 쓰고 난 뒤
아침날빛도 따라서 반짝반짝 물낯을 쓰고 난 뒤
검정물방게 뒷다리를 저어 화살촉같이 쏘고 난 뒤
그 옆에 짚오리 같은 게아재비가 아재비아재비 하며 부들 틈새에 서리고 난 뒤
물장군도 물자라도 지네들끼리 물비린내 자글자글 産卵하고 난 뒤
버들치도 올챙이도 요리조리 아가미 발딱이며 해찰하고 난 뒤
명주실잠자리 대롱대롱 交尾하고 난 뒤
해무리 환하게 걸고 해무리처럼 交尾하고 난 뒤
기슭어귀 물달개비 물빛 꽃잎들이 떼로 찌끌어지고 난 뒤
螺鈿 같은 풀이슬 한 방울 풍당! 떨어져 맨하늘이 부르르르 소름끼치고 난 뒤
민숭달팽이 함초롬히 털며 긴 돌그늘, 얼핏
아주 쬐끄만, 고요가 어슴푸레 눈을 켜고 난 뒤

●●● 언어 미학의 극지

오태환 시인은 국어를 능란하고 유려하게 구사하는 시인이다. 근래에
발표하고 있는 작품들에서 농익은 그 장기는 더욱 빛을 발하고 있다. 대부
분의 시인들이 언어를 하나의 자족적 수단으로만 여기고 있을 때 그는 언
어의 무늬와 결에 세심한 주의를 기울이고 우리말에 대한 남다른 애정으

로 언어의 미감을 도드라지게 하고 새로운 숨결을 불어넣어 신생의 언어로 거듭나게 한다. 그러나 그는 고답주의자도 국수주의자도 아니다. 오히려 표준어라는 미명하에 획일적이고 경직된 언어 관습을 고수하고 있는 문법주의자들을 비판하고 있으며 사투리도 표준어에서 제외시켜 고사시켜서는 안 된다는 생각을 가지고 있는 시인이다.

오태환 시인은 「늪」에서 언어의 공교한 솜씨를 한 땀 한 땀 발휘하여 생명의 아름다운 향연의 자리를 풍성하게 펼쳐 보여준다. 그 대상은 늪의 풍경이지만 바느질하듯 엮어나가는 말부림의 솜씨는 일정한 경지에 이르렀고, 언어에 실린 서정의 숨결은 금방이라도 손끝을 적실 듯 섬세하고 영롱하여 눈이 부시다. 일부 한자의 사용이 시 읽기의 방해 요소로 작용하지만 "젖몽우리 생겨 젖앓이하듯 하얀 蓮몽우리 두근두근 돋고 난 뒤"나 "해무리 환하게 걸고 해무리처럼 交尾하고 난 뒤"의 명료한 풍경의 여진을 보라. 그 긴 여운이 다슬기, 소금쟁이, 검정물방게, 게아재비, 물자라, 버들치, 올챙이, 명주실잠자리 등과 어울려 경계 없는 생명의 장을 이루고, "아주 쬐끄만, 고요가 어슴푸레 눈을 켜고 난 뒤"의 국면에 이를 때까지 연쇄적 고리를 형성하면서 리듬에 따라 다양한 울림과 파문으로 번져간다. 또한 매 행의 '~뒤'에 이어 새롭게 열리는 상상의 공간은 크고 활원하여 시적 감흥을 한껏 고조시킨다.

시의 언어는 단순한 의사소통의 언어와는 다르다. 무한한 확장 능력과 울림, 마력을 갖는 것이 시의 언어다. 그러한 특성을 가장 잘 보여주는 시가 바로 「늪」이다. 고전적 교양과 유현한 사유를 거느리고 있는 그의 산문도 발군이지만 시 또한 새로운 지평을 향해 나아가고 있어 앞으로의 행보가 자못 궁금하다.

유병록

붉은 달

붉게 익어가는
토마토는 대지가 꺼내놓은 수천 개의 심장

그러니까 오래전 붉은 달이 뜬 적 있었던 거다 아무도 수확하지 않는
들판에 도착한, 이를테면 붉은 달이라 불리는 자가

제단에 올려놓은 촛불처럼, 그것이 유일한 제물인 것처럼, 어둠 속에
서 빛났던 거다 비명을 안으로 삼키며 들판을 지켰으나

아무도 매장되지 않은 들판이란 없다

붉은 달은 저 높은 곳에서 떨어졌던 것, 사방으로 솟구친 붉은 빛이 들
판을 물들였던 것

이것은 토마토밭 사이로 구전되는 동화
피 뿌린 대지에 관한 전설

그를 기리기 위해 운집한 군중처럼 올해의 대지에도

토마토는 붉게 타오른다 들판 빼곡히 자라난 붉은 빛이 울타리 너머로
흘러넘친다

토마토를 베어 물 때마다
내 심장으로 수혈되는 붉은 빛

붉은 달이 뜬다

●●● 신화적 상상의 지평

언어의 사지를 이리저리 비틀어 한껏 멋을 부린 시들을 만날 때마다 시인도, 시도 모두 안쓰러울 때가 많다. 언어에 대한 가혹한 고문이라는 생각은 분재를 볼 때마다 느끼는 감정과 흡사하다. 그러나 유병록 시인의 시는 언제 보아도 신뢰가 간다. 억지로 꿰어 조작한 이미지도 없고, 모호한 의미의 덤불로 빈약한 사유를 위장하는 경우도 없다. 그는 정직하게 현실을 읽고 발언하는 시인이다.

이 시에는 세 개의 축이 있다. 토마토ー달ー나. 서로 교응하고 수렴하면서 동일한 의미 선상에 놓여있는 사물들은 각각 아름답게 분광한다. 그 광휘는 유기적으로 연결되어 시적 감흥을 불러일으키고 신화적 아우라를 형성한다.

"대지가 꺼내놓은 수천 개의 심장"인 토마토는 2연에서 "붉은 달"로 비약한다. "붉은 달"은 단순한 사물이 아니라 사람인 것. "비명을 안으로 삼키며" 견딘 자인 것. 높은 곳에서 추락한 좌절과 절망의 다른 이름인 것. 들판을 물들인 그의 피는 다시 "토마토"로 재생하고 "붉은 빛이 울타리 너머로" 흘러넘치는 것이다. 신화적 상상의 지평이 아름답게 펼쳐지는 순간이다.

달은 본래 신화적 상징물로 생성, 탄생, 소멸의 보편적 법칙에 따라 움직이고 순환적 생명을 지닌 천체인 것이다. 그러므로 "토마토를 베어 물 때마다/내 심장으로 수혈되는 붉은 빛"은 재생과 부활의 영토로 이끄는 생명의 탯줄이며 구원의 상징물이다. 다시 "붉은 달"이 떠오르는 순간 지상과 천상은 하나로 연결되고 지상의 삶은 새로운 차원으로 진입하여 빛을 뿜게 되는 것이다.

이 시는 탄탄한 구조와 내밀한 시적 정서를 바탕으로 진지하고 성실하게 현상을 읽어낸 시이다. 이만한 시적 역량과 진지함을 갖춘 시인이 흔치 않은 현실에서 그에게 거는 기대가 남다르다. 신인은 신생독립국의 제왕이며 독재자이다. 누가 뭐라 해도 고집스럽게 자기만의 길을 가야 하고 시류에 휩쓸리거나 영합해서도 안 된다. 유병록이 쓸 수 있는 시는 셋이나 넷이 아니라 오직 하나이다. 그러기 위해서는 "피 뿌린 대지"에서 발을 떼지 않는 것, 철저히 남과 다른 혼자만의 길을 가는 것. 이 두 가지일 것이다.

유안진
다보탑을 줍다

고개 떨구고 걷다가 다보탑(多寶塔)을 주웠다
국보 20호를 줍는 횡재(橫財)를 했다
석존이 영취산에서 법화경을 설하실 때
땅속에서 솟아나 찬탄했다는 다보탑을

두 발 닿은 여기가 영취산 어디인가
어깨 치고 지나간 행인(行人) 중에 석존이 계셨는가
고개를 떨구면 세상은 아무데나 불국정토 되는가

정신 차려 다시 보면 빼알간 구리동전
꺾어진 목고개로 주저앉고 싶은 때는
쓸모 있는 듯 별 쓸모없는 10원짜리
그렇게 살았다는가 그렇게 살아가라는가.

••• 다보탑을 줍는 시인

언젠가 시인은 어느 문학 행사장에서 "시인은 어깃장 놓는 사람"이라고 말한 적이 있었지요. 그 말 그대로 낡고 고루한 사고의 틀을 깨고, 언제나 젊고 싱싱한 상상력으로 존재의 내밀한 숨결을 잡아내는 시인의 능력은 탁월합니다.

부처가 영취산(靈鷲山)에서 법화경을 설파할 때 다보여래의 진신사리(眞身舍利)를 모셔둔 탑이 땅 밑에서 솟아나 부처의 설법을 찬탄하고 증명하였다는데 그 탑이 바로 다보탑이지요. 아득히 먼 영취산은 지금 시인의 발밑에 있습니다. 툭툭 어깨를 치고 걸어가는 행인들은 곧 부처이지요. 살아있는 생불이지요. "고개를 떨구면 세상은 아무데나 불국정토"가 되구요. 그러나 고개 숙이는 일이 쉽지 않습니다. 모두 위를 향해, 한 뼘이라도 더 높은 곳을 향해 질주합니다. 거치적거리는 것은 가차 없이 베어 없애면서 앞만 보고 내달립니다. 눈앞에 있는 그대로의 삶의 현장이 곧 불국정토인데 고개 들어 높은 곳만 쳐다봅니다. 세상의 가치관은 그러해도 시인은 고개 떨구고 걷습니다. 다보탑은 고개 숙인 외로운 목숨에게 홀연히 나났습니다. 석가도 불국정토도 시인의 곁에 가까이 다가와 환한 빛을 발합니다.

그런데, 정신 차려 다시 들여다보니 붉은 빛이 도는 구리동전 하나 눈앞에 있습니다. 다보탑도 부처도 모두 모습을 감추고 보이지 않습니다. 눈앞에 실체를 드러낸 현실은 악다구니 들끓는 오욕의 현장입니다. 거기에 10원짜리 동전 한 닢 눈을 빛내고 있습니다. 아니, 있는 듯 없는 듯 버려져 있습니다. 아무도 눈여겨보지 않는, 걸인조차 외면하는 동전 한 닢!

방금 전 보았던 다보탑, 빛나는 아우라는 사라졌지만 시인의 눈길은 여전히 동전 위에 머물고 있습니다. 그리고 동전의 이면을 다시 들여다봅니다. 있는 듯 없는 듯 그렇게 살아가라는 전언을 10원 짜리 동전을 통해 다시 듣습니다. "쓸모 있는 듯 별 쓸모없는" 동전 같은 삶이 말처럼 쉬운 일은 아니지만 동전 위에서 진아(眞我)는 비로소 빛을 발합니다.

시인은 한 산문에서 이렇게 말합니다.

"지혜자 솔로몬이 쓴 것으로 전해지는 「전도서」(1장 9~10절)에는 해 아래 새로운 것은 없다고 씌어 있다. 그럼에도 나는 새것에 목마르다. 새롭게 거듭나서 헌것을 새로운 시로 새롭게 재탄생시키고 싶다. 계통 발생과 개체 발생에서 완전 절연된 돌연변이 신생종 신인류가 되어, 새로운 시를 쓰고 싶다."

이처럼 치열한 시 정신은 나이를 넘어 활활 불타고 있습니다. 마치 시단 새내기의 당찬 선언처럼 느껴집니다. 유안진 시인은 연륜을 더할수록 더욱 뜨겁고, 상상의 평원은 끝이 보이지 않습니다.

오늘은 집 가까운 거리를 걸어보시지요. 운이 좋으면 다보탑을 줍는 횡재를 하거나 길 위에 굴러다니는 돌멩이로부터 한 말씀 얻어 들을지도 모르지요.

심보선
슬픔의 진화

내 언어에는 세계가 빠져 있다
그것을 나는 어젯밤 깨달았다
내 방에는 조용한 책상이 장기 투숙하고 있다

세계여!
영원한 악천후여!
나에게 벼락같은 모서리를 선사해 다오!

설탕이 없었다면
개미는 좀더 커다란 것으로 진화했겠지
이것이 내가 밤새 고심 끝에 완성한 문장이었다

(그러고는 긴 침묵)

나는 하염없이 뚱뚱해져 간다
모서리를 잃어버린 책상처럼

이 세계 곳곳에서 사람들이 울고 있다!
심지어 그 독하다는 전갈자리 여자조차!

그러나 나는 더 이상 슬픔에 대해 아는 바 없다
공에게 모서리를 선사한들 책상이 될 리 없듯이

그렇다면 이제
인간은 어떤 종류의 가구로 진화할 것인가?
이것이 내가 밤새 고심 끝에 완성한 질문이었다

(그러고는 영원한 침묵)

●●● 모서리의 시학

　관찰자로 바라본 현실과 주체로서 대응하는 현실은 다르다. 생의 참상은 관념이 아니라 실제이다. "내 언어에는 세계가 빠져 있다"고 발언하는 화자는 "조용한 책상"에서 존재의 실상을 발견한다. 모난 구석 하나 없이 원만하고 둥근, 긴 침묵으로 일관하는 "책상"은 다름 아닌 화자의 초상이다. "세계"는 "영원한 악천후"이지만 "나"는 그저 하나의 사물로 죽은 듯 살아 있을 뿐이다. 여기서 화자가 갈구하는 것은 "벼락같은 모서리"다. 늪같은 현실을 치고 나갈 수 있는 근원적인 힘이요 현실 초극의 충일한 에너지가 "모서리"지만 현실은 "설탕"이라는 생의 미끼로 화자를 모서리 없는 둥근 책상으로 만들어버리는 것이다. "개미"에게 필요한 것은 눈앞의 한 줌 설탕이 아니라 "진화"에 대한 의지다. 그러나 눈앞의 세계는 그걸 쉽게 허락하지 않는다. 기존의 질서와 체계에 복속하는 것만이 가장 원만한 삶의 방식이라고 가르칠 뿐이다. 고민하고 번뇌하면서 "모서리"를 꿈꾸지만 화자는 "하염없이 뚱뚱해져" 가고, 세계는 여전히 악천후의 풍경이다. 곳곳에서 사람들은 울고 고통스러워하고 갈등하면서 오욕칠정의 아수라 속에서 허우적이며 하루하루의 삶을 연명하는 것이다.

　"조용한 책상"은 "개미"로, 다시 물렁물렁한 "공"으로 변형되고, "공"에게 모서리를 붙인들 "책상"이 될 리 없다는 비극적 인식은 "인간은 어떤 종류의 가구로 진화할 것인가?"라는 마지막 질문으로 이어진다. 절망과 비애의 정서가 휩싸고 도는 순간이다. 그리고 긴 침묵이다. 그러나 이 침묵은 우주의 자궁이며 무한한 에너지의 원천이다. 무한으로 확장되는 드넓은 상상의 지평이다. 이 시를 닫힌 구조가 아니라 열린 구조의 시로 파악해야 하는 이유가 바로 여기에 있다. 침묵은 폭발 직전의 고요의 순간이며 생의 변혁을 가져오는 가장 강력하고 조용한 우주의 숨결이다. 그러므로 마지막 질문에 대한 답은 온전히 독자의 몫이다.

서 화
조율

놀이터에서 아이가 넘어지자
울음이 몸 밖으로 확 쏟아져 나온다.
엄마 품에 안긴 아이,
꼭 아코디언 같다.

오래전 불안의 연주에 울어 본 기억이 있다.
집을 묻고 엄마를 묻고 이름을 묻던 불안의 한때를 기억한다.

그 후 미아가 되기도 했으나
그 많던 불안들은 다 어딘가로 사라지고 없다.
온몸을 맡기고 싶은 울음이 없어졌다.

아이의 몸 안으로 울음을 넣어주는 엄마
얼룩으로 번진 울음과 흐느낌을 토닥거려
몸으로 다시 들여보내는 저 조율의 한때
불안한 음이 가득 들어 있는,
유년의 중심은 발이 너무 가볍다.

비스듬히 기울어 있는 나무들에게서 바람이 쏟아진 후
다시 잠잠해진 가지들
지상의 사물들도 모두 조율의 시간을 갖는다.
공중에서 퍼지는 물줄기와 온갖 소음들이
오후의 놀이터를 조율하듯
어둑한 한기가 몸에게 시절을 묻고 있다.

●●● 생의 이면을 바라보는 시선

　파격적이진 않지만 매우 진중하게 현실과 존재의 이면을 읽어내는 시인들이 있다. 그들의 시는 화려한 기교나 요란한 관념의 수사가 없어 눈에 잘 띄지 않는다. 그러나 시인의 육성이 살아 있고, 핍진한 내용이 설득력을 얻고 있는 시에 오래 시선이 머물게 되는 경우가 많다.

　김언희나 최호일 시인처럼 누구도 쓰지 않은 시를 쓰는 것도 중요하지만 일상의 틈새에서 발견하는 생의 은밀한 풍경을 심도 있게 묘사하는 시도 분명한 존재 의의를 지닌다. 그 때 하나의 우주를 형성하는 시의 단독성은 또 다른 양상으로 표출된다. 소재나 발화 방식의 특이성은 개성적 시세계의 근간이다. 그러나 얼핏 평이한 듯 하면서 전통적 서정의 방식을 뛰어넘어 새로운 세계를 보여주는 시들도 있다. 도발적이고 충격적인 작법은 아니어도 오히려 그것이 큰 울림으로 다가오는 경우이다.

　서화 시인의 「조율」이 바로 그렇다. "몸 밖으로 확 쏟아져" 나오는 "울음"의 정체가 예사롭지 않다. "집을 묻고 엄마를 묻고 이름을 묻던 불안의 한때"를 거쳐 오늘에 이른 화자의 몸에서 "불안"도 "울음"도 다 사라졌다. 아이를 안은 엄마가 아이를 토닥여 울음을 "몸으로 다시 들여보내는 저 조율의 한때"는 곧 화자가 거쳐 온 생의 이력이며 과정이다. 몸 안으로 밀어 넣는 울음은 고통과 절망의 다른 이름이며 오랜 인고의 시간들이다.

　험하고 거친 생을 조율해온 과거의 삶을 돌아보던 화자의 시선은 마지막 연에서 제3의 사물로 옮겨간다. 이름 하여 시적 도움닫기이며 도약이다. 화자는 "나무"라는 사물에서 동일한 생의 풍경을 읽는다. 울음 같은 바람을 쏟아내고 "잠잠해진 가지들"은 격랑의 세월을 통과하여 생의 평정에 이른 존재이다. 불안과 울음의 시간을 견디고 지난 삶을 돌아보면서 불현듯 느끼는 "어둑한 한기"에 읽는 이의 몸도 오싹해진다. 존재의 한기,

이 순간 생은 나직한 음조를 띠고 저녁 어스름처럼 다가와 서늘한 전율로
이어지는 것이다.

이 시에는 세 개의 풍경이 배치되어 있다. 놀이터의 아이와 엄마, 과거
와 현재의 화자, 나무와 지상의 사물들이 시의 중심축이다. 평면적 삶의
풍경이 입체화되어 공감의 폭을 넓힐 수 있었던 가장 큰 이유이다.

이재훈

눈

눈을 밟는다
눈이 시린 풍경을
꾹꾹 밟는다
그러나 눈은
온전히 밟혀지지 않고
자꾸만 발등 위로
심지어 무릎까지
올라온다
제 존재를
떠올리려 한다
덮어야 할.
밟혀야 할 운명을
내 발걸음에 의탁한 채
조용한 혁명을
일으키는 것이다
눈이 떠올라
내 발목을 쥐고
너도 나처럼
떠올라라
떠올라라
머리 위까지
눈이 날린다

●●● 눈[雪]에 대한 사색

　시인은 결락의 공간을 걷습니다. 눈에 덮인 길, 겨울의 중심을 향해 나아갑니다. 꾹꾹 눈을 밟으며 걷는 길 위에서 시인은 상념에 젖습니다. 아마 시인은 천천히 길을 정독하며 걸었을 겁니다. 바쁘게, 수시로 시간을 확인하며 쫓기듯 달아나듯 걷는 그런 걸음이 아니지요. 한 걸음 한 걸음 시간의 풍경 위에 마음의 그림자를 길게 늘이며 천천히 걷는 걸음이겠지요.

　시인은 걸을 때마다 튀어 오르는 눈송이들을 보고 "제 존재를/떠올리려 한다"고 말합니다. 한낱 눈뭉치에 지나지 않지만 시인의 눈에 눈뭉치는 예사 사물이 아닙니다. 어엿한 생물이지요. 한없이 하늘을 떠돌다 겨우 지상에 내려앉은 눈송이들이 자꾸 치받고 올라옵니다. 시인은 그것을 "조용한 혁명"이라고 부릅니다. 눈송이들이 살아나 말을 합니다. 그 말을 시인은 귀담아듣습니다.

　시인의 영성과 예민한 촉수는 세상 만물의 속삭임과 미세한 몸짓 하나까지도 그냥 보아 넘기지 않습니다. 어쩌면 시인은 주술사요 어릿광대인지도 모릅니다. 이집트의 왕이나 로마의 황제들은 어릿광대에게 자문을 구하는 일이 있었지요. 중세와 르네상스 시대에 유럽의 황실에는 많은 어릿광대들이 있었는데 그들은 사제나 주술사만큼 존중을 받았습니다. 어릿광대는 왕이 습관적 사고로부터 벗어날 수 있게 거리낌 없는 풍자와 농담을 던졌고, 이들의 조언은 신선한 사고의 출발점이 되었던 것이지요.

　오늘날 시인도 독자들의 관습적 사고에 정서적 충격을 가합니다. 이재훈 시인 역시 평범한 일상의 풍경을 뒤집어 새로운 삶의 풍경을 보여줍니다. 걸을 때마다 튀어 오르는 눈송이들의 "조용한 혁명"을 보고, 거기서 한 발 더 나아가 눈송이들이 입을 열어 말하는 소리를 듣습니다.

　"너도 나처럼/떠올라라/떠올라라"

제
4
부

✳

199

눈송이들은 현실의 바닥에서 안주하지 않고 새로운 세계로 비상하는 삶의 모습을 보여줍니다. 시인은 첫 시집의 후기에서 "내 말이 간신히 시가 되는 이유는 눈물을 애써 감추기 위해 부족의 동화(童話)를 꿈꾸기 때문이다."라고 말합니다. 시인이 낯선 이방인으로 떠돌며 꿈꾸는 저곳은 어디일까요? 이 가을에 곰곰이 헤아려 봅니다.

제5부

연왕모

늪의 입구

그림자들이 늪지를 다녀갔다
무언가를 버리고 사라져버렸다

그들이 버린 것이
내 곁에 있다

가슴이 이상해요
구멍 난 풍선처럼 부풀어 오르질 않아요
아무리 깊게 숨을 쉬어도 채워지질 않아요
내 가슴을 좀 채워주세요
흙이라도 한 삽 퍼 넣어주세요

그림자들이 돌아간 거리에선
마른 가로수들이 뽑혀나갔다
가로수로 오인된 사람들도 뽑혀버렸다
그들은 트럭에 실려 나무처럼 빳빳하게 굳어져갔다

스스로 멎어 있음은 혼돈을 부르는 것이 아닌가,
나무들이 흔들렸다

●●● 새롭고 낯선 의미의 영역

기존의 존재론적 질서로부터 독립한 자치 지구에 새로운 시인들이 입주하였다. 그들의 작품을 과거의 방식대로 읽어나갈 때 바로 난관에 봉착하게 된다. 최근에 등단한 몇몇 시인들을 봐도 이미 그들의 언어는 30년 전 언어가 아니다. 짜장면 세대와 피자 세대가 다르듯 그들의 언어는 신종의 언어이다. 텍스트의 의미론적 완결성을 추구하던 지난 시기의 방식으로 접근할 때 소통 자체가 어렵기 때문에 새로운 독법이 필요하다. 의미 자체를 거부하고 이미지로만 다가오는 시도 있고, 랩처럼 발랄한 운율에 초점을 맞춘 시, 또는 분위기와 느낌으로만 다가오는 시도 있다. 심미적 주체로서 각자의 개성을 형성하고 모색하는 그들의 시를 옳고 그름의 규격화된 잣대로만 판단해서는 곤란하다.

연왕모의 시는 신세대의 시들과는 다르지만 고정된 언어의 틀을 깨고 새롭고 낯선 의미의 영역을 찾아 나선다는 점에서 친연적 관계를 갖고 있다. 그러나 「늪의 입구」는 비교적 수월하게 독해 가능한 시다. "그림자"는 근본의 실체와 분리된 부정적 상징물로서 정체성을 훼손하고 파괴하는 대상이다. "그림자"는 시적 자아의 삶의 기반을 한순간 "늪"으로 만들어버리고, "늪"에서의 일상은 "구멍 난 풍선"이며 채워지지 않는 욕망으로 불안과 갈등의 연속이다.

4연에서 비극적 상황은 심화된다. "마른 가로수들"이 뽑혀나가고 "가로수로 오인된 사람들"조차 존재의 근거를 상실하게 된다. 죽은 나무들은 뻣뻣하게 굳어가고 회생의 가능성은 기대할 수 없는 상황이다.

그러나 화자는 새로운 돌파구를 내적 고통의 극점에서 발견한다. "스스로 멎어 있음은 혼돈"임을 자각하는 것이다. 이 시의 눈이 바로 여기에 있다. 상식적 차원으로 퇴행하여 감상과 체념의 나락으로 빠지지 않고 존재의 혁신을 기도하여 신생의 활로를 찾아나서는 것이다. 삶은 변화하고 끝없이 살아 움직이는 것인데 '멎음'은 곧 '혼돈'이요 죽음이기 때문이다.

　　나무들이 흔들렸다

　마지막 행은 사물의 자발적 의지에 따라 욕동하는 삶의 풍경이다. 그 "흔들림"은 "그림자"와의 대립이고 "늪"으로부터의 일탈이다. 살아 있는 한 흔들리는 것이고 그 흔들림은 삶의 풍경을 완성하는 중요한 동력인 것이다. 앞으로 연왕모 시인이 인식의 고투를 통해 시의 외연을 확장하고 새롭게 열어 보일 낯선 삶의 지점이 어디일지 궁금하다. 그곳은 지금까지 익숙하게 보아왔던 곳은 아닐 것이고, 그 세계를 들여다보기 위해서는 새로운 독법이 필요할지도 모르겠다. 그러나 설사 낯설고 좀 불편하더라도 고루한 일상의 질서를 전복하는 무서운 뇌관이었으면 좋겠다. 바로 그곳에 최초의 시가 자리하기 때문이다.

정수경

최북

축시(丑時)의 먹물 속
몰아치는 눈보라를 뚫고
북쪽으로 북쪽으로 훨훨 나는 새 칠칠(七七)
붓을 입에 물고 날다가
툭, 떨어뜨린다 짖던 개가 받아 삼킨다

성벽 아래 잠든 그는
화선지 바깥이 안방인 것처럼
불기 없는 한데가 오히려 아랫목
동그랗게 몸을 말고
흰빛 속으로 빨려 들어가는 중이다

한쪽 눈 찔러 거기에
태양을 심었다 빛이 뿌리 내리고
붓끝 따라 가지를 뻗어
산을 세우고 강을 만들고 구름을 띄워 새가 날고
새벽을 불러 안개 속에 길을 내면
한 세상이 저문다 한들
종이 한 장보다 무거우랴

술 한 병과 두부 한 모에 그림을 바꾸던
그가 벽 없는 집으로 돌아간다, 훨훨
살을 에는 바람 붓끝에 묻혀
댓잎에 눈발 날린다 칼바람을 쏟아낸다
불을 삼킨 뜨거운 언어들이 먹물에 몸을 녹여
구만 리 긴 하늘로 잠겨가는 새

훨훨 칠칠(七七)
훨훨 칠칠(七七)

검푸른 북명(北冥)의 바다
한 마리 곤(鯤)의 꿈이 얼음장 밑에 슬프다

●●● 대상의 육화

유명 예술가나 이국적 풍물을 소재로 한 시는 잘해야 본전입니다. 그만큼 성공하기가 어렵다는 말입니다. 왜, 우리 기억에는 탁월한 여행시가 없는 걸까요. 문인수 시인의 명쾌한 해답. "절경은 시가 되지 않는다." 그렇습니다. 삶의 냄새가 나지 않는 풍물이나 풍경만을 제시한다면 그것은 한낱 이국의 낯선 모습을 소개하는 것에 지나지 않습니다. 한때 시인들이 생소한 이국적 풍물을 시의 소재로 삼아 과시하듯 시를 쓴 적이 있지만 지금 그 시들을 기억하는 사람들은 없습니다. 아무런 정서적 공감을 불러일으키지 못하고 기억의 저편에서 소멸해 버렸지요. 역사적 인물을 시의 소재로 삼을 때도 마찬가지입니다. 잘해야 본전이지요. 그런데 여기 본전 이상의 수확을 거둔 시가 있네요. 정수경 시인의 「최북」이라는 작품이 바로 그것입니다.

시에서 실물과의 거리는 대단히 중요합니다. 거리 조절에 실패할 때 시는 일그러져 기형의 모습을 갖게 되지요. 정수경은 균형과 거리 감각을 생래적으로 타고난 시인입니다. 이 시에서 그런 재능이 잘 발휘되었지요. 이 시에는 가슴을 먹먹하게 하는 울림이 있습니다. "최북"이라는 구체적 대상을 육화하는 데 성공했기 때문이지요. 각 연의 유기적인 짜임이 탄탄하고, 이미지도 살아 꿈틀거리고 있습니다. "불을 삼킨 뜨거운 언어들"이 훨훨 잘 날고 있는 시입니다.

정수경 시인은 지금까지 열정적으로 시작 활동을 해왔습니다. 앞으로도 끝없는 자기 파괴와 부정을 통해 광활한 시의 영토를 일궈나가야 되겠지요.

가온뜰의 새소리가 오늘따라 더욱 맑고 청량합니다.

송찬호
가방

가방이 가방 안에 죄수를 숨겨
탈옥에 성공했다는 뉴스가
시내에 쫘악 깔렸다

교도 경비들은, 그게 그냥 단순한
무소가죽 가방인 줄 알았다고 했다
한때 가방 안이 풀밭이었고
강물로 그득 배를 채웠으며
뜨거운 콧김으로 되새김질했을 줄
누가 알았겠냐고 했다

끔찍한 일이다 탈옥한 죄수가 온 시내를 휘젓고 다닌다면
숲으로 달아난다면
구름 속으로 숨어든다면
뿔이 있던 자리가 근지러워
뜨거운 번개로 이마를 지진다면,

한동안 자기 가방을 꼼꼼히 살펴보는 사람이 많을 것이다
열쇠와 지갑과 소지품은 잘 들어있는지
혹, 거친 숨소리가 희미하게나마 들리지 않는지
그 때 묻은 주둥이로 꽃을 만나면 달려가 부벼대지는 않는지

●●● 숙련된 장인의 솜씨

이 작품은 숙련된 장인의 솜씨가 잘 드러난 시다. 전복적 상상력에 기초한 「가방」은 독자에게 읽는 즐거움을 선사한다. 가방과 죄수의 대립은 문명과 자연의 갈등을 말하고 있는 것으로 이 시의 핵심이다. 화자의 즐거운 상상력은 각 연에서 경쾌하게 약동한다.

가방은 근대적 사유에 기초한 문명의 폭압적 상징물이다. 탈옥한 죄수는 "풀밭"과 "강물"의 다른 이름이고, "뜨거운 콧김으로 되새김질"하던 무소였다. 3연에서 화자는 행복한 상상에 젖어 문명의 거리를 종횡으로 휘젓고 다니는 본래 자연의 모습을 머릿속에 그리지만 그것은 단지 가상의 공간에서 이루어지는 행위이다.

4연에서 가상의 현실이 현실화될 때 문명의 기반 위에서 연명하는 현대인의 초상이 보인다. 그 모습은 삶의 구각을 깨고 각성한 자아가 현실에 반응하는 모습이다. 현실과 자연의 경계에 선 사람들이 "때 묻은 주둥이로 꽃을 만나면 달려가 부벼대지는 않는지"를 살펴보는 존재에 대한 조심스런 탐색이요 탈문명적 사유의 가능성을 시사하는 것이다.

자연과 문명을 선과 악, 또는 근대와 탈근대의 교조화된 논리로만 접근하는 것은 지양해야 되겠지만 송찬호의 「가방」은 존재에 대한 새로운 패러다임을 보여준다. 그리하여 탈옥한 가방은 문명의 야만으로부터의 일탈이며 현대인이 상실한 낙원에 대한 염원의 표현이라 할 수 있다.

오명선

울며 사과 먹기

윗집에서 일방적으로 보내온 사과상자
이건 사과가 아니다
밤마다 내 잠 속을 콩콩 뛰어다니는 어린 캥거루의 발목
쿵쿵쿵 주방으로 욕실로 돌아다니는 하마의 엉덩이
사과도 아닌 것이 사과 이름표를 달고 사과 흉내를 내며 사과인 척 공
손하다

입만 열면 뻔한 변명, 뻣뻣한 반성, 꺾이지 않는 일방통행
고집불통의 이 상자
사과를 내 입에 물리고 밤낮없이 내 머릿속을 헤집고 다닐
결국, 내 숨통을 틀어막을

의뭉스런 빨간 속내를 알면서도 뜯고
이렇게 흉보는 나를 들키지 않으려고 마지못해 억지춘향으로 뜯는다

캥거루가 하마가 훨훨 새가 되어 날아갈 때까지
내 입과 귀는 진공포장된다

●●● 시의 재미

가끔 재미있는 시가 그리울 때가 있습니다. 목에 잔뜩 힘을 주고 공소한 관념으로 무장한 시나 재탕 삼탕한 고리타분한 전통 서정시에 질릴 때 마음 비우고 편히 읽을 수 있는 시가 생각납니다.

오명선 시인의 「울며 사과 먹기」를 주목해서 읽었습니다. 이 작품은 층간소음 문제를 재미있게 그린 시입니다. 현실에 지나치게 밀착될 때 시는 격앙되거나 경직됩니다. 초보의 시 쓰기에서 자주 등장하는 문제이기도 합니다. 그러나 오 시인은 아주 재치 있게 한 걸음 뒤로 물러나 현상을 읽고 있습니다. 쉽게 칼끝을 보이지 않는 고수처럼 요령 있게 치고 빠지는 기술은 시 쓰기에도 그대로 적용됩니다. 오 시인은 그걸 잘 알고 있는 듯합니다. "울며 사과 먹기"라는 제목부터 눈길을 끕니다. 시를 다 읽고 나면 묘한 페이소스를 느끼게 됩니다. "숨통을 틀어막"는 현실, 진공포장되는 입과 귀는 시의 화자에게는 견디기 힘든 고통입니다. 그러나 화자는 울며 사과를 먹으면서 온몸으로 고통을 견딥니다. 마치 우리의 삶이 매양 그러하듯 고통을 끌어안고 갈 수밖에 없다는 것을 화자는 깨닫고 있습니다.

정밀한 묘사, 부조리한 현실을 읽어내는 꼼꼼한 시선과 유연한 상상력이 돋보이는 오 시인의 작품에서 많은 가능성을 봅니다.

성배순

푸른곰팡이는 슬픈 짐승이다

빛도 들지 않는 눅눅한 곳에 사는 곰팡이는, 먹이를 낚아 챌 손아귀의 힘도, 먹이를 물 이빨도 없는 늙은 짐승이다. 바닥을 벗어날 의지도 없이 두 눈만 끔벅인다. 바다로 가지 못했거나 공중으로 날아오르지 못한, 한 개의 꽃잎조차 되지 못한 물방울이, 밥이다. 지나가는 바람에게서 떨어지는 세상의 부스러기가, 집안 가득한 적막이, 달빛이, 주식이다. 도시락을 배달한 사람들 두 눈 흠뻑 발효시키는, 푸른곰팡이는 독거노인이다.

••• 정확하고 섬세한 시

성배순 시인은 2004년 경인일보 신춘문예와 『시로 여는 세상』 신인상으로 등단하였고, 첫 시집 『어미의 붉은 꽃잎을 찢고』를 상재했습니다. 「푸른곰팡이는 슬픈 짐승이다」는 적확한 묘사와 선명한 이미지가 살아 있는 시입니다. 이만큼 군더더기 하나 없이 명료한 시상을 유지하는 것은 쉬운 일이 아니지요. 적막과 달빛을 주식으로 하는 "푸른곰팡이"에서 "늙은 짐승"을 발견하고, 마침내 "독거노인"으로까지 이미지를 확장시켜나가는 솜씨가 눈길을 끕니다.

사회의 어두운 이면을 형상화하는 방법은 여러 가지가 있지만 상당수의 시인들은 지나치게 정직(?)하다는 것입니다. 시에는 나름대로의 전략이 있습니다. 그 전략을 익히는 것이 하루아침에 되는 건 아니지만 똑같은 풍경이라도 어떤 방식으로 보여주느냐에 따라 감동의 진폭이 다르다는 것은 다 아는 일입니다. 다만 실제 창작에서는 그걸 잘 부리지 못한다는 것이지요. 이유는 지나치게 대상에 가깝게 근접해 있거나 어깨에 너무 많은 힘이 들어가기 때문입니다.

성배순 시인은 첫 시집에서 이미 그 능력을 보여주었듯이 적확하고 섬세한 묘사가 뛰어난 시인입니다. 감상에 빠져 안이한 시적 수사를 남발하거나 시적 대상에 함몰되어 어설픈 형상화에 만족하고 쉽게 뒤로 물러서는 시인이 아닙니다. 이는 성 시인이 시의 전략을 나름대로 터득하고 있다는 얘기겠지요.

이제 아무도 다가갈 수 없는 성 시인만의 유일한 시의 영역을 기대합니다. "푸른곰팡이"를 바라보던 그 예리한 눈빛이라면 머잖아 전복적 사고를 무기로 새로운 변신도 가능하지 않을는지요?

김 안

서정적인 삶

당신은 나를 향해 몸을 벌려요 나는 그것이 사랑이 아닌 것을 알고 있지만 어느새 내 얼굴은 녹색이 되어요 당신이 몸을 벌리면 파르르 서리 낀 창이 흔들려요 방 전체가 하얀 서리들로 가득 차요 밤이 거짓말을 하기 시작하고, 당신의 벌어진 몸에서 노래가 흘러나와요 나는 이 노래를 알고 있지만 아무리 불러도 첫 소절로만 돌아갈 뿐이에요 나는 이 노래의 끄트머리에 뱀과 쥐들, 개와 파리들이 가득하다는 것을 알고 있어요 나는 당신의 노래를 움키고 당신의 푸른 질 속으로 손을 집어넣어요 온갖 은유를 만져요 제발 나를 안아 주세요 베어 먹지 않을 게요 제발 나를 안아 주세요 베어 먹지 않을 게요 당신은 사려 깊은 장님이 되어 내 손을 빼내어 당신의 입안으로 넣어요 아직 나의 고백은 끝나지 않았는데 당신의 입안에서 내 손이 사라져요

●●● 파괴와 절멸의 공간

시인의 첫 시집은 하나의 씨알이다. 새로운 세계의 열림이요 태동이다. 조심스럽게 첫 시집을 여는 까닭이 여기에 있다. 김안 시인의 첫 시집 『오빠 생각』에서 낯선 표정과 목소리를 발견한다. 대개는 첫 시집이라는 것이 덜 익은 시 모음집이거나 아무런 방향도 색깔도 보여주지 못하고 덤덤하게 모습을 드러내는 것이 보통의 경우이다. 그러나 김안 시집은 등단 후 7년 동안 숙성시켜 갈무리한 고농도의 시편들로 가득하다.

시인은 자서에서 "여기에 실린 글들은 차라리 사람이 아닌 것이 되고 싶었던 시절의 흔적들"이라고 밝히고 있다. 「서정적인 삶」 역시 그러한 정

황을 잘 드러내주고 있는 시라고 할 수 있다. 시의 제목에서부터 반어적 표정이 뚜렷하다. 연인의 태도가 "사랑이 아닌 것"이라고 알고 있지만 화자는 "파르르 서리 낀 창"의 상황을 맞게 되고 밤은 거짓말을 하기 시작한다. 연인의 몸에서 노래가 흘러나오지만 화자는 노래의 끝이 "뱀과 쥐들, 개와 파리들이 가득하다는 것을" 이미 알고 있다. 그러나 화자는 연인의 푸른 질 속에 손을 넣고 "은유"를 촉감한다. 그리고 "제발 나를 안아 주세요 베어 먹지 않을 게요"라고 간청한다. 그러나 화자의 간청은 입안에서 사라지는 손으로 비유되어 비극적 정황을 맞게 된다.

이 지점을 평론가 허윤진은 '탐식과 파괴의 공간'으로 설명하고 있다. 즉 "입"은 사람의 공간이 아니라 절멸의 공간일 뿐이다. "나"의 고백은 아직 끝나지 않았는데 사라진 손과 더불어 "나"는 좌절과 상실의 아픔을 겪게 된다.

이 시에서 "당신"과 "나"의 관계는 시종 대립적 예각을 드러낸다. 이 둘의 관계는 단순한 연인 사이일 수도 있고, 시의 공간을 확장하여 읽으면 "당신"이라는 대상은 언어나 시의 세계일 수도 있다. 보다 근원적 접근이 필요한 것이겠지만 결국 세계와의 불화가 "서정적인 삶"의 질료라고 할 수 있다.

하나의 우주를 형성하는 시의 단독성은 중요하다. 모든 예술가는 단독성을 지향하지만 대개는 고유한 색상과 무늬를 얻지 못하고 폭력적 시간의 저편으로 사라진다. 김안 시인의 첫 시집을 읽으며 이전에 볼 수 없었던 새로운 세계와의 조우로 이틀 낮밤을 설레며 보냈다. 시의 원천이 깊고 넓은 그의 시에 대한 설렘이 오래 지속되었으면 좋겠다.

조용숙
산중문답

아무리 예쁜 보살들이 찾아와
온갖 방법으로 유혹해도
눈길 한번 안 주는 부처님을 애인 삼은
비구니 스님
그 비법이나 한 수 적어볼까 싶어
노트북 들고 찾아간 작은 암자
플러그를 꽂는 순간
암수가 만나면 전기가 통한다는
세속의 이치 비웃으며
노트북 전원이 확 나가버린다
웬일인가 싶어 어리둥절 하는 사이
가부좌 풀고 달아나는 부처님 봤냐며
밭에서 금방 따온 풋고추에 된장 올린
밥상이나 받으란다

●●● 눈 밝은 시

　조용숙의 공교한 손끝에서 빚어진, 쉽지만 쉽지 않은 시. 경우에 따라서는 고개만 갸웃거리다가 돌아설 시가 「산중문답」이다. 이 시에서는 "세속의 이치"와 "밥상"이 대응된다. 그 사이에 "부처님"이 꼽사리 낀다. 이래저래 부처님은 동네북이다. 마음씨 좋은 할배요 아재다. 10행까지는 정공법을 구사하여 평이한 진술로 일관한다. 11행부터 뒤통수를 후려친다.

여기서 비구니 스님이 한 말씀 하신다. "가부좌 풀고 달아나는 부처님 봤냐"며 걱정 말고 밥이나 처먹으란다. 백 번 옳은 말씀이다. 여기서 고장 난 노트북을 움켜쥐고 씨름해봤자 아무 소용이 없다. 전원이 나간 노트북은 불 꺼진 무덤이다. 정신 줄 놓은 중생들이다.

시의 화자는 슬쩍 "세속의 이치"를 운운한다. 지나친 친절이다. 하긴 너무 불친절해도 독자들은 툴툴거리니까. 홱 돌아서서 가버릴 수도 있으니까. 이래서 시인해먹기 힘들다는 거다. 누구 비위 맞추기 위해 시 쓰는 건 아닌데 말이다. 아무튼 시의 화자는 비구니 스님 한 말씀에 밥상을 받았을 터이고, 된장에 풋고추를 찍어 한 끼 밥을 맛있게 해치웠을 것이다. 배부르고 마음 따듯했을 것이다. 가부좌 풀고 부처님도 달아나지 않았을 것이고, 산은 산이요 물은 물이었을 것이다. 몸 공양, 마음 공양 다 이루었으니 좀 있다가 곡차라도 한잔하면 금상첨화겠다.

나는 대한민국의 많은 시인들이 너무 성급하게 꼬리를 내려버리는 모습을 보았다. 툭 하면 부처님 한 말씀에 기대어 세상 모든 걸 깨친 듯 똥폼을 잡는다. 노자, 장자를 그렇게 우려먹었으면 됐지 이제 부처님까지 요절낼 기세다. 살진 부처님도 있지만 뼈만 남은 부처님도 많다. 제발 부처님 끌어다가 더이상 고생시키지 말자.

조용숙 시인은 눈 밝고 마음 따듯한 시인이다. 이쯤에서 나는 조용숙 시인이 '어깃장'의 명수가 되었으면 좋겠다. 비구니 스님과 눈이 맞아 가부좌 풀고 야반도주하는 부처님처럼!

유정이

국지성 소나기 온몸으로 맞는 법

혼자일 것
홑겹일 것
강박 따윈 두고 내리고
외곽이거나
나무다리와 굽은 길
흐린 배경 위에 서 있을 것 예고 없을 것
가고
또 가는 사람을 예배할 것
하얗게 거짓말이 피어나는
붉은 입술에 자주 데었을 것
못다 한 말 많을 것
하지 못할 말 더 많을 것
너무 먼 곳을 응시하지 말 것
바닥을 치고 올라오는
기억에도 없던 잘못에
무릎 꿇지 말 것
과오가 있다면 동의할 것
한 발 마중 나온 비감에
먼저 젖고 잊을 것
젖은 것도 잊은 것도
다 잊고
다시 처음부터 젖을 것
아무도 모르게 방류한
눈물 있다면
고개를 들 것
짧게

빗발치는 생각 따위
바닥에 부려놓을 것
젖은 머리 털 듯
남은 생각 흩뿌릴 것

이후로 점차 개일 것

●●● 결기의 시학

요즈음 시가 종자 개량을 한 듯 싶다. 동맹이라도 맺은 듯 한결같이 시가 길어지고 있다. 특히 젊은 시인들의 시에서 그러한 경향이 뚜렷하다. 시의 산문화 혹은 잡설화, 그 저변에는 여러 가지 이유가 있을 것이다. 시비의 잣대로 판단할 수 없는 문제이지만 시를 읽는 독자에게는 많은 인내가 필요한 부분이다. 기존의 정형화된 시의 틀을 깨고 자유롭게 분출하는 시적 에너지의 발산이라는 긍정적인 접근도 가능하지만 그와는 달리 한두 사람의 선도적 양식을 별 생각 없이 다수의 시인들이 추종하는 것으로 볼 수도 있다. 즉 빈약한 사유를 포장하기 위한 허식적 수사라는 혐의를 피해갈 수 없는 것이다. 실제로 몇몇 텍스트를 대상으로 살펴보면 내적 필연성 없이 화려한 포장으로 일관하는 시들이 있다. 포장만 있을 뿐 곳간은 텅 비어있는, 맛도 때깔도 없는 밋밋한 시들이 꽤 여럿 눈에 띈다.

그러나 다행스럽게도 겨울호 문학지에서 요설 없이 현실과 맞서는 대응 의지가 뜨겁고 서늘한 시 한 편을 발견했다.

이 시는 외형적으로 '―것'의 반복을 통해 운율을 형성하고, 운율에 따라 시종 긴박감 있고 밀도 있게 시의 정서가 펼쳐진다. 강한 리듬감은 단호한 결기마저 느끼게 한다. 주체의 실존 선언인 "혼자일 것"의 배면에는 아픔, 쓸쓸함, 외로움 등이 숨어 있다. 다만 그러한 정서를 겉으로 드러내지 않고 스스로에 대한 다짐을 통해 생의 거친 굽이를 뛰어넘는 시가 「국지성 소나기 온몸으로 맞는 법」이다. 소나기를 피하지 않고 정면으로 대응하면서 "흐린 배경 위에 서 있을 것"이라고 말하는 화자의 결의는 사뭇 준열하다. 혹독한 삶을 살아내면서 온갖 상처로 고통스럽지만 현실을 벗어나 "너무 먼 곳"을 바라보며 도피처를 찾지도 않고, 현실에 쉽게 "무릎 꿇지 말 것"을 다짐한다. 과오가 있다면 흔쾌히 시인하고, "비감"에 젖는 일 또한 화자의 몫이다.

그러나 다시 고개를 들고 어지러운 사념들을 털어버리고 기꺼이 홀로 서는 일, 그것은 진흙탕 같은 아수라 속에서 비로소 존재의 광채를 획득하는 일인 것. 온몸으로 고통의 역정을 거친 자만이 "이후로 점차 개일 것"을 깨닫는 것.

그리하여 저 멀리 인수봉 근처 찬바람 거스르고 홀로 날아가는 솔개 한 마리 보인 듯, 보일 듯한 혹한의 겨울 아침이다.

김기상
푸르륵 참

살구나무의 이웃은 죽나무다
잎을 벗은 나무들은 제 앙상한 가지를 새들에게 준다
가끔 바람이 들러가지만 달갑지 않다
더 이상 떨구어 줄 것이 없다는 말이다
죽나무는 참자를 붙여 참죽나무라고 불러주면 아주 좋아한다
참말로 죽도록 좋아해서 참죽나무다
살구나무도 참자를 빼면 곧장 개자가 들어붙기 일쑤라
꼭 참자를 붙여주길 바란다
이웃하고 사는 나무들의 속내를 가장 잘 아는 것이 참새다
하루 종일 부지런히 나무와 나무 사이를 넘나들며
푸르륵 참 푸르륵 참
나무마다 참자를 붙여주고 다닌다
가까운 이웃에 시인도 하나 있는데
녀석들 번번이 건너뛴다

●●● 진솔하고 담백한 서정

시를 읽다보면 무릎을 탁 치게 하는 시가 있지요. 김기상의 「푸르륵 참」
이 바로 그런 시입니다. 이만한 시적 역량을 지닌 시인도 드뭅니다. 지면에
서 그의 시를 자주 보지 못하는 것이 아쉽습니다. 김기상 시인이 자기 시에
대한 염결성이 대단하다는 것은 들어서 알고 있습니다. 마음에 들지 않는
시는 절대 발표하지 않겠다는 엄격한 자기 검열의 자세는 매우 소중하고
본받을만한 자세지요. 함량 미달의 작품들을 지면마다 도배하듯 하는 유

명(?) 시인들도 있지만 제 삐딱한 시선에는 곱게만 보이지는 않습니다.

요즈음 주변에서는 소위 잘 나가는 시인들 흉내내기에 바쁜 모양들입니다. 그런 시들을 볼 때마다 정교하게 만들어진 음식 모형을 보는 것 같습니다. 김행숙표 비빔밥, 하재연표 볶음밥, 김경주표 피자, 황병승표 카레라이스, 진은영표 해물탕 등이 많이 눈에 띄지요. 그러나 아류는 아류일 뿐입니다. 신인들일수록 그 증세가 더욱 심한 것이 문제이지요. 그들은 자기가 좋아하는 시 이외에는 시로 인정하지 않습니다. 김수영이 누구인지, 김종삼, 박용래가 누구인지도 모르고 오직 최근의 유명 시인들만을 전범으로 삼고 있지요. 더 큰 문제는 일부 귀 얇은 시인들이나 눈 깊지 못한 평론가들이 잘 속아 넘어간다는 겁니다. 일단 겉으로 보면 그럴듯해 보이니까요. 그러나 젓가락을 들고 가까이 다가가 보면 압니다. 음식 모형에서는 아무런 향도 맛도 나지 않습니다.

이야기가 많이 빗나갔습니다. 다시 김기상 시인의 시로 돌아갑니다. 그는 진솔하고 담백한 서정에 기초하면서도 삶의 이면을 매우 깊이 있게 볼 줄 아는 시인입니다. 단순한 서정에 기대어 표피적인 삶의 풍경만을 건드리다가 상투적 결론에 이르는 여타의 시와는 분명 다른 세계입니다. 「푸르륵 참」을 읽은 독자들은 빙그레 웃음을 짓게 될 것입니다. 나무들마다 "참"자를 붙여주고 다니는 참새는 인간의 속내를 누구보다 잘 간파하고 있습니다. 그런 참새를 통해 인간의 삶에 슬그머니 딴죽을 걸고 풍자의 눈길을 보냅니다. 이 시에서 그 대상은 시의 화자입니다. 절묘하게 눙치고 경쾌하게 돌아서는 시의 보법이 마냥 상큼합니다. 김기상 시인의 다음 시가 더 기대되는 이유입니다.

김박은경

더없이 아름다운 시대

꿈꾸는 것은 모두의 운명
가죽은 붉은 피와 살점의 시대를
유리는 반짝이는 모래알의 시대를 꿈꾸고 있다

신발은 피 흐르는 발을 놓지 않으려 애썼다
검정 구두 속은 온통 붉은색
다물지 않는 입에 신문지를 박아버렸다
얼마나 피를 빨아댔는지 퉁퉁 불어
살짝 눌러도 붉은 물이 흐를 것 같았다

유리도 오래도록 꿈을 꿨겠지
테이블로 바뀌어서 버틸 적에
창으로 드는 햇살에 감질내며
바닷물 대신 끈적한 차 얼룩 견뎌내며
때가 오면 다시 한 번 한 번만 더, 그랬겠지

그의 몸도 아기였던 때 큰 품에 안겨 안락하던 시절로
돌아가고 싶었을 거야 이게 그 사건의 내막,
통유리 테이블에 올라갔다가
박살난 유리에 손과 발이 상한 일

유리는 해변을 향해 흘러가고
구두는 살점과 피 냄새에 취해 있고
그는 소파에 안겨 백 년만의 오수를 즐기고 있다.
더없이 아름다운 시대가 오기는 왔다

●●● 반어적 풍경

시는 조개껍질입니다. 시는 동해안의 바람입니다. 아니 제주도의 검은 현무암입니다. 이렇게 시는 조개껍질일 수도 있고 바람일 수 있고 검은 바위일 수도 있습니다. 아시다시피 시는 생물, 살아 움직이는 유기체입니다. 당위적 목적성을 강조하는 시들이 갖는 한계는 생물인 시를 항아리에 가두어 육젓을 만드는 것이지요.

그러나 최근에 다양한 빛으로 분광하는 시를 보았습니다. 바로 김박은경의 시편들이 그러했습니다. 아직 시단에서 낯선 이름이지만 주목할만한 시인입니다. 그의 시는 이미지만 살아 반짝이는 시도 아니고, 너무 뻔한 상투적 이야기를 가벼운 시적 수사로 위장한 시도 아닙니다. 「검은 새를 냉장고에 넣는다」와 같은 독특한 사유를 펼쳐놓은 시도 눈길을 끌지만 오늘은 「더없이 아름다운 시대」라는 작품을 집어들었습니다.

인간은 모두 욕망하는 존재이고 꿈을 꿉니다. 1연의 "가죽"과 "유리"는 본래적 실체로부터 멀어진 사물들입니다. 현실의 질서와 억압에 구속되어 하나의 껍데기로만 살아가는 존재이지요. 제목이 시사하듯 이 시는 반어적 수사를 통해 현실을 비트는 비판적 시선을 견지하고 있습니다. "구두"와 "유리"는 오욕의 삶을 견디면서 "때가 오면 다시 한 번 한 번만 더" 본원적 세계를 회복하고자 합니다. 인간 역시 매일매일 안락한 모태의 공간을 그리워하며 삽니다. 그러나 현실은 그걸 쉽게 용납하지 않습니다. 오히려 "손과 발"이 상하는 일이 일상의 일이지요.

마지막 연에서 보통의 삶의 풍경이 그려집니다. 미완과 불구의 모습입니다. "유리"와 "구두"는 여전히 모래알을 꿈꾸고 살과 피의 냄새를 그리워합니다. 도달할 수 없는 아주 먼 곳의 일이지요. 그리고 "그"는 모태의 안락한 공간 대신 "소파"의 안락함에 취해 낮잠을 즐깁니다.

이 지점에서 화자는 자조하듯 중얼거립니다.

"더없이 아름다운 시대가 오기는 왔다"

과연 "아름다운 시대"가 온 것인지요? 아니, 그런 시대가 있기는 한 것인지요?

이지혜

사과는 새콤하고, 쪼개지고

　어느 모서리도 믿을 수 없어서 당신에게 나는 원형입니다 처음 만난 날들을 씨방에 넣어 흔들어보세요 달력 칸을 메웠던 정액들이 사과꽃을 피웁니다 접 붙은 시간을 계곡 아래로 굴려보세요 비탈진 언덕으로 물이 잘 빠지면 봄철 우리 관계는 냉해가 방지됩니다 당신이 붉고 얇은 껍질을 돌려가며 깎았을 때 내 입술은 바로 안쪽부터 점액질이 흘렀는지 식탁에 전시된 제삼자들이 유쾌하게 사과를 쪼개주려 했는지 섭씨 육십 도인 우리는 기억나지 않습니다 쉽게 설명되는 당신의 몸짓, 한쪽 가지는 담 안에 담고 한쪽 가지는 담 밖으로 밀며 가랑이 사이로 새콤한 욕을 뱉어냅니다 그것은 때때로 꿀맛 같아서 우리는 한참 아삭거렸지만 몸통을 둘러싼 곁가지를 기어이 쳐내야 합니다 울컥 사과가 쏠리는 밤에

●●● 무의식적 욕망의 시

　좀 낯설지요? 익숙한 시의 문법에서 벗어난 시들은 대개 쉽게 몸을 허락하지 않습니다. 경우에 따라서는 비집고 들어갈 틈도 없는 경우가 있습니다. 이지혜 시인의 시는 일단 신선하게 다가옵니다. 상투화된 발상과 표현 기법에서 멀리 떨어져 있기 때문이지요.

　사과는 감성적인 매력과 사랑의 쾌락, 영원한 젊음과 아름다움의 상징입니다. 많은 씨앗과 열매 때문에 임신의 상징으로 여겨지기도 하고, 동그란 형태 때문에 유방을 상징하기도 합니다. 기독교에서는 구원의 상징으로 이야기되기도 합니다.

　이지혜 시인은 이 시에서 내면의 무의식적 욕망을 표현하고 있습니다.

욕망은 시의 중요한 질료입니다. 사과는 다층적 의미를 함유하고 있는 사물이고, "모서리"에 대응하는 "원형"은 사과의 다른 이름이지요. "정액", "접 붙은 시간", "비탈진 언덕" 등의 성적 이미지가 이 시에서 중요한 기능을 합니다. 시적 화자는 단순한 너와 나의 관계를 떠나 원융무애의 세계를 꿈꾸고 있습니다. "당신이 붉고 얇은 껍질을 돌려가며 깎았을 때"는 "섭씨 육십 도"의 상황이고, 얼핏 성희를 연상케 하는 묘사이기도 합니다. "한쪽 가지는 담 안에 담고 한쪽 가지는 담 밖으로 밀며" 이루어지는 "꿀맛"의 종결은 비루한 일상에 다름 아닌 "몸통을 둘러싼 곁가지"를 쳐내는 일입니다.

욕망의 근원에 성적 리비도가 잠재되어 있는 것은 누구나 인지하고 있는 사실입니다. 이지혜 시인은 고도의 상징 기법으로 리비도로 가득 차 있는 무의식의 정체를 밝히고 있습니다. "울컥 사과가 쏠리는 밤"은 존재의 근원적 욕망이고 삶의 원형을 드러내는 시적 공간입니다. 그러므로 이 시에서 "관계"는 단순히 일반론적 의미가 아니고, 개체와 개체의 합일을 통해 도달하고자 하는 무의식적 욕망의 구체적 현현(顯現)인 것입니다.

길상사에는 지금 능소화가 한창입니다.

김영서

손님

자물쇠가 없는 우리 집에
손님이 다녀갔다
냉장고에 넣어 둔
시원한 보리차 한 사발 먹지 않고
안방까지 발자국만 남기고 돌아갔다
맨발로 마중 나갈 사람 기다리다
잠시 집을 비운 사이
누군가 신발 신고 다녀갔다
누군가 나에게 다가오는 문
내가 너에게 가는 문
문지방 넘어서면 반가움이 있어야지
집을 비울 때는
작은 소반에 차 한 잔 올려놓아야겠다

●●● 섬세한 마음의 무늬

시인님들 안녕들 하신게라. 나가 오늘은 작정허고 꼭 한 마디 해야 쓰겠
소. 긍께 귀 활짝 열고 잘 들어주시오잉.

시는 시일 뿐이랑께. 헌디 요즈음 시들 보면 도사도 허벌나게 많고, 한
술 더 떠 우리를 무식쟁이로 보고 가르치려 한단 말이오. 암튼 당신들 땜
시 돌아버리겠다 이거요. 지발 우리 같은 사람 가르치려 하지 마시오잉.
시인들까지 나서서 우리를 깨우치려하문 목사랑 스님네는 뭐 묵고 살라고

그란다요.

글고 시에다가 철학이니 종교니 예술이니 갖다 붙이지 마랑께요. 그란다고 시가 때깔 고와지는 것 아닝께. 그냥 시만 써 달라 말이요. 지발 이 답답한 맴 좀 알아주시오잉.

나가 오늘 시 하나 만났는디 지대로 가슴팍에 확 박허불지 않겠소. 김영서 시인의 「손님」이란 신디 입에 착 감기더랑께라. 얼핏 맹물만치 무색무취한 시 같은디 이 시에는 관념도 기교도 잔대가리 굴리는 기교도 없지 뭐여라. 참말로 가슴에 착 앵기지라. 그냥 읽기만 혀도 모시올 같은 마음의 무늬가 물그림자처럼 어룽거린당께라.

자물쇠도 없이 만날 문 열어놓고 사는 집, 그 집에 뭐 갖고 갈 게 있다고 손님 한 분 조용히 다녀가신 게라. 오고가는 문, 문지방 넘어서면 반가움이 있어야 하는디 손님은 아무 소득 없이 빈손으로 그냥 떠나간 게라. 그라자 쥔 양반 저 마음 쓰는 것 좀 보소. "집을 비울 때는/작은 소반에 차 한 잔 올려 놓아야겠다"고 하는 저 맘이 바로 시 아니고 뭐겠소. 안 그려요. 요것이 바로 사람 맴을 치는 시랑께. 참말로 우리 거튼 사람헌텐 이런 게 진짜 시라 이거요. 안 그렇소. 어이, 시인 선상? 지발 이런 시 좀 써 보소. 시상 사는 것도 골 터져 죽겠는디 괜히 대갈빡 터지는 요상한 소리나 지껄이지 말고 우리 거튼 무지렁이도 무릎 탁 치문서 시 좀 읽게 해줘보소.

나가 오늘 헐 말 대충 다 했응께 생각 쬐깐 해보시오잉. 어따 근디, 저 뒤에 삐딱하게 앉아있는 시인 양반은 내 말 안 듣고 뭐라 씨부렁대는겨 시방!

이영주

잠

문이 언제 열릴지 모르니 담요를 덮읍시다 담요가 좋아요 무수한 총격
과 해일이 덮치고 간 후에도 담요를

우리는 어둠으로 밀려난 게 떼처럼 열심히 기었습니다 가도 가도 서로
의 옆구리

새로운 폐허의 시대가 도래한 것일까요 우리는 서로의 뼈를 찾아 안으
로 안으로 들어가고 있는 것입니다

기차 안에서도 담요를 덮어요 낯선 도시에 내릴 때에는 담요를 두르고
눈빛을 숨겨야 합니다

이런 저녁에는 바람이 안으로 들어와 긴 울음뼈 하나 세우고 갈지도
몰라

우리는 어둠 속에 남겨진 게 떼처럼 배를 뒤집었습니다 반군과 정부군
은 알 수가 없지만

안쪽으로부터 싸움은 시작되고 있었어요 배를 까뒤집고 등으로 진창
을 기어가는 우리 몸속에서부터 차갑게 가라앉고 있었습니다

방공호에서 담요를 나눠 덮고 우리는 바닥 밑에서 손을 잡습니다 자도
자도 잠의 바깥

모든 것이 무너져도 우리는 살아 있습니다 담요를 둘러쓰고 영원히 끝
나지 않는 이 허기 때문에

●●● 존재의 허기

　인간이 발명한 것 중 최악의 것이 바로 전쟁입니다. 이 시에는 정부군과 반군의 싸움으로 고통 받는 인간의 비극적 정황이 드러납니다. 적과 아군으로 나뉘어 전쟁을 치르지만 "어둠으로 밀려난 게 떼"일 뿐이고 향하는 곳은 앞이 아니고 고작 "서로의 옆구리"에 지나지 않습니다. 그곳엔 굶주림, 고통, 참혹한 절망만이 있습니다.

　"폐허의 시대"에 나약한 인간이 가진 것은 "담요" 한 장입니다. 편안한 잠은커녕 공포와 불안에 떨면서 순간순간을 모면해야 합니다. 안락한 잠은 한낱 꿈일 뿐입니다. 담요 한 장으로 버텨야 하는 참혹한 현실 어딘가에 "긴 울음뼈 하나" 세워지고, 그 상황에서 인간은 "배를 까뒤집고 등으로 진창을 기어가는" 것입니다. 방공호에서 남루한 담요로 몸과 마음을 덮고 서로의 손을 잡고 바닥의 삶을 견디지만 행복한 잠은 실재하지 않습니다. 그렇게 "잠의 바깥"을 서성이며 모진 현실을 벗어나고자 몸부림칩니다.

　적도 아군도 아닌 한 개인의 삶은 폭압적 현실에 굴복하지 않고 극복 의지를 불태웁니다. "영원히 끝나지 않는 이 허기 때문"이지요. 존재의 허기는 삶의 원동력이고 절망의 저편을 바라보게 하는 가장 강력한 무기입니다.

　인간의 역사는 전쟁과 천재지변으로 얼룩져 있습니다. 그러나 어떤 상황 속에서도 생의 의지를 불태우는 것이 인간입니다. "울음뼈" 하나 푯대처럼 세우고, "모든 것이 무너져도" 다시 일어서는 것이 존재의 이유임을 이영주의 시가 조용히 말해 주고 있습니다.

김명신

도강

도망이라뇨 검은 이불 한 채와 포대기에 동생을 업었지요 일이 늦게 끝
나 돌아가는 길이었어요 늘 겨울만 있던 그 길엔 호호 불어야 할 손들이
넷이나 있었죠 콧물이 줄줄 새어나오면 이불에 얼굴을 흔들었어요 우린
새끼줄로 꽁꽁 묶여 걸었어요 길이 아무리 넓어도 밤길은 한 줄이죠 양손
이 없는 어머니는 허리춤에 우릴 달았어요 길은 무섭지 않았죠 죽음처럼
무서운 강이 저기 있잖아요 마을과 마을 사이에 나락이었죠 그 강에 빠져
죽은 달과 별은 셀 수가 없어요 여우가 울다 빠지고 강가 수양버들이 손을
잃어버린 것도 흔한 일이랍니다 벌써부터 뒷머리가 당겨와요 오줌은 왜
이렇게 자주 나오죠 오늘은 온통 눈밭이라고 했더니 달이 내놓은 빛이라
네요 우우 늑대인지 여우인지 내 노래 소리보다 큰 가요 지난여름 사공을
먹어치운 뒤로 한참 배를 타지 않았죠 꿈이었어요 노도 없는 줄로 강을 건
너야 해요 아슬아슬하죠 까만 강물이 소매에 묻기라도 하면 강물귀신이
올라온 거예요 나보다 더 배고픈 귀신은 내 노래를 무서워하죠 고분고분
해지는 강물에 자장가가 들려요 내 소리는 마음에 흘러들고 강물이 달빛
에 몸을 씻어요 달 한쪽 베어 물고 이불에 얼굴을 파묻고 잠이 들어요 죽
음을 씻기는 고요가 새벽을 데려와요 희붐한 물안개가 따뜻하네요

●●● 활달한 상상력과 이미지

얼핏 김명신의 시는 사진과 회화의 요소가 뒤섞여 그 경계가 모호한 권
두현의 사진을 보는 것 같습니다. 기존의 잣대로만 사진을 보는 사람들은
그의 사진을 인정하지 않지만 부유하는 삶의 모습들을 이보다 더 절실하
게 표현한 사진은 없다고 봅니다. 등단작 「는개구락부」에서 받은 강렬한

인상도 그와 크게 다르지 않습니다.

　김명신의 상상의 공간은 넉넉하여 구체적인 사물에 얽매이지 않고 폭넓게 시 공간을 활보합니다. 사물을 바라보는 방법도 색다르고, 사유의 방식과 이미지의 전개 방법도 남다릅니다. 이것이 하나의 사물에 집착하여 울림의 진폭이 좁은 다른 시들과의 변별점인 셈이지요. 그만큼 김명신의 시의 영토는 옹색하지 않고 열려 있으며 무한한 확장 능력을 가지고 있습니다. 또한 김명신의 시는 직관에 의해 움직입니다. 일정한 형식이나 틀을 거부하고 자유분방하게 움직이는 이미지를 따라가면 익숙하지 않은 낯선 풍경과 맞닥뜨리게 되지요.

　시인은 지금 강을 건너고 있습니다. 강을 건너는 행위는 현실을 피해 달아나는 행위가 아니라 정면으로 현실을 돌파하는 비장한 몸짓입니다. "노도 없는 줄"로 강을 건너 "죽음을 씻기는 고요"가 데려오는 새벽을 맞이하게 됩니다. 여기서 "달빛"과 "고요"는 신고(辛苦)의 현실을 뛰어넘게 하는 시의 다른 이름이지요. 또한 재생 신화와 관련이 깊은 "달"은 유기적 생명 작용의 표상으로 이 시에서 중요한 정서적 기능을 합니다.

　김명신이 활달한 상상력으로 열어가는 시의 영토는 갈수록 넓고 풍요로워질 것으로 보입니다. 다만 바라는 것은 직관의 힘을 빌려 펼쳐가는 자유로운 이미지는 나름대로의 정제된 규율을 스스로 만들어나가야 한다는 점입니다. 그렇지 못할 경우 이미지가 이미지를 연쇄적으로 복제하다가 요령부득의 상황에 빠지거나 형체가 없는 공소한 이미지만 남게 됩니다. 많은 시인들이 이 함정에 빠져 오랫동안 헤어 나오지 못하고 허우적거리는 것을 자주 보았습니다.

　김명신 시인은 현재보다 앞날을 더 신뢰하게 합니다. 그만큼 가능성이 커 보이는 신인입니다.

정운희

볼트와 너트

볼트란 너트란 말을 입 밖으로 밀어내자
너라는 이름의 모든 벽이 참 따뜻해졌다

태초의 말씀을 타고 어둡고 환한 빛이 여러 날 번갈아가며 흘러들었다
나라는 이름의 문을 열기 위해 한 평생을 달그락거렸다 누군가 이따금
그 문을 열어 몸의 방향을 바꿔놓았으며 계절을 바꾸고 노아의 방주에 선
택된 암수 동물 한 쌍처럼 소리들이 자랐으며 먼지와 바람이 들락거렸다
서로가 서로의 심장을 마주보며 평생을 서서 늙어가는 나무도 있다 볼트
와 너트는 각기 다른 자궁에서 태어났으나

부드럽게 접근할수록 강하게 완성된다 집중적이지만 공격적이지는 않
다 손끝에 숨겨 놓은 길을 신중하게 감지해야 한다 천기를 누설해도 안 되
며 불온한 자들을 따돌려야 한다 서로는 서로에게 깊숙해져야 한다 차갑고
단단할수록 아이는 따뜻하게 늙어갈 사랑을 낳을 것이다 내가 너를 이토
록 원하고 있으므로 가까이 더 가까이 깊숙이 더 깊숙이 끝장을 봐야 한다

볼트와 너트란 말을 입안에 밀어 넣자
세상의 모든 벽이 혀끝에서 사라졌다

●●● 관계의 존재론

「볼트와 너트」는 관계론에 대한 시입니다. 인간은 관계의 그물망을 이
루며 살아가지만 늘 삐걱거리고 불화하고 대립합니다. 그게 세상 살아가

는 모습이겠지요.

정운희 시인은 시단에 갓 등단한 신인이지만 시어를 부리는 재주와 시상을 엮는 솜씨가 예사롭지 않습니다. "나라는 이름의 문을 열기 위해 한 평생을 달그락거렸다"는 화자의 고백이 가슴 뜨겁게 와 닿습니다. "서로가 서로의 심장을 마주보며 평생을 서서 늙어가는 나무"를 생각하면 더욱 비감스러워집니다.

시의 화자는 "따듯하게 늙어갈 사랑"을 향해 한 발 한 발 다가갑니다. "내가 너를 이토록 원하고 있으므로" 그 도정은 참으로 험하고 지난한 과정이었겠지요.

마지막 연에서 시상의 마무리가 산뜻합니다. "세상의 모든 벽"이 사라지는 궁극의 실재가 눈앞에 활연합니다. 시야가 환하게 터져 걸리는 것 없이 시원합니다.

좋은 시를 읽으면 언제나 마음이 상쾌합니다. 「볼트와 너트」는 일상적 사물을 소재로 경계가 무화되는 관계의 정황을 밀도 있게 견인한 시입니다. 너와 나의 관계가 궁극의 지점에 이르는 과정을 설득력 있게 묘사하여 공감의 수위를 높였습니다. 일부 신인들이 저지르는 잘못 중 하나가 눈앞의 사물이나 상황에 갇혀 상상의 날개를 펴지 못하고 시를 옹색하게 만드는 것인데 정운희 시인은 일단 그런 위험은 없어 보입니다.

시는 인간을 구원하지도 않고 세상을 바꾸지도 못합니다. 아무 쓸모가 없어 쓸모가 있을 뿐입니다. 그런데 많은 사람들이 시에 열광을 하고, 목숨을 겁니다. 저도 시 따위(?)에 연연하며 살고 있지만, 그 쓸모 없음의 매력은 영원합니다.

박소영

약국 감옥

할머니, 다리가 아파요
나의 발은 종일을 걸어도 제자리입니다

장맛비로 땟국을 씻어낸 하늘이 말간 얼굴을 드러낸 오후, 천사의 날
개 빛 뭉게구름 그림은 밀레의 어떤 그림보다 보다 더 훌륭하지요. 그 그
림 속에는 담장 가에서 자줏빛으로 익은 툭툭 불거진 자두도 보이네요

입안에 침이 고여요

어젯밤 꿈속에서는 유년의 강가에 갔었지요. 금강 상류 칼바위 밑 깊
고도 시퍼런 물은 우리 집 머슴이었던 기선이도 못 들어간다고 했지요.
태고정 아래 강변 자갈돌들이 광목을 펼쳐놓은 듯 하얗게 빛을 발하면 달
맞이꽃 입 벌리는 소리도 퍽퍽 들렸지요
안망정 산기슭에는 도라지꽃과 참나리가 피어있고 그 아래 원두막에
서 수박과 개구리참외를 먹던 생각이 나요. 기러기 雁에다 바랄 望과 뜰
庭이라고 말씀하셨던 생각도 나네요. 雁望庭

이름처럼 참 아름다운 그곳

할머니, 다리가 아파요
온종일을 걸어도 제자리인 약국에서 다시 할머니를 불러요. 할머니를
그리워하면 용담댐에 묻은 고향도 보여요. 하늘을 올려다보면 할머니는
구름이 비켜난 자리에 늘 있지요. 보이기만 하고 만질 수 없는 할머니, 눈
을 뜬 채 물의 문을 열고 댐 속으로 들어가면 할머니를 만질 수 있을까?
하지만 죄인이 들어갈 수 없는 천국의 문처럼 굳게 닫힌 물이 열리지 않

아요. 물의 낯을 바라보며 잠들어 있는 고향을 마음눈으로만 봐요. 헛바퀴 도는 차륜처럼 언제나 제자리에 서 있는 내가

천형의 감옥에서 오늘을 살아요.

●●● 이중구조의 풍경

박소영 시인의 「약국 감옥」은 약국의 안팎 풍경을 이중구조로 형상화한 시다. 대부분의 시들이 안고 있는 단선적 사고에서 벗어나 울림의 층위를 다층화했다는 점이 이 시의 장점이다. 비논리적으로 조작된 언술의 모호성 때문에 사유의 힘이 느껴지지 않는 다른 시들과 비교했을 때 「약국 감옥」은 일단 성공한 작품이다. 쉽게 읽히고 잔잔한 공감의 물꼬가 열려 있는 이 시는 하루 종일 좁은 공간에 갇혀 있는 화자가 약국 밖의 풍경과 접속하여 현재의 삶을 성찰하고 있는 작품이다. 지루하게 반복되는 일상의 삶은 화자를 옥죄어 숨 막히게 한다. 고작 창밖의 맑게 갠 하늘을 바라보며 자줏빛으로 익은 자두를 떠올리고 신맛을 느끼는 것이 일상의 숨통을 열어주는 유일한 통로인 것이다.

4연에서는 현실에서 억압된 욕망이 꿈의 공간으로 이동하여 정서적 일탈을 실현한다. 화자는 꿈속에서 고향의 풍경과 만나는데 태고정, 안망정 등이 있는 금강 상류의 공간은 화자에게 영혼의 태실이다. "이름처럼 참 아름다운 그곳"은 영혼의 쉼터요 현실의 공간과 대비되는 위무의 장소이다. 6연에서 화자는 다시 수물된 고향과 할머니를 그리워하지만 만질 수 없어 "마음눈"으로만 바라볼 뿐이다. "굳게 닫힌 문" 앞에서 화자는 현실로 돌아와 "언제나 제자리에 서 있는" 자신을 아프게 인식한다. "천형의 감옥"은 바로 화자가 서 있는 뼈아픈 자리이다.

박소영 시인은 상당히 진중하고 조밀하게 시상을 펼쳐간다. 그런데 시는 더하기가 아니라 빼기라는 것, 중국의 프로 기사 섭위평 9단의 말처럼 "버려라. 그러면 이긴다"는 말을 마음 언저리에 올려 두고 헤아린다면 박소영 시인의 시는 빠른 속도로 진화할 것이다.

이정노
흔들리지 않으면 불안하다

나는 흔들리며 왔다
버스에서 전철에서, 사무실에서는
아래위로 때론 옆으로 흔들렸고
예전엔 아들이 흔들렸다
한때는 밥상이 흔들린 적도 있었다
견고한 아파트에서 아버지가 흔들리고
요즘엔 남편이 흔들린다
흔들리지 않으면 불안하다, 하지만

내가 버즈두바이 초고층 빌딩처럼
내면이 불안하게 흔들려도
식구들이나 나를 보는
사람들은 이를 감지하지 못한다

그들이 나의 흔들림을 보는 날 나는
순간 무너져 내릴 것이다

●●● 존재의 위기

절대자인 신도 원래 오줌을 누고 똥을 쌌다. 그걸 제일 먼저 눈치 챈 이
가 조르쥬 바타이유이다. 그러나 사람들은 신의 요도와 항문을 막아버렸
다. 이제 누구도 신의 배뇨기관을 말하는 사람은 없다. 바타이유는 놀이와
시, 웃음과 에로티시즘을 귀중한 가치로 생각했다.

경직된 윤리의식에 젖어있는 사람들은 금기의 철책 밖으로 한 발자국도 나서지 않는다. 시 역시 지나치게 목적에 경도될 때 배뇨기관은 물론 생식기까지 거세된 물건이 된다. 얼마 전 생식기가 없는 시를 보았다. 젖(?)도 없는 것이 문학상 수상작이라고 머리에 금테까지 두르고 나타났다. 그 시에는 당위성을 강조하는 동일한 시구가 자그마치 8번이나 반복되고 있었다. 이처럼 메시지가 분명한, 목에 잔뜩 힘을 준 시를 오랜만에 보았다. 70년대 뽕짝풍의 노래를 다시 듣는 것 같았다. 곳곳에서 만세 소리가 들렸고, 사람들이 우르르 몰려가 박수를 치며 온갖 미사여구로 설레발을 쳤다. 그 날 죽은 김수영이 가래침을 칵 뱉으며 뒤도 돌아보지 않고 시상식장을 빠져나갔다는 소문이 돌았다.

이정노 시인의 「흔들리지 않으면 불안하다」는 현대인의 불안한 내면의식을 역설적으로 묘사한 시다. 평생을 흔들리며 살았고, 이제 흔들리지 않으면 오히려 불안한 중독증 환자처럼 되었다. "내면이 불안하게 흔들려도" 식구들은 물론 주위 사람들도 눈치 채지 못한다. 화자는 안간힘을 다하여 외롭게 흔들림을 감추고 살아가는 존재다. 자아의 나약한 모습을 보이는 것은 곧 패배요 좌절이기 때문이다. 흔들림이 드러나는 날 "나"는 존재 가치를 잃게 되고, 지상의 공고한 질서 밖으로 밀려나게 된다.

이정노 시인은 묘사가 적확하고, 녹록치 않은 시선으로 생의 이면을 예리하게 짚어내는 시인이다.

최정례

도둑들

양말을 빨면 꼭 한 짝은 사라진다
우리가 집이라 부르는 곳에서
장롱 서랍도, 침대 밑도 아닌 그 너머
우리가 모르는 곳으로

양말 짝도 도둑처럼 날마다 진화하는가
문틀이 어긋나는 집을 떠나
허방의 나라를 발명하려고

꿈속의 한구석을 오려내고
몸을 숨기는 것들
눈뜬 구슬처럼 사라지는 것들

화장터 굴뚝 끝에서 연기로 흩어진 이가
이것이 나다, 나야라고
말해줄 리는 없다

꿈의 계곡 자갈돌 옆에
반짝이는 구슬이 있었다
주우면 그 구슬 아래 그 아래
다 줍지 못했는데 반짝이며 굴러갔다

무엇 때문인지 눈이 내렸고
무엇 때문인지 그가 왔다 갔다

운동화 끈 하나 제대로 못 매니?

신발 끈을 묶어주던 손
아득한 계곡 속에 낯익은 손이
사라진 구슬들을 굴리고 있었다

생시처럼 왔다 갔다
한밤중에 깨어나
생각해보니 그렇다
눈인지 흰 꽃잎인지 흩날렸다

••• 환상의 힘

도둑이 다녀갔다. 그런데 도둑은 주민증 번호가 없는 피안의 존재이다. 화자의 마음을 훔쳐간 도둑은 한때 사랑했던 사람이거나 지인일 터. 떠나고 사라지고 멀어지는 것이 이승의 인연법이지만 소멸 후에는 큰 그리움으로 다가와 한밤중에 잠을 깨우고 애틋했던 과거를 떠올리게 하는 것이다.

이 시는 꿈과 현실의 경계를 넘나드는 상상의 활달한 발걸음으로 고인이 된 사람을 불러내어 현실의 질서에 편입시킨다. 일상의 현장에서 죽은 이를 다시 만나고, 생전의 그의 모습을 환기하면서 하나의 형상을 구체화시키지만 영속하지 못하는 존재는 달아난 잠과 함께 곧 피안의 저편으로 사라진다. 즉 현실—꿈—현실로 시적 공간이 이동한다. "생시처럼 왔다" 간 고인은 더이상 화자와 함께 할 수 없는 환상이다.

최정례의 시에는 꿈속의 장면들이 자주 등장한다. 꿈의 공간은 간절한 염원이 구현되거나 고인이 되어 만날 수 없는 연인을 만나기도 하는 등 현실에서 불가능한 일들이 자유롭게 실현되는 공간이다. 꿈은 개연성과 무관한 즉 환상이다. 한때 환상은 사실주의자들로부터 무의미한 것으로 매도되어 폄하되기도 했다. 그러나 환상은 살과 뼈가 있고, 피가 흐르는 엄연한 현실이다. 21세기는 환상의 시대라고 해도 과언이 아니다. 문학에서도 시의 영토를 확장한 미래파의 젊은 시들이 이미 그 사실을 증명했고, 모든 문화의 정점에서 막강한 힘을 발휘하고 있는 것도 환상의 패러다임이다.

이 시에서도 화자는 비극적 이별을 꿈을 매개로 견디고자 한다. 결핍의 자리를 채울 수 있는 것은 꿈과 결합할 때만 가능하다. 꿈은 현실의 숨통을 여는 수단이다. 그러나 화자는 지향해야 할 곳이 세계 너머가 아님을 분명히 인식하고 있다. 꿈꾸면서 현실을 견디고 깨어있는 것, 그곳이 최정례 시의 착지점이다.

이순옥

산길에는 허공이 없다

산길을 가로막고
거미가 집을 지어놓았다
살아가는 것도
저마다 길이 있어
길목에서
조용히 때를 기다리는 것

나무의 굽은 가지들이
묵은 시간들을 엮어 집을 지었다
땅속 깊이 중심을 두고
단단히 선 나무들
천상과 지상을 겹쳐놓았다

허공에 집을 지으며
숨 가쁘던 시간들을 밀쳐내고
산마루로 내가 끌려가고 있다

이곳에서는
아무도 서두르지 않는다
새들이거나
바람이거나
개미의 몸짓이거나
길은 길 이전의 길이 있다

산길에는 허공이 살지 않았다

바람 소리도 터를 잡고
집 한 채 짓고 있는 것을 보면

●●● 성찰의 시

이순옥 시인의 「산길에는 허공이 없다」는 쉽게 읽히면서 나름대로 사유의 뼈가 만져지는 작품이다. 1연에서 자칫 범하기 쉬운 잠언적 어투의 함정을 잘 빠져나와 "조용히 때를 기다리는" 거미집을 묘사하고, 2연에서는 천상과 지상이 조화를 이룬 구체적 형상물인 나무를 묘사하였다. 여기에서 나무는 시적 화자가 인식의 방향을 트는 중요한 기제가 되는 것이다. 즉 나무에서 이상적인 존재의 양상을 발견한 화자는 숨 가쁘게 살아온 삶을 성찰하고 "산마루"로 사유의 지평을 확장한다. "산마루"는 화자의 일상적 자아가 각질을 깨고 존재의 도약을 꾀할 수 있는 공간이다. 왜냐하면 그곳에는 "길 이전의 길"이 있기 때문이다. 5연의 "허공"은 부정적인 시의 공간으로 작용한다. "허공"은 부질없는 삶의 여러 양태가 겹치고 꼬이는 현실의 다른 이름이다.

반면 고뇌의 수렁인 "허공"이 없는 산은 "바람 소리도 터를 잡고/집 한 채 짓고 있는" 희원의 공간이다. 화자가 지향하고 있는 신생의 장소요 새로운 존재가 재생을 기도하는 성소인 것이다.

이제 이순옥 시인은 낯선 길 위에 섰다. 깔끔하게 이전의 구각을 허물고, 청신한 신생의 숨쉬기를 시작하였다. 그의 시 또한 스스로 만들어 놓은 문법을 끊임없이 파괴하고, 개별 발화의 독자성을 말살시키는 상투성과 관습화된 기표를 경계한다면 머지않아 좋은 시인의 반열에 오르게 될 것이다.

박진성

아메리카노

최승자 시인을 참 좋아하는 후배랑
엔젤리너스에서 커피를 마시는데
인터넷으로 주문한 시집 한 권이
아메리카노 한 잔보다 싸다고
시집 선물 하는 마음이
마른 날 땡볕 같다고
나에게 괜스레 미안해했다
후배의 눈동자가 어디
사진에서 본 아프리카
커피 노동자 눈처럼
슬퍼 보였다

●●● 연민의 시학

  팔만대장경 경판도 그걸 모르는 사람에게는 한낱 빨래판에 지나지 않습니다. 불교의 대중화에 큰 역할을 했던 법정 스님이 누구나 알아듣기 쉬운 글로 많은 이들의 공감을 얻은 것은 주지의 사실입니다. 시 역시 쉽게 다가갈 수 있는 시가 있고, 긴장하여 읽어야 하는 시가 있습니다. 경판과 빨래판의 차이를 곰곰 생각하면서 쉬운 시 한 편을 만나봅니다.

  화자와 마주 앉은 후배가 최승자 시인을 좋아하는 걸 보니 예사 독자는 아닌 모양입니다. 어느 문학 행사장에서 갓 등단한 신인이 시단의 한 원로에게 "선생님도 시인이세요? 어디로 등단하셨어요?"라고 물었다는 웃지 못할 이야기가 전해지는 현실은 마구잡이로 신인을 배출하는 척박한 시단 현실의 한 단면을 보여주는 징표입니다. 최승자는 커녕 백석이 누구인지 김수영이 누구인지도 모르는 시인들이 한둘이 아닌 것은 엄연한 현실이지요.

이 시의 핵심은 시집 한 권 값이 커피 한 잔보다 싸다는 사실에서 촉발된 것입니다. 적게는 3, 4년, 많게는 7, 8년 만에 시집을 내는 것이 일반적인 경우이고, 한 권의 시집을 내기 위해 시인들은 숱한 불면과 신고의 나날을 보내게 됩니다. 그러한 과정을 통해 세상에 나오는 시집들은 나오자마자 천대받기 일쑤이고 대형서점에서조차 천덕꾸러기가 되었습니다. 경제적 가치로 봤을 때 시집은 젬병입니다. 시집은 이미 돈이 되지 않는 물건이 된 지 오래입니다. 이런 현실을 화자의 후배는 정확히 꿰뚫고 있는 겁니다. 커피 한 잔 값보다 못한 한 권의 시집이 오늘의 현실이고, 거저 얻은 시집도 아예 들여다보지 않거나 라면 냄비 깔판으로 사용하는 경우가 고작입니다. 대학에서 문학을 전공한 사람조차도 시를 읽지 않으니 다른 사람들은 말할 것도 없겠지요.

그래서, 그래서 다행입니다. 커피 값만도 못하니 아무도 훔쳐가지 않고 아무도 탐내지 않고 아무도 부러워하지 않습니다. 이렇게 아무 가치도 없으니 시의 가치는 무한합니다. 화자를 바라보는 후배의 눈은 "아프리카/커피 노동자 눈처럼" 한없이 슬퍼 보였지만 그 감정은 화자의 연민에서 비롯된 것입니다. 본래 연민이 상대의 슬픔을 내 것으로 끌어안는 능동적 수용이라면 결국 슬픔의 새로운 주체는 곧 화자이기 때문입니다.

그러나 화자의 고단한 시 쓰기는 계속 될 것이고, 시의 생명 또한 영원할 것입니다. 해 뜨고 해 지는 일처럼 정신의 내밀한 밀실은 486년 후에도 여전할 테니까요.

제6부

박세현

나는 없다

이제, 나는 세상과 좀 떨어져 있어야겠다
세상이라기보다 세상을 떠받들고 있는 손들과
헤어져야겠다
다 마신 커피잔을 들어서
바닥을 한 번 더 들이켤 때가
지금이다 다시는 입에 들어올 것이 없다는 것을
마지막으로 확인하는 입술처럼, 나는
입맛을 다시겠다
아침에는 커피 대신 무를 한 컵 마시고
무즙도 괜찮겠다 무의 즙은 겁 없이 늙은 남자의
소담한 폐허를 다스리기에 좋을 것이다
오후에는 아파트 뒷길을 걸어가서
논어를 읽고 있을 당신과 막국수를 먹고
당신에게서 갚지 못할 약간의 용돈을 빌리고
비브라토가 빠진 휘파람을 연습하겠다
식은 국물 같은 삶을 조심히 떠먹으면서
음악 없이 잠들도록 애쓰고
진짜로 꿈꾸지 않겠다고 서약한다
아무래도 나는 내가 아니다
찾지 마라, 나는 없다

••• 내밀한 아픔의 독백

　박세현의 시는 묘한 흡입력을 지닌다. 무슨 거창한 담론을 이야기하는 것도 아니고 낯선 감각으로 현란한 수사나 기교를 드러내는 시도 아니지만 시적 매력만큼은 독보적인 지점에 있다. 한때 그의 시를 읽으면서 매료된 적이 있다. 현실에서 몇 발자국 벗어나 냉소로 때론 관조의 시선으로 비루한 삶의 안쪽을 들여다보는 그의 시선은 상당히 섬세하고 깊다. 그 과정에서 슬픔, 쓸쓸함, 그리움 등의 원초적 정서가 교교한 달빛처럼 또는 저음의 〈바순 연주곡〉처럼 나타난다. 그리고 시인은 삶의 현장에서 시치미 떼며 슬그머니 돌아서지만 (그래서 그의 얼굴 표정은 잘 보이지 않지만) 손에 만져질듯 시인의 상처와 아픔은 더욱 명료해진다.

　「나는 없다」에서도 허무의 일단을 본다. 시의 모두에서 화자는 "이제, 나는 세상과 좀 떨어져 있어야겠다" 라고 선언한다. 이 말의 이면에는 생에 대한 회의와 오랜 절망과 좌절의 이력이 숨어 있다. "다시는 입에 들어올 것이 없다는 것을" 화자는 이미 아프게 깨달은 것이다. 이제 "겁 없이 늙은 남자"에게 남은 것은 "소담한 폐허"일 뿐이다. 그러나 화자는 허무주의로 치닫거나 현실 밖으로 도망치지 않는다. "무즙" 곧 "무의 즙" 더 확장하여 읽으면 無의 즙으로 폐허와 같은 현실을 극복하고, 일상의 소소한 삶을 이어간다. 즉 "식은 국물 같은 삶"을 살아가는 것인데 그 삶은 "음악"도 없고 "꿈"도 없는 그야말로 알맹이 없는 껍데기로서의 존재인 것이다.

　화자는 마지막으로 반전의 도발적 선언을 한다. "아무래도 나는 내가 아니다/찾지 마라, 나는 없다". 이 자조적 독백을 선적 수사로 볼 수도 있지만 실은 존재의 내밀한 아픔을 툭 던지듯 한마디 하고 돌아서는 것이다. 뒤도 돌아보지 않고 휘적휘적 걸어가는 화자의 뒷모습이 마치 어느 선승의 모습처럼 애틋하지만 그는 여전히 생의 안팎을 넘나들며 "쪽팔릴 때마다 민낯으로/숭고해지는 생"(「숭고한 생」)을 살아가는 시인인 것이다.

천서봉

고갈비 굽는 저녁

죽음이, 이렇게나 달다니.
그러나 이 저녁은 생선의 것도 내 것도 아니다

●●● 반전의 시선

한 사석에서 정진규 시인은 "현재의 나의 시에 끝없이 의문을 갖는다"
라는 말을 하면서 자기 점검의 필요성을 피력한 바 있다. 그 자리에서 고
희를 넘긴 원로시인이 시적 긴장의 끈을 놓치지 않는 이유를 확인할 수 있
었다. 나이 들수록 시가 깊고 원융해지기 위해서는 냉철한 성찰과 엄정한
자기 판단이 중요하다. 대개 일정한 위치에 이른 시인들이 조로하여 동어
반복을 일삼거나 자기 세계에 안주하여 갱신의 노력을 하지 않고 더이상
의 변화를 보여주지 못할 때 독자는 눈을 돌리게 된다. 한때의 명망에 눈
이 멀어 자기 작품이 최고인 줄 아는 착각 속에서 시는 퇴기처럼 비루해지
고 한 순간에 98년 정도 퇴보하는 것이다.

최근에 펴낸 천서봉의 시집 『서봉 氏의 가방』을 읽으면서 신인과 원로
모두 시를 쓰는 자세가 어떠해야 하는가를 되돌아보는 기회가 되었다. 천
서봉의 시 「고갈비 굽는 저녁」은 2행의 짧은 시다. 요즈음 시단의 일각에
서는 짧은 시를 지향하는 움직임이 있다. 나름대로의 의미를 지니지만 간
혹 삶과 세계에 대한 탐구의 정지, 치열하게 시의 세계를 열어가고자 하는
의지의 결여, 설득력 없는 선적 제스처 등의 문제를 내포하고 있는 것을

볼 수 있다. 그러나 인용한 천서봉의 시는 시적 사유와 기교가 예사롭지 않다.

화자 앞에 놓여 있는 것은 고갈비다. 고갈비를 화자는 죽음과 등치시키고 "달다"라고 말한다. 이 시에서 죽음은 일상의 인식을 뛰어넘는다. 어둡고 무겁고 절망적이지 않은 신종의 죽음이다. 그리하여 "달다"라는 역설적 표현이 가능해지는 것이다. 익숙한 삶의 풍경에서 낯선 삶의 일면을 읽어내는 시인은 2행에서 다시 비약적 상상력을 펼쳐 보여준다. 화자의 시선이 "고갈비"에서 "저녁"으로 껑충 건너뛰는 것이다. 여기서 정서적 충격이 돌발적으로 나타난다. 이것이 좋은 시의 미덕 중의 하나이다. 답답하고 옹색한 시들은 언어와 언어 사이의 불꽃을 잡아내지 못한다. 정형화된 틀을 부수지도 뛰어넘지도 못하는 것이다. 교과서적인 시작법에 충실한 시들이 저지르는 잘못이다.

2행에서 생선은 곧 화자이다. 다시 말하면 죽음과 화자가 등가를 이룬다. 그리고 "저녁"을 바라본다. 그러나 "저녁"은 "생선의 것도 내 것도 아니다"라고 진술한다. 그렇다. 천 년 후에도 "저녁"은 그대로일 것이다. 생선과 화자는 유한적 존재로 소멸될 것이지만 "저녁"은 남는다. 단 2행의 짧은 시가 생사의 문제를 이처럼 극명하게 제시하고 있다.

그 누구도 "저녁"의 주인이 될 수 없다.

안현미

실내악(室內樂)

봄이 오는 쪽으로 빨래를 널어둔다

살림, 이라는 말을 풍선껌처럼 불어본다

옛날에 나는 까만 겨울이었지

산동네에서 살던, 고아는 아니었지만 고아 같았던

실패하고 얼어 죽기엔 충분한

그런 무서운 말들도 봄이 오는 쪽으로 널어둔다

음악이 흐른다 빨래가 마른다

옛날에 옛날에 나는 엄마를 쪽쪽 빨아 먹었지

미모사 향기가 나던 연두, 라는 말을 아끼던

가볍고 환해지기엔 충분한

살림, 이라는 말을 빨고 빨고 또 빨아

봄이 오는 쪽으로 널어두던

●●● 젖과 음악의 영토

안현미 시인은 다양한 스펙트럼을 갖고 있는 시인이다. 어느 하나로 규정할 수 없는, 아직도 세포 분열과 증식이 이루어지고 있는 현재진행형의 시인이다. 무겁고 때론 활달한 언어 구사, 섬세하고 뜨거운 현실 인식, 실제와 환상을 오가는 자유로운 시적 행보, 환멸과 생의 비극적 풍경 등 그의 시에는 다채로운 세계가 펼쳐져 있다. 그만큼 시의 지평이 광활하다. 단순히 현실 재현으로 그치거나 생경한 체험만을 도드라지게 드러냈다면 그의 시는 자기 한계에 갇히게 되었을 것이다. 누구나 다 아는 현상학적 논리를 무슨 대단한 발견인 양 시 속에 구겨 넣어 독자에게 강요하고 철학적 포즈로 그럴듯하게 포장하는 시들도 있지만 안현미의 시는 그런 단세포적 작품들과는 태생이 다르다.

이 시의 화자는 "까만 겨울"에 갇혀 있다. "산동네", "고아" 등의 시어가 어둡고 막막한 상황을 뒷받침하고 있다. 가난과 절망과 좌절의 혹독한 시간을 견뎌내고 있는 화자는 "봄이 오는 쪽"으로 존재의 시선을 돌린다. 풍선껌처럼 불어보는 "살림"은 산동네의 고단한 삶을 환기하고, 실패와 좌절의 무거운 말들을 빨아서 빨랫줄에 걸어 놓을 때 "음악"이 탄생한다. 그곳에서 생의 질곡을 넘은 희고 눈부신 실내악이 흐르고 팍팍한 삶은 마르기 시작하는 것이다.

이 시의 마지막 부분에서 "빨다"라는 행동이 두 가지 유형으로 나타난다. 하나는 엄마의 젖을 빠는 것이고, 다른 하나는 고통과 간난의 "살림"을 빠는 것이다. 두 행동은 모두 "가볍고 환해지기엔 충분한" 현실 극복의 지난한 몸짓이고, "젖"은 생명의 상징으로 "음악"과 동일한 기능을 한다. 화자는 "젖"을 통해 고단한 삶의 굽이굽이를 넘어서고 "봄이 오는 쪽"을 향해 존재의 촉수를 곤두세운다. 그곳은 "미모사 향기가 나던" 모성과 시원의 공간이다. "옛날"과 현실의 대비를 통해 안현미 시인은 오랫동안 잊고 살았던 중저음의 현악 4중주 "실내악" 한 곡을 들려준 셈이다.

문인수
달의 맨발

달이 한참 뭉그적거리다가 저도 한강,
철교를 따라 어설프게 건너본다.

여기, 웬 운동화?

구름을 신고 잠깐 어두웠던 달, 다시 맨발이다.
어떤 여자의 발 고린내가 차다.

●●● 촉감의 서정

　아껴가며 읽는 시집이 있다. 한 때 신현정의 『바보 사막』이 그러했다.
문인수의 시집 또한 가까이 두고 여러 차례 읽으며 무릎을 친 적이 많다.
간결하면서도 긴 여운을 남기는, 권혁웅의 표현을 빌자면 "뒤가 깨끗이
잘려나간 결구들"이 주는 매력은 문인수의 시만이 갖는 고유한 특징이다.
시집 『적막 소리』를 받고 여러 날 머리맡에 두고 되새기며 읽었다.
　그의 시는 편편마다 상상의 보폭이 넓고 깊다. 행과 행의 연결이 너무
촘촘하여 숨이 막히거나 답답한 시들과는 달리 그의 시는 행보가 활달하
고 막힘이 없어 읽는 이로 하여금 상상의 자유를 만끽하게 한다. 그만큼
독자가 개입할 공간이 많아 시 안의 여백이 넓다. 좋은 시의 미덕을 두루
갖춘 셈이다.
　화자가 바라보고 있는 것은 공중에 떠 있는 "달"이다. 그런데 그 "달"은

온전치가 않다. 원만구족한 형상이 아니라 "뭉그적거리다가", "어설프게" 한강 철교를 건너는, 당당하게 도시에 입성하는 모습도 아니고, 넉넉한 모성의 상징도 아니다. 오히려 결핍과 불우의 그림자가 짙게 드리워진 초상이다.

화자의 시선은 다시 하늘의 흰구름에 가닿는다. 그 구름은 바로 "운동화"로 변이되어 독자의 눈앞에 나타난다. 잠시 구름 운동화를 신고 "어두웠던 달"은 다시 "맨발"의 형상으로 나타난다. 그 순간 맨발의 여자에 대한 상상이 증폭된다. 상상의 내용을 규정지을 필요는 없다. 독자들 각자의 몫이다. 개인의 상상 속에서 맨발의 여자는 다양한 형상의 여인으로 재탄생되는 것이고, 그 여인의 허름한 속내와 고단한 생의 이력도 각양각색으로 해석되는 것이다.

화자는 맨발로 도심을 걸어가는 여자의 발 고린내를 맡는다. 이 부분에서 감각의 전이가 이루어진다. 즉 후각적 대상을 촉각적 이미지로 변환한다. "발 고린내"는 여인의 피폐한 삶의 표상이다. 시인은 이 시에서 최초의 달을 창조하였다. 기존의 달 이미지와는 전혀 다른, 즉 별종의 사물을 만들어 낸 것이다. 달과 여인, 구름과 맨발을 통해 모성, 부활, 재생 등의 원형적 이미지가 아니라 삶의 구체적 현장에서 읽어낸 남루하고 혼곤한 형상의 "달", 그 달은 천상을 버리고 지상의 험로를 횡단하는 여자이다. 따뜻한 휴머니스트인 문인수 시인은 연민의 회로를 통해 낯선 여인을 불러내어 독자와 애틋하게 만나게 한 것이다. 그는 삶의 세부에 대한 정밀한 시선을 견지하면서 "사람이야말로 절경이라고 믿는" 땅 위의 시인이다.

김병호
하루 종일 노랑

후밋길을 돌아서자 화물차 한 대가 멈춰 있다
짐칸에선 오리들이 뛰어 내리고
길섶에선 바지춤 잡은 사내가 튀어나오고

낙화유수
탈주를 시작한 오리들
국도의 흙길을 가로질러
밭둑으로, 수풀 속으로 헤맨다

사내는 오리걸음으로 이리저리
헤매고
길섶이든 산기슭이든
오리들, 제 세상이다

꽥꽥거리는 노란 울음, 모퉁이에 번진다
몇이 비탈을 올라 옥수수밭으로 스미자
옥수수들은 그제야 노래진다
몇이 밭둑을 올라 참외밭으로 기울자
참외들도 따라 노래진다

벼락처럼 열리는 노랑들
여름을 막고 서 있는 노랑들

운전사도 노랗게 뒤뚱거리지만
누구 하나 경적을 울리지 못한다

●●● 전복과 교란

즐거운 교란이다. 눈앞이 환하게 열린다. 온 세상이 노란색으로 뒤뚱뒤뚱 만개한다. 제목 그대로 "하루 종일 노랑"이다. 잠시 화물차가 멈춰 선 사이 새끼 오리들의 탈주가 감행된 것이다. 큰일났다. 차를 세워놓고 길섶에서 소변을 보고 온 운전기사는 허둥지둥 어찌할 바를 모른다.

문명의 속도를 버린 오리, 정해진 국도 대신 밭둑과 수풀 속으로, 야생의 숨결 속으로 줄행랑을 놓는다. 비로소 오리 세상이다. 그것도 부화한 지 얼마 안 되는 새끼 오리들이다. 꽥꽥거리며 사방으로 흩어져 탈주하는 오리들이 옥수수밭과 참외밭을 노랗게 물들인다. 그야말로 "벼락처럼 열리는 노랑들"이다. 신나는 반란이요 교란이다. 속도와 규격을 내동댕이친 오리들이 펼치는 신세계를 독자들은 즐거운 시선으로 바라본다. 그 눈길 하나하나도 노랗게 물들어 참외 향이 난다.

지나는 다른 차들은 정차하거나 서행하면서 즐거운 반란의 드라마를 관람하고 있었을 것이다. 절묘하게 차용한 "낙화유수", 흐르는 물에 점점이 떨어지는 꽃(오리)들을 보며 사람들은 눈을 동그랗게 뜨고 덩달아 유채꽃이나 양지꽃으로 피어났을지도 모른다. 속도에 취해 달리던 화물차 기사는 망연자실 노랗게 뒤뚱거리며 오리들의 뒤를 쫓고 있다. 이러한 희극적 상황은 곧 문명에 대한 은밀한 풍자이다. 쾌속으로 질주하는 차량과 속도를 막고 서 있는 오리들의 모습을 대비하면서 현실에 대한 비판적 시선을 드러내고 있는 것이다.

넘실거리는 노랑의 환희가 오리 덕분에 갓 부화한 세상을 활짝 웃게 한다. 획일화되고 규격화된 일상의 질서를 전복하는 불온한 시선이 가져다주는 귀한 선물이다. 그리하여 "누구 하나 경적을 울리지 못"하고 킬킬 클클 껄껄거리며 지나가는 것이다. 모처럼 재미있는 시를 만났다. 머잖아 뒤뚱거리며 봄이 걸어와 지상의 밤을 노랗게 전복할 것이다.

강 정
사물의 원리

종각에 들어선 중은
세 끼를 굶었거나
어젯밤 몰래 술을 마시고 여자를 품었을 것이다

정념을 탐해서가 아니다
정념과 싸우기 위해서다

저녁 여섯 시
둥근 종소리가 산 어귀에서 내려와
치장한 남녀들의 분주한 열망을 품는다

팽팽하던 힘을 놓아버리면
하나의 점이 수천만 배의 면적을 가진다
스스로 공간이 되면서 스스로 지워진다

여름 해를 등피에 바른 뱀이
혀를 찢어 소리의 원환을 삼킨다
소리 자체가 되어 다시
숲속으로 알을 슬러 숨어든다

도시 한가운데 커다란 연못이 생긴다
다들 언젠가 되돌아갈 물빛의 소리를 찾는다

귀가 씻기니
탁류의 바람마저 상큼하다

한 번도 더럽혀지지 않은 밤이 비로소 눈을 뜬다

둥근 메아리 속에서 온몸으로 메아리가 되어

●●● 첫 눈을 뜬 세계

단숨에 손에 잡히는 시가 있고, 그렇지 않은 시가 있다. 개인의 기호와
감식안에 따라 호불호가 달라지겠지만 쉽게 손에 잡히지 않는 시는 나름
대로의 독특한 특장과 아우라를 갖는다. 대체로 그러한 시들은 다양한 색
으로 분광하면서 넓이와 깊이를 확보하고 시간의 폭력을 견디는 내구력이
강하다. 10년만 지나도 퇴색하는 시가 있는가 하면 반세기가 지나도 광휘
를 내뿜는 시도 있다. 몇 번을 거듭하여 읽어도 맛이 달라지는 시들의 오
묘한 향취는 쉽게 얻어지는 것은 아니다.

강정의 「사물의 원리」는 새로운 각도에서 존재의 근원에 접근한 작품
이다. 1연부터 3연까지는 승려에 대한 이야기다. "중"과 "둥근 종소리"는
하나의 의미망을 형성하고, "술"과 "여자", "열망" 등은 대립적 위치에 자
리하고 있는 대상들이다. 그러나 이 시의 화자는 일반의 통념을 깨고 대척
점에 있는 사물을 적극적으로 끌어안는다. 그것은 "정념과 싸우기 위해
서"라고 말한다. 싸움의 과정과 이유를 감각적으로 제시하고 있는 것이 5
연이다. 5연은 「사물의 원리」를 가장 구체적으로 보여주는 연이다. "팽팽
하던 힘"과 "하나의 점"은 승려와 여자의 관계와 동일하다. 힘을 놓아버리
는 행위를 통해 구현되는 것은 "하나의 점"이 "수천만 배의 면적"을 가지
는 것이고 종국에는 "스스로 공간이 되면서 스스로 지워"지는 것이다. 6연
부터 8연까지는 각성의 공간이다. 5연의 내용을 변주하면서 심화·확대하

는 자리라고 할 수 있다.

화자는 9연에서 최초의 밤을 대면한다. 관념과 일체의 인식 행위로 오염된 밤이 아니라 태초의 근원, 시의 탯자리에 속하는 성소이다. 그 자리에서 밤은 "둥근 메아리 속에서 온몸으로 메아리가 되어" 눈을 뜬다. 새로운 인식의 개안이요 존재의 열림과 확장이 성취되는 공간인 것이다.

시집 『활』에 수록된 「사물의 원리」는 "스스로 공간이 되면서 스스로 지워"지는 역설의 형국을 성공적으로 보여주는 시다. 이처럼 생의 비의를 내장한 한 편의 시를 통해 독자는 주체와 사물의 관계를 새롭게 사유하고, 첫 눈을 뜬 세계의 황홀을 감각적으로 경험하게 되는 것이다.

윤희상
소를 웃긴 꽃

나주 들판에서

정말 소가 웃더라니까

꽃이 소를 웃긴 것이지

풀을 뜯는

소의 발밑에서

마침 꽃이 핀 거야

소는 간지러웠던 것이지

그것만이 아니라

피는 꽃이 소를 살짝 들어 올린 거야

그래서,

소가 꽃 위에 잠시 뜬 셈이지

하마터면,

소가 중심을 잃고

쓰러질 뻔한 것이지

●●● 비합리의 역설

　좋은 시가 주는 즐거움은 여러 가지가 있지만 동화의 세계에 온 듯 상큼하고 경쾌한 느낌을 주는 시가 윤희상의 「소를 웃긴 꽃」이다. 철학자 모 씨가 지하철에 붙어 있는 시 90%가 가짜라고 밝힌 바 있지만 실제 주변의 많은 시들 중에 정서적 충격을 주거나 공감을 불러일으키는 시가 많지 않은 것이 현실이다. 그러나 이 시는 군더더기 없이 발랄한 상상의 진경을 깔끔하게 보여주고 있다.

　「소를 웃긴 꽃」의 중심축은 "소"와 "꽃"이다. 서로 대립하는 사물이 작품 속에서 상응하며 아름다운 조화의 세계를 펼쳐 보여준다. 이를 단지 동화적 상상력의 발현으로 보는 것은 지엽적 독법의 결과이다. 화자가 목격한 것은 웃는 소이다. 그것이 사실의 영역이든 상상의 영역이든 중요치 않다. '웃는 소'가 시의 전면에 제시되면서 독자의 안면에도 웃음의 기운이 감돌기 시작한다. 그런데 소가 웃은 이유는 소의 발밑에서 "꽃"이 피어 간지러웠기 때문이라고 말한다. 현실과 이성의 논리로 접근하면 말도 안 되는 풍경이다. 그러나 이 시는 논리와 합리의 세계를 단숨에 훌쩍 넘어 새로운 삶의 구경을 보여준다. "소"의 자리에 '인간'을 들여놓으면 시의 자장은 더욱 강하게 움직인다. 동물과 식물, 혹은 인간과 자연의 대립적 개념이 충돌하지 않고 상호 조응하면서 원융무애한 세계가 형상화된다. 옹색한 현실의 틈새에서 새롭게 발견한 시의 공간, 확장된 시의 외연이 읽는 내내 즐거움을 주는 중요한 요인이다.

　8행부터는 시의 내용이 '웃는 소'에서 '들어 올려진 소'로 비약한다. '꽃 위에 뜬 소'를 상상해 보라. 그 순간 온몸에 어떤 전율이 인다. 감각의 층위가 변환되면서 인간이 지향하는 가장 아름다운 세계의 형상이 구체화되어 다가오기 때문이다. 게다가 중심을 잃고 넘어질 뻔한 소는 엉뚱함과 능청스러움으로 다가와 슬며시 입가에 웃음을 짓게 한다. 시의 향기가 입안에 환하게 번지는 순간이다. 이제 어디 가서 '꽃을 웃긴 소'도 찾아봐야겠다.

박연준

껍질이 있는 생에게

어느 날 갑자기 목소리가 낮아진 어린 남동생은
흐르는 시간에 침을 뱉으며 놀았다
나는 이따금씩 벌에 쏘였지만, 개의치 않았고
빨래를 개다, 엄마의 양말이 너무 작은 것이
다만 마음에 걸렸다
내 주머니 속에는 아침이 되어도 잠들지 못한
고된 별들이 뿌리를 내렸고
분홍빛 알약이 병약한 그들을 돌봤다
나는 걸어다니는 비명,
고여 있는 작은 웅덩이에 들어가 몰래 웅크려 있다가
사슴이나 먼지, 혹은 껍질이 있는 생에게
시집가고 싶다
동트기 전 길디긴 진통을 겪고
등에 혹 달린 낙타 한 마리, 낳고 싶다
가엾은 당신, 내 멍으로, 푸른 멍으로
기르고 싶다

••• 생에 대한 의지

「껍질이 있는 생에게」는 비극적 생을 목도한 자가 새로운 생명에의 의
지를 밝힌 작품이다. 1행부터 5행까지는 가족의 풍경이 묘사된다. 실직한
남동생의 무료한 삶, 엄마에 대한 애틋한 회한이 시의 앞머리에 놓여 있
다. 6행부터는 화자의 삶이 구체화되어 제시된다. "고된 별"은 화자의 적

나라한 내면 풍경이고, 비극적 삶의 실체이다. 화자는 "분홍빛 알약"에 의지하여 하루하루를 연명하지만 "걸어 다니는 비명"일 뿐이다. 그러한 절망적 상황에서 화자는 "사슴이나 먼지, 혹은 껍질이 있는 생"으로 변신을 기도한다. 그것은 타자와의 관계맺음이며 소통에 대한 갈구의 표현이다. 그 대상은 세상의 화려한 부나 명예와는 거리가 먼 것들이다.

여기서 화자는 고통스런 현실을 외면하거나 도피의 통로로 생각하지 않고, 적극적인 도전을 통해 현실을 뛰어넘겠다는 생의 의지를 드러낸 것이다. 이러한 모습은 "길디긴 진통"을 기꺼이 끌어안으면서 "낙타"를 낳겠다는 공고한 결의이며 포용의 자세인 것이다.

시의 후반부에서 진통의 산물로 세상에 나온 "낙타"를 상처와 고통의 "멍"으로 기르고자 하는 것이 화자가 최종적으로 선택한 삶의 방식이다. 온갖 상처와 고통 속에서도 소통에의 의지는 존재에 대한 용기이며 생을 껴안고 가파른 고비를 넘고자 하는 포월의 몸짓이다. 이러한 일련의 행위는 긍정의 크고 따뜻한 세계를 지향하는 시적 자세이며 새로운 삶에 대한 강한 의지의 표현이라고 할 수 있다.

시인은 디오니소스적 삶의 양식을 지향하면서 병과 고통, 죽음, 도취, 파괴와 부정을 끌어안고 지금 이곳의 삶을 초극한다. 독자는 시를 읽으면서 과거와는 다른 삶의 방식을 지각하고, 다르게 보고 다르게 생각하면서 존재의 영토를 확장시킨다. 그러므로 시는 오늘도 독하게 살아 있고, 생은 여전히 살만한 것이다.

이혜미

헛바늘

혀끝에서 문장들이 박음질된다

침묵이 혀 밑에서 열매 맺을 때 나는 네가 심어준 씨앗이라고 생각했
다 언어로 뭉쳐 터질 듯 부풀어 오른 그 열매 때문에 모든 말들의 옷자락
이 찢어졌어

그것의 이름이 씨앗이 아닌 바늘이라는 것을 알게 되었을 때, 내게 간
절했던 것은 소음이다 비명을 찢는 고막이다 둥둥 울리는 영혼이다 율격
을 버린 바람이다 세상 모든 구석진 곳에서 콸콸 흐르는 비린 음악이다
혀를 버리고 상징을 버리면, 날카로운 소리에 뿌리내려 자라던 바늘이 곧
통증을 거느린 씨앗이었으니

이제 너는 실 없이도
오래도록 나를 바느질한다

●●● 통증을 거느린 씨앗

늙지 않는 시는 세계의 실체에 새롭게 접근하여 표현과 사유의 방식을
극단까지 치고 나가 폭발하는 작품이다. 늙지 않는 시보다 조로하는 시들
이 많은 것이 시단의 현실이다.

이혜미의 「헛바늘」을 거세−결여−욕망의 구조에 따라 읽었다. "나"와
"너"의 관계는 연인 사이였지만 현재는 이별 후의 상황이 제시되고 있다.

혀끝에서 박음질된 문장은 그러한 내용을 "혓바늘"이라는 감각적 사물로 보여준다. 더이상 연인과 나눌 수 없는 문장들은 딱딱한 기표로만 남았다. 오돌도돌 돋아난 혓바늘을 "네가 심어준 씨앗"이며 "열매"라고 생각하지만 그 순간 "모든 말들의 옷자락이 찢어"지는 비극적 상황과 직면하게 된다.

3연에서 화자는 혓바늘이 "씨앗이 아닌 바늘"임을 알게 된다. 그때 간절하게 욕망했던 것은 "비린 음악", "영혼", "율격을 버린 바람" 등이다. 여기서 "비명을 찢는 고막"이라는 의도적 비문이 등장한다. 문법대로 하자면 "귀청을 찢는 비명"이라는 상투적 표현이 맞을 것이다. 그러나 화자는 기존의 어법을 비틀어 찢어야 할 대상을 귀청이 아니라 비명으로 제시하고 있는 것이다. 즉 "비명"은 극복의 대상인 것이다. "소음" 역시 부정적 이미지가 아니라 긍정적 이미지로 기능하고 있다.

욕망의 대상을 지향하는 과정에서 "혀를 버리고 상징을 버리"는 행위가 나타난다. 이는 기표와 기의를 버리는 일이고 동시에 "너"와 관련된 모든 언행의 중지를 의미한다고 볼 수 있다. "너"로 인하여 비롯된 일체의 행위의 중단이고 관계의 단절이다. 그 후 화자는 "날카로운 소리에 뿌리내려 자라던 바늘이 곧 통증을 거느린 씨앗"임을 다시 확인하는 것이다. 결국 "씨앗"은 "통증"을 통해 얻게 된 결과이다.

마지막 연에서 화자는 "이제 너는 실 없이도/오래도록 나를 바느질한다"고 말한다. "실"을 "언어"의 대유로 볼 때 이 표현에는 이중의 의미가 숨어 있다. 표면적으로는 "너"로 인하여 계속 "통증"의 시간을 견뎌내야 함을 뜻하고 있지만 문맥의 이면에는 "이제 나는 실 없이도/오래도록 너를 바느질한다"의 의미가 내재되어 있는 것이다. 결국 거세된 실체로 인하여 나타난 결핍을 메꾸고자 타자를 향하는 욕망이 나타났고, 그 욕망은 "바늘"을 삼킴으로써 "씨앗"을 잉태하는 양상으로 발전한 것이다.

이승희

붉다

정육점에 간다
머리 풀고
슬리퍼 끌고
속옷과 겉옷이 가끔씩 뒤바뀐 걸음으로
초원이 아닌 골목을 거슬러
강물이 아닌 슈퍼를 지나
정육점에 간다

저항을 포기한 지 오래
붉은
살코기들이
바닥을 향해 매달린
피 흐르지 않는 살을
피 흐르지 않는 삶이
두리번거린다

고기 속으로 칼을 푹 찔러 넣던 날들 있었나
날카로운 이빨로
제 살이라도 물어뜯어야 살 것 같은 날들 있었나
예쁘기도 하지
도살의 흔적
싱싱하기도 한
저 허구적인 불빛

붉다
붉어서 눈물 나는

●●● 성찰의 힘

그의 시는 붉고 많이 젖어 있다. 그만큼 흡입력이 강하다. 어느 시를 읽어도 진솔한 서정의 촉기를 느낄 수 있다. 이 시 역시 예외가 아니다. 화자는 가장 편한 차림으로 동네 정육점을 찾아간다. 그러나 화자가 가고 있는 곳은 원초적 생명이 숨 쉬는 자연의 공간이 아니라 도살과 인위의 문명이 자리한 곳이다. "초원"과 "강물" 대신 "골목"과 "슈퍼"를 지나야 이를 수 있는 곳, 자연과 생명이 문명의 칼날에 절단되어 진열된 장소이다.

정육점에 있는 것은 "저항을 포기한", "살코기"일 뿐이다. 저항을 모르고 굴종만이 체질화되어 노예의 도덕과 가치를 숭배하는 사물이다. 곧 낙타형 삶의 실체이다. 화자는 그곳에서 살코기와 동일한 자아의 초상을 본다. "피 흐르지 않는 삶"은 모험도 모르고 용기도 없는 존재의 형상이다.

3연에서 자기 성찰의 모습이 나타난다. "피 흐르지 않는 삶"을 통해 화자는 자신의 삶을 되돌아보는 기회를 갖게 된다. 그러나 화자에게는 "칼"도 "날카로운 이빨"도 없다. 붉은 색이 상징하는 열정과 용기도 지니지 못했다. 오직 낙타와 같은 비루한 일상을 터벅터벅 걸어왔을 뿐이다. 기존의 도덕과 질서에 순응하고, 나날의 안위만을 도모하며 살아온 것이다. 용기와 강한 힘으로 무장하고 파괴와 변화를 두려워하지 않는 디오니소스형 삶과는 거리가 멀었던 것이다.

이러한 과거의 삶을 냉철하게 성찰하고 "날카로운 이빨"을 욕망하는 화자는 반어적 표현을 통해 현실의 모습을 냉소적으로 바라본다. "도살의 흔적"을 예쁘다고 말하고, 정육점의 "허구적 불빛"을 싱싱하다고 표현한다. 이는 현실에 대한 조소이며 자신의 삶에 대한 회한과 반성의 수사이다.

마지막 연 "붉다/붉어서 눈물 나는"이 그러한 정황을 뒷받침한다. 결여는 욕망의 동인이다. 아픈 각성과 현실 인식을 바탕으로 화자는 새로운 삶의 형태를 지향하고, 이때 "눈물"은 강력한 반전의 무기로 작용한다. 섬세하고 따뜻한 서정의 호흡이 장기인 이승희 시인이 진솔한 고백적 어투로 삶의 부정적 단면을 잘 드러낸 작품이 「붉다」이다. "저녁을 굶은 달"과 동행하는 이승희 시인은 앞으로 모성적 연민의 정서를 바탕으로 서정의 새로운 국면을 열어갈 것이다.

김행숙

어두운 부분

내일 저녁 당신을 감동시킬 오페라 가수는 풍부한 감정과 성량을 가졌다. 예상할 수 없는 감정까지 당신에게.

그러나 대부분 우리가 모두 아는 감정일 것이다, 그중에서.

나는 얼굴을 들지 못하겠다. 우리가 모두 아는 것이 사실일 때에도 내일까지 바닥을 끌고 가는 긴 드레스 속에는 발목이 두 개, 곧 끊어질 듯. 젖도 크다, 곧 터질 듯.

나는 믿을 수 없다. 나는 마룻바닥을 내려다보고 있다. 은빛 칼처럼 빛이 쑥 올라오는 틈새가 있다.

••• 순간의 전율과 황홀

김행숙 시인은 작품과 비평의 거리가 근접한 시인 중의 한 사람이다. 작품과 비평의 거리가 멀면 멀수록 가짜 신화의 외양은 화려하고 요란한 법이다. 천재, 최고, 수작, 명작, 가편 등의 수사를 남발하여 독자들의 눈을 멀게 하고, 온갖 치장을 하여 돌덩이를 황금 덩어리로 만든다.

「어두운 부분」은 감각적 시 읽기가 필요하다. 전통적인 방법으로 접근할 경우 시의 깊은 맛을 놓치기 쉽다. 오페라 가수는 풍부한 성량과 감정을 가지고 관객들에게 감동을 준다. 가수의 몸을 통해서 표현되는 음악은 인간을 삶의 다른 차원으로 데려가 줄 것이라는 기대와 설렘을 갖게 하지만 "대부분 우리가 모두 아는 감정"의 표현이다.

3연에서 화자는 독자의 시선을 슬쩍 다른 방향으로 돌려놓고 얼굴을 들 수 없다는 고백을 한다. 시상의 전환에 독자의 걸음이 멈칫 한다. 화자가 얼굴을 들 수 없게 하는 이유가 무엇인지 궁금해하던 독자는 "바닥을 끌고 가는 긴 드레스"를 발견하고, 의상 아래 감추어져 있는 끊어질 듯한 발목과 터질 듯한 가슴을 만난다. 화려한 치장에 가려져 있는 생의 통증이 선연히 드러나는 부분이다. 아름다운 꽃의 이면에 드리워진 어둡고 신산한 삶의 풍경이 발레리나 강수진의 발을 보는 것 같다.

이어서 믿기지 않는 놀라운 생의 전경을 목도한다. 무대의 바닥을 내려다보던 화자는 "은빛 칼처럼 빛이 쑥 올라오는 틈새"를 보는 것이다. 순간의 전율과 황홀이 잠시 눈앞을 아뜩하게 한다. 틈새로 올라오는 빛이 심장을 뚫고, 어두운 몸안을 환하게 밝히는 순간이다.

나는 앞으로 김행숙 시인이 "틈새로 올라오는 빛"처럼 어떤 계보에도 속하지 않는 시를 쓸 것으로 믿는다.

김완하

어둠에 들다

어둠이 오기 전
숲 앞에서 시간은 잠시 잠깐
움찔한다
쌓인 빛을 털어내려는 듯
풀들마다 허리께를 한번
요동친다

어둠은 세상의 길을 풀어버리고
소리 속으로 귀를 묻는다
내가 밟고 가는 걸음에 놀라 화들짝
깨어나는 숲,
제 울음을 골똘히 들여다보는 벌레들

어둠 속에서 땅은
나에게 순순히 길을 내어준다
어둠에 나를 묻자
길은 훤히 트였다
숲을 빠져나올 즈음
어둠은 겹겹 짜인 시간의 조롱을 흔들었다

눈 익어 오리나무 둥치도
어둠 속 희게 빛난다
작은 도랑을 건너
물은 흘러갈 만큼 가서야 소리를 죽인다
어둠도 깊어질 만큼 깊어야 또 빛이 된다

●●● 관조와 성찰의 시학

서정의 호흡이 가지런한 이 시는 대상의 미세한 표정과 움직임을 그려내는 한 폭의 세밀화를 보는 듯하다. 어둠을 통해 존재의 양태를 정밀하게 포착하고 있는 「어둠에 들다」는 평범한 일상의 풍경 속에 내재되어 있는 존재의 비의를 곡진하게 드러낸다.

화자는 어둠이 오기 전 우주의 기미를 감지한다. "풀"의 움직임을 통해 사물의 숨결을 읽어내는 시선이 "세상의 길"에서 멀어진 어둠과 숲을 발견한다. 그때 숲속에 잠들어 있던 벌레들은 "제 울음을 골똘히 들여다보는" 것이다. 존재에 대한 응시가 감각의 힘으로 탄력을 얻는 순간이다. 신성의 숲으로 발을 들여놓은 화자는 조심스럽게 우주와 함께 호흡하며 한 걸음 한 걸음 존재의 다른 차원으로 진입한다. 탈각의 지점에 화자가 서 있는 것이다.

숲은 고요의 신이 기거하는 곳이며 새로운 탄생의 보금자리다. 거대한 자궁이며 존재의 전환이 시도되는 성소인 것이다. 뱀이 허물을 벗듯 화자는 비로소 변신의 과정을 거쳐 새로운 삶의 층위에 서게 된다.

"어둠에 나를 묻자/길은 훤히 트였다"

일시에 기존의 "나"는 소거되었다. 신생을 위한 결단이 곧 "나"의 죽음으로 이어진 것이다. 이제 눈앞에 펼쳐진 길은 과거의 길이 아니며 새롭게 태어난 길이다. 아무도 걸어가지 않았던 존재의 처녀지다.

"어둠 속 희게 빛"나는 "오리나무"는 빛나는 생의 표지로서 화자가 바라보고 걸어가야 할, 어둠 속에서 캐낸 황홀한 광맥이다. 여기서 화자는 자연을 새롭게 지각하고 존재의 영토를 확장한다. "물은 흘러갈 만큼 가서야 소리를 죽인다/어둠도 깊어질 만큼 깊어야 또 빛이 된다"는 사실을 통찰한 화자는 이전과는 다른 삶의 양식을 발견하고 세계와의 새로운 호흡을 예비한다.

숲의 어둠 속에서 존재의 일신을 기도한 화자의 몸에서 푸른 서기가 감돈다. 깊고 그윽해진 시선이 현상의 실체를 더욱 명료하게 보여주는 순간이다. 현실에서 자연으로, 다시 자연에서 현실로 회귀하는 역동적 상상의 보법, 관조와 성찰은 건강한 서정의 미학을 탄생시키는 김완하 시의 주요 특징이다.

임찬일

어떤 그릇을 생각하며

불보다 좀더 뜨거운 것에 대해서
이야기하기로 하자, 가령 네 눈빛이나 마음에서
일어나는 그 불길 같은 사랑 말이다
우리들 마음도 뜨겁게 지지면 무늬가 생기지
문신처럼 새겨진 국화무늬나 대나무 이파리 모양도
알고 보면 뜨거운 화상 아니더냐
그 흉터의 아름다움 속에서 잠자는 불을
보아라, 오히려 뜨겁고 활활 타오르지 않느냐
독짓는 옹기장이의 눈빛이나 마음처럼
우리도 좀더 불같은 사랑으로 화상을 입으면
그 마음의 지울 수 없는 무늬를 증거 삼아
한 개의 아름다운 그릇이 될 수 있을 텐데
청잣빛은 아니더라도 분청사기처럼 수수한
흙빛깔 사랑 한 개쯤은 구워낼 수 있을 텐데
거듭 알고 보면 이 세상 사랑이란 사랑은 모두
뜨겁게 뜨겁게 가슴을 지져 놓은 화상 아니더냐

●●● 곡진한 서정의 힘

이 시를 처음 만난 것은 1995년 1월쯤으로 기억한다. 임찬일 시인이 한때 활동했던 『뉘들』 동인시집에 게재된 시 중의 한 편이다. 이 시는 1999년에 간행된 시집 『못 다한 말 있네』에도 실려 있는데, 2년 후 임 시인이 간암 말기 선고를 받고 투병 중이었을 때 나는 이 시를 다시 꺼내 읽게 되었다.

임찬일 시인은 삶의 굽이굽이에서 읽어낸 성찰의 내용을 그만의 독특한 사유로 진솔하게 형상화하여 작품마다 예사롭지 않은 삶의 깊이와 곡진함이 담겨있다. 일상의 풍경과 사물의 이미지를 감각적인 서정의 문법으로 노래한 임찬일 시인은 탄탄한 내공을 여러 시편에서 보여주었다.

1955년 전남 나주에서 출생, 중학교를 졸업하고 군대에 다녀와서 뒤늦게 검정고시를 거쳐 대학에 입학한 그는 동기생들보다 나이가 일곱 살이나 많았다. 그러나 그의 창작에 대한 열정은 누구보다도 뜨거웠다. 1986년 『월간문학』 소설 부문 당선, 중앙일보 전국시조백일장 장원, 『스포츠서울』 시나리오 공모에 당선하였고, 1992년에는 동아일보 신춘문예 시조 부문, 1996년에는 세계일보 신춘문예 시 부문에 당선하였다. 누구보다도 화려한 이력을 가지고 있었지만 그는 문단에서 제대로 조명을 받아본 적이 없었다.

변변한 지면 하나 얻지 못해 작품 발표를 하지 못했고, 어쩌다 발표를 하더라도 평자들의 눈길을 끌지 못했다. 시단 일부에서는 신춘문예꾼이라는 오명을 듣기도 하였다. 이러한 상황 속에서도 그는 창작에 혼신의 힘을 기울였다. 시, 시조, 소설 등 장르를 가리지 않고, 글을 썼다. 작고 직전에 출간한 백호 임제의 일생을 다룬 장편소설 『임제』는 그가 마지막 열정을 쏟아 부은 작품이었다. 이 소설을 쓰면서 신부전증을 앓고 있던 그는 다시

간암이라는 병을 얻었다. 육신의 마지막 힘을 쏟아 부은 그에게 돌아온 것은 문명도 세속의 부귀도 아니었다. 더이상 넘을 수 없는 육신의 고통과 견디기 힘든 회한과 외로움이었다.

내가 그를 만난 것은 1980년대 말에서 90년대 중반까지였다. 당시 그는 원효로 4가에 있는 현대자동차서비스 홍보실 과장으로 있었다. 사사 편찬 등의 회사 일로 바쁜 중에도 문학 관련 행사에 적극적이었고, 회사 강당을 행사 장소로 알선해주기도 하였다. 수더분한 외모와 순한 눈길이 당시 주위 사람들의 뇌리에 각인된 그의 이미지였다.

그 후 그는 신부전증이 악화되어 회사를 사직하고 집에서 투병생활을 시작하였다. 투병 중에도 그는 문학의 끈을 놓지 않고 좋은 작품들을 열정적으로 쏟아냈다. 비록 문단의 냉대와 외면 속에 많이 외로웠지만 그는 "한 개의 아름다운 그릇"에 대한 꿈을 포기하지 않았다. 그러나 시인은 그 뜻을 제대로 펼쳐보지도 못하고, 2001년 6월 1일 저녁, 부평의 성모자애병원에서 마흔일곱의 나이로 쓸쓸히 생을 마감하였다.

"흉터의 아름다움 속에서 잠자는 불"을 바라보던 그의 선한 눈매가 그립다.

배정숙

숟가락 무게를 달다

우리의 심장은 둥글고 소박하지만 한 생이 통째로 매달려도 끄떡하지 않는 힘도 가졌으며 본심과 달리 매운맛이나 쓴맛을 보여줄 때도 있습니다

우리와의 관계에서 우연이란 없으며 우리의 노예가 되는 사람에겐 명징한 족쇄가 되고 주인이 될 때 꽃이 됩니다 그러나 가장 객관적인 이력을 좋아합니다

태어나 우리를 잡는 법을 배울 때 맹종도 따라 배우게 되는데 드물게는 저를 거부하는 자가 시위의 도구로 삼기도 합니다 인간은 우리 앞에서 숙연하고 겸손하게 눈금을 읽어야 하는 부분입니다

저를 놓고 신기루 같은 착시현상에 무너지기도 하고 좀생이처럼 타협하는 세상 이야기를 저녁 상머리에서 주워듣곤 하여 제 귀는 아주 밝답니다
하지만 제가 제일 듣기 좋은 말은 우리를 하나 더 놓는다고 하는 것인데 이 말이 우리의 피돌기를 따뜻하게 합니다 보리죽뿐인 소반 위에 할머니께 삼촌께 먼촌 고모뻘까지 우리가 놓이던 그때가 그리운 이유입니다

우리는 밥그릇과 화친하는 관계인데요 사람들은 밥그릇을 가지고 싸움을 하지만 우리들 앞에서는 흉악한 이도 높은 분도 둥글게 입을 엽니다
이승을 떠난 삶의 오랜 진술도 저를 닮은 부드러운 곡선입니다

●●● 원융의 세계

　배정숙 시인은 갓 등단한 신인이지만 사유의 완력과 유연한 상상의 보법을 보여주고 있습니다. 새로운 텍스트를 발굴하기보다는 기존의 텍스트만을 습관적으로 되풀이하는 평론가들에게는 쉽게 눈에 띄지 않을 수 있습니다. 그러나 가만히 들여다보면 만만치 않은 시의 에너지와 흡입력을 느낄 수 있습니다. 섬세한 감식안을 가지고 있는 독자라면 허명에 좌우되어 작품을 보지 않습니다. 지명도 있는 시인들의 작품이라고 무조건 다 좋을 수는 없기 때문이지요.

　이 시의 화자는 숟가락입니다. 숟가락은 평생을 써도 "끄떡하지 않는 힘"을 가졌고, 인생처럼 삶의 과정에서 "매운맛이나 쓴맛"을 보여주기도 합니다. 2연에서는 숟가락과 인간의 관계를 말합니다. 숟가락의 노예가 된 자와 주인이 된 자로 구분하여 "족쇄"와 "꽃"이라는 중층의 의미를 도출합니다. 숟가락에 대한 접근 방식은 곧 인생에 대한 태도를 암유적으로 드러낸 것이지요. 생의 도구는 "족쇄"가 될 수도 있고, 누군가에는 "꽃"이 되기도 합니다. 니체가 말한 낙타와 사자의 존재 양식으로 비교할 수도 있습니다.

　3연에서 말하는 "맹종"과 "거부"의 삶이 이와 상통합니다. 여기서 "거부"는 숟가락을 "시위의 도구"로 사용할 때 나타나는 삶의 방식으로 곧 단식을 의미하는 것이지요. 그러나 화자는 "숙연하고 겸손하게 눈금을 읽어야 하는 부분"을 말합니다. 생에 대한 외경을 역설하면서 어떤 경우에도 생명이 수단이 되어서는 안 된다는 것을 넌지시 말하고 있습니다.

　이 시에서 "좀생이처럼 타협하는 세상 이야기를 저녁 상머리에서 주워 듣곤 하여 제 귀는 아주 밝답니다"에 이르면 시인의 언어 감각이 예사롭지 않음을 느낄 수 있습니다. 귀 밝은 숟가락이 가장 듣기 좋아하는 것은

"우리를 하나 더 놓는다"입니다. 그때 숟가락은 "피돌기"로 따듯해지고, 그윽한 원융의 세계가 구현되는 것이지요. 각박한 현실에 온기가 흐르게 하는 아름다운 말이 그리운 이유입니다.

밥그릇 싸움을 일삼는 세상 사람들도 숟가락 앞에서는 모두 입을 열고, "이승을 떠난 삶의 오랜 진술도 저를 닮은 부드러운 곡선"임을 깨닫게 됩니다. "부드러운 곡선"이야말로 화자가 추구하는 삶의 궁극적 실체이며 모든 것을 끌어안고 용서와 관용으로 나아가는 포월의 길입니다.

「숟가락 무게를 달다」는 숟가락이라는 익숙한 사물을 다양하게 변주하면서 존재의 근원을 곰곰 되짚어보게 하는 따듯한 시입니다. 존재의 심층에서 발견한 순금의 광맥이 봄의 초입에서 조용히 빛을 발합니다.

서효인
목격자

　우아하게 휘어지는 도로, 달아난 차는 뒤가 없고 사내는 김샌 음료처럼 흘렀다 마지막 탄산이 터지고 곧 증발할 사내의 소금기가 마지막 찐득한 주문을 외자 그의 곳곳에서 새로운 다리가 생겨났다

　오늘은 일하기가 싫다

　깨진 머리는 소소한 기억이 뭉쳐 되게 짧다 마지막 장면을 망망히 담던 눈도 전에 없이 튀어나왔다 오징어회가 입천장에 붙듯 염치없이 도로가 편안했다 바람이 불 때마다 흡반이 늘어났다

　생 처음, 게으르게 그는 누워 있고 차들은 한 대 두 대 그를 비켜 갔고 바다는 느긋하게 고래를 담고 곰치를 담고 청새치를 담고 오징어를 담고 불이 밝았다 불빛을 쫓는 사내의 다리가 질척일 때, 연골과 두골에 쌩, 바퀴자국이 나고 오징어 몸통처럼 쌔앵, 가늘게 찢어지는 그의 생

　빛을 따르는 오징어가 그물에 잡히듯 묵호에서 도시로 밀려와 낙엽과 꽁초와 환경을 담던, 아스팔트에 구워져 동해 바다의 불빛처럼 줄지어 달려드는 어선에 찢기고 구워져 일차선 마요네즈에 찍힌

　새벽의 미화원을 본
　사람을 찾습니다

●●● 낮선 광맥의 시

　서효인은 얄팍한 언어와 감각적 수사에 집착하지 않고 매우 명민하게 우리 시가 치고 나가야 할 자리가 어디인지를 예민한 촉수로 감지하고 있는 시인이다. 앞으로 그가 어디로 향할지 많은 이들이 주목하고 있는 것도 그런 이유 때문이다.

　「목격자」는 낯익지만 낯선 시다. 이 시에는 익숙한 삶의 구체적 현장이 새로운 감각의 언어를 만나 빛을 발하고 있다. 전통과 전위, 현실과 판타지를 주로 상충의 개념으로 이해하기 쉽지만 서효인은 두 개념의 양극을 통섭하고 아우를 줄 아는 큰 눈을 가진 시인이다. 특정한 세계와 감각에 구속되지 않고 자유롭게 치고 빠지는 능란한 수사의 능력과 정치한 사유의 힘 또한 탁월하다.

　이 시는 환경미화원의 사고사를 다루고 있다. 흔한 소재이고 뻔한 내용을 짐작케 하는 소재이다. 그러나 시를 읽다 보면 오랫동안 잊고 지냈던 삶의 외진 구석에 불려나와 아픈 삶의 실체와 조우하게 된다. 뺑소니차에 치여 숨진 미화원은 "김샌 음료"이고, 화자는 피가 흐르는 현장을 "그의 곳곳에서 새로운 다리가 생겨났다"고 말한다. 어디론가 가고 싶어 하는 '다리'. 그러나 끝내 갈 수 없는 다리가 되고만 참상이 비극적 정황을 고조시키고 독자를 압도한다.

　2연에서 난데없이 "오늘은 일하기가 싫다"는 죽은 자의 고백이 등장한다. 일하기 싫지만 생계를 위해서는 새벽에 집을 나서야 하는 것이 환경미화원의 처지다. 힘겨운 나날의 노동을 감수하다가 "깨진 머리", "튀어나온 눈"의 상황을 맞게 된다. 그리고 "오징어회가 입천장에 붙듯 염치없이 도로가 편안했다"고 화자는 씻김굿하는 무당처럼 죽은 자의 위치에서 말한다. 3연에서 미화원은 더욱더 참담하게 "오징어회"가 되어 도로에 버려진다. "가늘게 찢어지는 그의 생"은 난생처음 "게으르게" 누워 있는 호사를 누린다. 이러한 역설이 독자의 가슴을 뜨겁게 고양시킨다.

결국 도시로 밀려와 미화원이 된 사내는 오징어처럼 "찢기고 구워져" 아스팔트 위에서 최후를 맞게 된다. 그의 죽음을 목격한 것은 오직 새벽의 어둠뿐이었다. 마지막 연에서 화자는 "새벽의 미화원을 본/사람을 찾습니다"라고 객관적 어조로 말한다. 어조의 변화가 시의 가열된 온도를 냉각시킨다. 이것이 눈앞의 상황에서 몇 걸음 물러나 시의 균형을 바로 잡는 형상화의 능력이다. 고조된 정조에 함몰되지 않는, 치고 빠질 줄 아는 사유의 힘이 느껴지는 대목이다. 현실에 대한 밀착도가 높은 시들이 제어하지 못한 감정을 흉물스럽게 노출하는 경우와는 사뭇 대조적이다. 이러한 특장이 서효인의 시를 신뢰하게 하는 가장 큰 이유이다.

푸른사상 교양총서 7

홀림의 풍경들 – 현대시 평설

인쇄 2012년 5월 15일 | 발행 2012년 5월 21일

지은이 · 홍일표
펴낸이 · 한봉숙
펴낸곳 · 푸른사상사
주간 · 맹문재 | 편집 · 지순이 | 마케팅 · 박강태

등록   제2-2876호
주소   서울시 중구 초동 42번지 아시아미디어타워 502호
대표전화   02) 2268-8706(7) | 팩시밀리   02) 2268-8708
이메일   prun21c@yahoo.co.kr / prun21c@hanmail.net
홈페이지   www.prun21c.com

ISBN 978-89-5640-917-7 03810
    값 14,500원